Lothar von Seltmann

Wir nannten sie Mutter Eva

W0337173

Lothar von Seltmann

Wir nannten sie Mutter Eva

Das bewegende Leben der
Eva von Tiele-Winckler

Romanbiografie

BRUNNEN
Verlag Giessen · Basel

MIX
Papier aus verantwortungsvollen Quellen
FSC® C006701

Bibelzitate sind wiedergegeben nach: Lutherbibel 1984,
durchgesehene Ausgabe in neuer Rechtschreibung,
© 1999 Deutsche Bibelgesellschaft, Stuttgart

© Brunnen Verlag Gießen 2011
www.brunnen-verlag.de
Umschlagfotos: Bridgeman Berlin
Umschlaggestaltung: Ralf Simon
Satz: DTP Brunnen
Druck: CPI – Ebner und Spiegel, Ulm
ISBN 978-3-7655-1134-9

Inhalt

Die Schlossmauer

„Valeska! Meine kleine Valeska, Kind, was machst du da?!“ Laut schallte der strenge Ruf des Vaters vom Waldrand herüber zur Schlossmauer, auf der ein kleines Mädchen im bunten Spielkleidchen mit ausgebreiteten Armen offenbar recht unbekümmert herumturnte. Mit raschen Schritten eilte der Mann im grünen Lodenanzug und mit Jagdgewehr auf dem Rücken hinüber zu der Stelle, wo er dem waghalsigen Spielen des viereinhalbjährigen Mädchens näher war. Dennoch war der Ort für ihn unerreichbar, denn Vater und Tochter trennte ein schwarzer, morastiger Wasser- und Sumpfgraben. Vielleicht war er von der Mauer herunter zu überspringen, nicht aber umgekehrt.

„Das siehst du doch, Papa“, kam die fröhlich-selbstbewusste Antwort der Kleinen im bunten Kleid. „Ich spaziere hier entlang und schaue mir die Welt von oben an. Von so oben ist alles viel schöner, und ich kann viel mehr sehen.“

„Pass auf, dass du nicht herunterfällst und unsanft im Graben landest!“, rief der Vater besorgt beim Näherkommen. „Hast du denn keine Angst so weit oben auf der schmalen Mauer?“

„Ich bin doch nicht das erste Mal hier oben, Papa“, entgegnete Valeska, „und ich bin noch nie heruntergefallen. Schau, ich kann sogar auf einem Bein stehen.“ Kaum ausgesprochen, hob Valeska ihr linkes Bein und posierte auf ihrem erhöhten Platz wie eine Ballerina, die sich anschickte, eine Pirouette zu drehen.

„Lass das bitte sein, Kind. Das ist zu gefährlich“, mahnte Hubert von Tiele-Winckler seine Zweitjüngste in strengem Ton. „Lass bitte beide Füße auf der Mauer und bleib ganz ruhig stehen!“

Der achtundvierzigjährige Schlossherr von Miechowitz war inzwischen gegenüber seiner Tochter angekommen, schaute ernst zu ihr hinauf und dachte für einen Moment darüber nach, wie er die Kleine dazu bewegen konnte, ihren gefährlichen Spielplatz unbeschadet zu verlassen. Dann hatte er seinen Vorschlag bereit. In einem versöhnlicheren Ton fragte er: „Wie willst du von dort oben wieder herunterkommen, ohne abzustürzen und dir ein Bein zu brechen oder in den Graben zu fallen, meine mutige kleine Valeska?“

„Ich springe zurück in den Garten, Papa, wie immer“, war die selbstverständliche Antwort des Kindes.

„Springen wie immer?“, wiederholte Hubert von Tiele-Winckler die Worte seiner Tochter. „Nun gut, dann spring, mein Kind“, forderte er sie auf. „Aber bitte nicht in den Garten, sondern zu mir herüber.“

„Über den Graben, Papa?“, kam die erstaunte und doch nun eher besorgt klingende Antwort. „Dahin bin ich noch nie gesprungen, Papa.“

„Dann tust du es heute zum ersten Mal, kleine Valeska. Spring einfach zu mir herüber“, forderte der Vater seine Tochter auf.

Die aber zögerte, schaute mit ängstlichen Augen zu ihrem Vater auf der anderen Seite des Grabens und rief ängstlich hinüber: „Aber Papa, der Graben ist zu breit und zu tief und voll mit schwarzem Schlamm, und zu dir springen geht tiefer als in den Garten.“

„Was macht das schon, kleine Valeska? Mach’s wie König David. Der hat gesagt: ‚Mit meinem Gott kann ich über Mauern springen‘? Du kennst das Psalmlied. Und du sollst nicht drüberspringen, sondern nur herunter. Also spring!"

„Ich bin aber nicht der König David, Papa", zögerte das Mädchen weiter und stand jetzt doch ein wenig verkrampft auf ihrem erhöhten Platz.

„Nein, bist du nicht, mein Kind. Du bist meine geliebte Tochter Valeska Anna Catharina Adelheid Maria Elisabeth Eva von Tiele-Winckler, die jetzt ihrem Vater gehorsam ist." Das klang streng und ließ keinen weiteren Widerspruch zu. Die kleine Valeska kannte ihren Vater. Wenn der einmal alle ihre Namen hintereinander nannte und dabei in diesem Ton sprach, dann ... Wie von Ferne hörte das Mädchen die erneute Aufforderung: „Wirf einfach dein Herz zu mir herüber und spring ihm nach. Nun tu schon, was ich dir sage! Wirf und spring!"

Valeska zögerte noch einen kleinen Moment, dann „warf" sie ihr Herz hinüber, sprang ihm mutig nach und landete sicher auf dem festen Boden vor ihrem geliebten Vater. Der legte sein Gewehr beiseite, hockte sich sofort vor sein Kind, nahm es in seine großen Arme und hob es vom Waldboden auf. „Das hast du gut gemacht, meine liebe kleine Valeska. Das war sehr mutig von dir."

Valeska schlang ihre Arme um den Hals des Vaters und schmiegte sich an ihn. Diese Nähe zu dem starken Mann tat ihr nach den aufregenden vergangenen Minuten gut. „Du hast mir das Springen befohlen, und ich habe gehorcht, Papa", sagte sie leise, und es schien, als versuchte sie, den Rest der Spannung dieser Momente gänzlich loszuwerden.

„Du warst wirklich sehr mutig, Valeska-Kind", wiederholte der Vater. „Aber in Zukunft brauchst du das für ein solches Abenteuer nicht mehr zu sein."

„Warum nicht, Papa?“, fragte das Kind, immer noch den eigenen Kopf an den des Vater geschmiegt.

„Weil du in Zukunft nicht mehr auf der Mauer spielst und also auch nicht mehr nach unten und schon gar nicht über den Graben springen musst. Du hast mich verstanden, meine liebe Tochter?!“ Die Worte des Vaters klangen wieder recht streng.

„Ich habe dich verstanden, mein lieber Papa“, antwortete sie, löste dabei ihre Arme vom Hals des Vaters und zeigte ihr Verlangen, auf die eigenen Füße gestellt zu werden.

„Wieso bist du eigentlich hier, Papa?“, fragte das Mädchen, als es wieder festen Boden unter den Füßen hatte. „Mama hat heute Morgen gesagt, du bist noch in Moschen.“

„Ich war auch heute Morgen noch in Moschen, mein Kind“, erklärte der Vater. „Der Morgen ist aber schon lange vorbei, und ich bin jetzt wieder hier. Du warst nicht in der Nähe, als ich gekommen bin.“

„Was hast du in Moschen gemacht?“, kam die nächste Frage der Kleinen.

„Ich musste dort ein wenig nach dem Rechten sehen. Ich musste schauen, ob es deiner Schwester Helene gut geht und ob sie auch fleißig im Hausunterricht lernt. Dann musste ich prüfen, ob das Dach des großen Schlossturms wieder in Ordnung ist, das der Sturm neulich beschädigt hat. Dazu brauchten die Gärtner neue Anweisungen für ihre Arbeiten im Park. Außerdem wollte ich gerne wissen, ob unser krankes Pferd wieder gesund ist.“

„Und, ist der Graf Edel wieder gesund, Papa?“, wollte Valeska wissen.

„Sein verletztes Bein ist wieder völlig heil. Graf Edel

kann wieder wunderbar laufen und traben und springen. Ich bin in den vergangenen Tagen ein paarmal mit ihm ausgeritten."

„Das ist schön", freute sich das Kind. „Ich mag es nicht, wenn ein Mensch oder ein Tier krank ist und leidet. Das tut mir dann selber weh." Nach dieser Feststellung wechselte die kleine Valeska das Thema: „Suchen wir die Mama?"

„Such du gerne schon einmal deine Mama, Kind", war der Vater einverstanden. „Sie wird im Garten sein. Bei dem schönen Wetter sitzt sie wohl an ihrem Lieblingsplatz unter der alten Linde und macht irgendeine Handarbeit oder spielt mit deiner kleinen Schwester und deinem großen Bruder. Hildegard hat jetzt Unterricht bei Mademoiselle. Du magst schon vorauslaufen, meine kleine Valeska. Ich komme bald nach."

„Ich will aber vorher noch etwas wissen", bremste Valeska ihren bereits begonnenen Lauf ab und drehte sich noch einmal nach dem Papa um.

„Was möchtest du bitte wissen?"

„Sag mir, warum du so oft ‚kleine Valeska' zu mir sagst. Ich bin doch gar nicht mehr klein. Klara ist klein. Ich werde doch schon fünf."

Hubert von Tiele-Winckler musste lachen. „Du bist mir vielleicht eine! Schon bald fünf und nicht mehr klein. Na ja, beides ist wohl richtig. Aber ich habe doch auch eine große Valeska. Deine Mama ist meine große Valeska. Damit ich euch beide nicht verwechsele, bist du halt meine kleine. Zufrieden?"

„Danke, Papa", rief die kleine Valeska über die Schulter zurück und sprang hopsend auf den schmalen Holzsteg und das Türchen in der Mauer zu, die sie zurück auf das

Schlossgelände führen sollten. Die große Valeska musste die Geschichte von dem Mauersprung unbedingt erfahren, und Klara und Hans-Werner ebenso. Die würden Augen machen, zumindest Hans-Werner. Der war zwar schon sechs, aber der würde sich das nicht getrauen, auf der Mauer zu balancieren und dann auf der Waldseite über den tiefen, breiten Moddergraben hinunterzuspringen. Nein, der „Eiskeller“ würde sich das nicht getrauen.

Wenn Valeska mit ihrem Bruder Streit hatte, was immer wieder einmal vorkam, nannte sie ihn gerne „Eiskeller“, worauf der zumeist mit „Butterkeller“ antwortete. Das Spiel konnte natürlich auch umgekehrt verlaufen, sodass Hans-Werner mit dem „Butterkeller“ begann und Valeska mit dem „Eiskeller“ antwortete.

Abenteuerspiele waren dem Bruder zu gefährlich. Der ging überhaupt nicht gerne in den Wald mit seinem dichten Unterholz und mit seinem weichen, oft feuchten oder gar sumpfigen Boden. Hans-Werner spielte lieber auf sicherem, festem Grund mit Hölzern und Steinen und solchen Dingen. Wenn Klara erst einmal richtig laufen und springen konnte, würde die bestimmt Evas Mauer- und Unterholzspiele mitmachen. Die würde sicher so mutig und unerschrocken sein wie sie selbst. Klara war nämlich auch ein Mädchen.

Solche und ähnliche Gedanken gingen der kleinen Valeska durch den Sinn, während sie irgendwelche Melodien vor sich hin summend die frisch geschnittene Wiese des Parkes durchquerte. Die Mutter saß tatsächlich an ihrem Platz unter der alten Linde, und Klara spielte zu ihren Füßen im Gras. Bruder Hans-Werner war nirgendwo zu sehen.

„Mama, ich komme“, rief die kleine Valeska der großen zu, und im Rhythmus ihrer Hüpfer rief sie fröhlich:

„Ich habe es geschafft! Ich habe es geschafft! Ich habe es geschafft!"

„Was hast du geschafft, mein Kind?", wollte die Mutter wissen, als ihre Zweitjüngste bei ihr angekommen war, während Klara sich beim Spielen mit Hölzchen und Steinchen, Halmen und Blättern nicht stören ließ.

Die kleine Valeska baute sich vor der großen auf, weil das jetzt sehr wichtig und bedeutsam war, was sie der Mutter berichten wollte. „Ich bin mit Gott von der Mauer gesprungen", erklärte sie mit deutlichem Stolz, „und ich bin dabei nicht in den Graben gefallen. Schau mich an, Mama, ich bin noch genauso heil und sauber wie vorhin."

Valeska von Tiele-Winckler musste lächeln über die Art, wie ihre Tochter von ihrem Erlebnis berichtete. Dann erschrak sie aber doch ein wenig, als ihr bewusst wurde, dass da ein wohl gefährliches Unterfangen gut ausgegangen war. Sie legte ihre Handarbeit in den Schoß, schaute das Mädchen ernst an und fragte: „Wieso bist du von der Mauer über den Graben gesprungen? Und wieso mit Gott? Wieso bist du überhaupt auf die Mauer gestiegen? Hattest du unten keinen Platz zum Spielen? Kind, du machst mir ja nachträglich einen Schrecken. Dein Abenteuer hätte böse ausgehen können."

Tochter Valeska schaute nun doch ein wenig verlegen drein. Sie mochte die Mutter nicht mit einem bekümmerten Gesicht sehen. Und sie mochte es auch nicht, wenn die Mama mit solch ernster Stimme sprach. Etwas verschämt antwortete sie: „Auf die Mauer bin ich gestiegen, weil ich das schon öfters gemacht habe und weil ich so gerne dort oben balanciere. Herunter bin ich gesprungen, weil der Papa es mir befohlen hat und dabei gesagt hat, dass der König David in einem Psalmlied sogar mit Gott über eine

Mauer gesprungen ist. Und außerdem stand der Papa auf der anderen Seite vom Graben. Da konnte also gar kein Unglück passieren, Mama."

„Dafür musst du Gott danken, mein Kind. Der hat dir wohl einen Schutzengel geschickt und dich vor einem schlimmen Schaden bewahrt. Horch, die Nachtigallen freuen sich auch darüber, dass Gott dich behütet hat. Hörst du es auch?"

„Ich höre die Nachtigallen auch, Mama, und noch viele andere Vögel", antwortete die Kleine. „Und ich freue mich, wenn sich die lieben Vögelchen mit uns freuen und für uns ihre Lieder schlagen – aber schlagen tun ja nur die Nachtigallen, hast du mir beigebracht."

Jetzt nahm die Mutter das kleine Kinn ihrer Tochter in die Hand und schaute dem Mädchen ernst in die Augen: „Das hast du gut behalten. Aber jetzt musst du mir versprechen, dass du nie wieder auf der Mauer spazierst und auch keine anderen gefährlichen Spiele mehr machst."

„Das habe ich dem Papa schon versprochen. Die Nachtigallen in den Bäumen hinten an der Mauer sind meine Zeugen", gab die kleine Valeska ein wenig trotzig zurück und fragte dann, wohl um von der Sache abzulenken: „Was machst du da?"

„Schau her, Kleines, ich sticke Sinnsprüche auf diese wunderbare Seide. Zwölf gute Gedanken für das Leben sollen es werden", gab die Mutter sich wieder versöhnt.

„Für wen machst du das?", wollte Valeska wissen.

„Für euch Kinder sticke ich das. Ihr sollt euch diese Weisheiten immer vor Augen halten können. Auch dann noch, wenn ihr schon erwachsen seid und ich einmal nicht mehr da bin."

„Sagst du mir, was du gerade stickst? Ich kann das doch erst später lesen“, bat das Mädchen, „auch wenn du dann noch da bist. Und ich will, dass du immer da bist.“

„Niemand kann immer da sein, mein Kind. Er ist es nur so lange, bis Gott ihn zu sich ruft“, antwortete die Mutter, kam aber dann der Bitte gerne nach. „Hör zu, auch wenn die Worte noch ein wenig schwer sind für dich. Auf diesen ersten drei Seidentüchlein steht:

Runenschriften möchte ich graben
tief in meiner Kinder Herz,
sie auf jenen hinzuweisen,
der da herrscht in Freud und Schmerz.

Wie sich die Fäden schürzen
ganz fest in meiner Naht,
so fügt im Weltlauf weise
sich alles Gottes Rat.

Auch dort sich Fäden kreuzen,
auch dort schlingt sich ein Band,
und eine Wunderschöpfung
webt meines Gottes Hand.“

„Das ist schön, Mama, aber wirklich noch ein bisschen schwer für mich“, stellte die kleine Valeska fest und wollte gleich noch etwas wissen: „Was hast du für Bücher auf dem Tisch liegen?“

„Das will ich dir auch gerne sagen, mein Kind. Das sind ‚Augustins Nachtgedanken‘. Das Buch habe ich mir vor vielen Jahren in einem Buchladen in Berlin gekauft. Was da drinsteht, ist für mich immer wieder schön und interessant. Für dich ist das aber alles noch zu schwer. Vielleicht wirst du später darin lesen, wenn du älter bist."

„Und das andere Buch ist dein Familienbuch, stimmt's?"

„Das ist es, Valeskakind. Ich schreibe immer wieder etwas hinein über Gott und die Menschen, was mir wichtig ist. Was ich auf die Seide gestickt habe, steht auch darin. Dein Papa schreibt auch manchmal etwas hinein, was ihm wichtig ist."

„Wenn ich dann einmal lesen kann ..."

„... dann kannst du die ‚goldenen Worte und die frommen Gedanken' gerne nachlesen. Das Buch heißt auch so: ‚Goldene Worte und fromme Gedanken'."

„Kannst du mir jetzt schon einmal etwas von den goldenen Gedanken vorlesen, Mama?", bat die kleine Valeska. „Vielleicht etwas, was der Papa eingetragen hat? Ich freue mich, dass er wieder hier ist. Der Papa soll nicht so oft weg sein."

Über die Nachbemerkung lächelnd schlug Valeska von Tiele-Winckler das Buch auf. „Gut, mein Kind. Ich lese dir drei Sätze vor, pass auf. Hier steht gerade ein Satz, den der Papa geschrieben hat: ‚Es ist besser ein Armer, der in seiner Frömmigkeit geht, denn ein Reicher, der in verkehrten Wegen geht.' Oder hier steht auch vom Papa: ‚Wer sich des Armen erbarmt, der ehrt Gott.'" Die große Valeska blickte vom Buch auf und wollte es wieder schließen.

Die kleine legte rasch ihre Hand zwischen die Seiten: „Du hast gesagt, drei Sätze. Also musst du noch einen lesen, Mama."

„Recht hast du, mein Liebes", gestand die Mutter zu. „Dann also jetzt der dritte Satz. Der heißt: ‚Eine größere Freude gibt es nicht für mich, als wenn ich höre, dass meine Kinder auf dem Weg der Wahrheit wandeln. – Vor der Welt glänzen wollen ist Eitelkeit.'"

„Puh, das ist wirklich schwer zu verstehen, Mama", gestand die kleine Valeska und sprudelte sofort weiter: „Da bin ich noch zu klein zu. Aber wenn ich groß bin, will ich das alles genau lesen und dann kann ich das auch verstehen, Mama. Und jetzt gehe ich wieder spielen. – Wo sind eigentlich mein großer Bruder und meine große Schwester?"

„Die sind irgendwo im Park, Kind", mutmaßte die Mama und musste über die Worte „großer Bruder" und „große Schwester" lächeln. Valeska hatte doch noch drei weitere große Brüder und eine um elf Jahre ältere Schwester, die in Putbus auf der Insel Rügen in eine Internatsschule gingen und die immer nur in ihren Ferien zu Hause waren. Valeska kannte die älteren Geschwister – Franziska, Franz-Hubert, Walther und Günther – also weniger als ihre Schwester und ihre Brüder, sondern eher als „Gäste" der Familie. In ihren Vermutungen fortfahrend meinte die große Valeska: „Vielleicht sind Hans-Werner und Hildegard ja am Teich? – Nein", korrigierte sie sich dann selbst, „Hildegard hat Unterricht bei dem Fräulein. Hans-Werner könnte im Spielzimmer im Schloss sein oder im Pferdestall. Vielleicht sitzt er auch in eurem Strauchhaus und schaut ein Buch an. Du weißt doch, dass dein Bruder allein nicht so gerne draußen spielt wie du. Geh ihn suchen. Seid dann aber bitte nicht zu wild."

Mit dieser freundlichen Mahnung der Mutter trollte sich die kleine Valeska in den Park, um irgendwo ihren „großen Bruder" zu finden.

Valeska von Tiele-Winckler schaute ihrer Tochter ein wenig versonnen nach. Was würde wohl aus diesem Kind einmal werden? Die Kleine war zuweilen sehr zwiespältig und schwer zu fassen. Sie konnte einerseits äußerst liebenswürdig und anhänglich sein, aber in ihrem Verhalten dann auch sehr abweisend oder gar abstoßend. Einmal verhielt sie sich völlig in sich gekehrt und still und saß stundenlang ohne jedes Spielzeug und mit eng zusammengekniffenen Lippen an ihrem Kindertischchen oder auch am Fenster ihres Zimmers und stierte Löcher nach irgendwohin, als brüte sie über einem unlösbaren Problem. Dann wieder tobte sie wild und unberechenbar durch die Treppenhäuser, Flure und Räume des großen Schlosses oder über Stock und Stein auf dem Gelände des weitläufigen Parks. Mal zog sie sich von allem zurück und mied die Menschen, die nun einmal zahlreich im Schloss und auf dem Gelände lebten und arbeiteten. Dann wieder drängte sie sich mitten hinein ins menschliche Getümmel, das es zuweilen in Miechowitz auch gab, wenn Gäste aus befreundeten anderen deutschen Adelshäusern zu Besuch im Schloss waren und dann auch den Park bevölkerten, oder wenn es Geschäftssitzungen im Haus gab. Zu denen kamen die wichtigsten Beamten und Angestellten aus den Gruben, Hüttenwerken und Fabriken im oberschlesischen Bergbau- und Industriegebiet, aus Kattowitz und Myslowitz oder anderen Orten der Region, zu Beratungen und Verhandlungen.

Unter ihnen war dann immer auch Friedrich Wilhelm Grundmann, der langjährige Freund der Familie von Tiele-Winckler und seit mehr als einem Vierteljahrhundert der oberste Verwalter des großen Familienbesitzes in Oberschlesien. Wenn dieser Mann im Schloss war und sich auch Zeit für Privates nehmen konnte, war die kleine Valeska in ihrem Temperament kaum zu bremsen, war doch der „liebe Onkel Grundmann" nicht nur Hildegards und Hans-Werners, sondern seit dem 29. November 1866 auch ihr Taufpate. Der liebe Mann konnte so interessant erzählen und brachte immer irgendein kleines Geschenk mit. Auf seinem Schoß ließ es sich wunderbar sitzen und seinen Worten zuhören. Besonders gern hörte die kleine Valeska dem älteren Herrn zu, wenn er von ihrem Großvater Franz von Winckler erzählte, mit dem er über viele Jahre eng zusammengearbeitet hatte und dem er immer noch sehr verbunden war, auch wenn der schon vor zwanzig Jahren gestorben war.

Ja, sie war schon irgendwie ein besonderes Kind, die kleine Valeska, ging es der großen Valeska mit diesen Gedanken durch den Sinn, und ihr entfuhr ein leichter Seufzer, als sie ihre Zweitjüngste hinter den Bäumen verschwinden sah. Wenn der allmächtige Gott sich nicht selbst um dieses aufwachsende Menschlein kümmerte, dann sähe es wohl eher traurig aus um seine Zukunft. Wie sollte dieses kleine, so widersprüchliche Wesen einen guten Lebensweg finden, wenn es nicht von irgendwoher festen Boden unter die Füße, starke Geländer für die Hände und gute Ziele für sein Herz bekäme? Wie von selbst legten sich die Hände der frommen Katholikin zusammen, und ihre Gedanken formten sich zu einem Gebet, das die Sorge der Mutter um ihre Kinder dem Gott und Herrn vortrug. Denn er konnte sich allein recht kümmern und das Leben ihrer insgesamt neun Kinder auf guten Wegen zu guten Zielen und zuletzt zu seinem ewigen Ziel führen, das die Bibel in einem Apostelbrief der „Seelen Seligkeit" nannte und das auch als der „Himmel" beschrieben wurde. Dabei lag ihr ihre namensgleiche Tochter besonders am Herzen, denn deren unstetes und unberechenbares Wesen, ein „wunderbares Gemisch von Liebenswürdigkeit und böser Laune“, wie es einmal ein Gast formuliert hatte, gab immer wieder Anlass zu besonderer innerer Mühe und Sorge. Also: „Wachset fort und gedeihet, ihr lieben kleinen Bäumchen, und besonders du liebes mit meinem Namen“, wie die Mutter einmal notiert hatte.

Am Abend dieses Tages sprach die kleine Valeska wieder einmal das Nachtgebet, das sie als Zweijährige nach einem glimpflich abgelaufenen Unglück bereits von ihrer Mutter gelernt und danach immer wieder nach besonderen Bewahrungen gesprochen hatte: „Lieber Engel, ich danke dir, dass du mich so beschützt hast vor Unglück.“ Das Mädchen war sich durchaus bewusst, dass der vom Vater befohlene mutige Sprung von der Mauer über den Graben tatsächlich auch einen anderen Ausgang hätte nehmen können.

Einige Zeit später saß die Familie von Tiele-Winckler zu sechst gemeinsam beim Abendessen – Vater Hubert, Mutter Valeska, Hildegard, Hans-Werner, Tochter Valeska und Klein-Klara. Die älteren Kinder waren nicht in Miechowitz, weil sie zurzeit keine Ferien hatten. Während der Mahlzeit unterhielten sich die beiden Erwachsenen über dies und jenes, wobei die Kinder mehr oder weniger interessiert zuhörten. Sie hatten es gelernt, am Tisch nur dann zu reden, wenn sie dazu aufgefordert wurden. Das kam natürlich immer wieder vor, besonders dann, wenn der Vater einige Zeit in Geschäften unterwegs gewesen war und dann gerne erfahren wollte, was sich denn während seiner Abwesenheit zugetragen hatte.

An diesem Abend hatte er sich auch bereits einiges erzählen lassen, was seine drei Jüngsten beim Hausunterricht, beim Spielen und in den täglichen Vorlesestunden der Mutter erlebt und gelernt hatten. Dabei hatte er unter anderem erfahren, dass Hildegard im Unterricht gut lernte, dass Hans-Werner auch bereits die ersten Wörter geschrieben hatte, obwohl er mit seinem Lehrer Schlens, dem „Herrn Merkwürdig“, wie Hans-Werner ihn respektlos nannte, nur schwierig zurechtkam. Der Vater hatte auch gehört, dass die kleine Valeska Fortschritte gemacht hatte bei ihren Handarbeiten mit den besonderen hölzernen Stricknadeln und dass Klein-Klara beinahe die Wendeltreppe von Mutters Zimmer heruntergefallen wäre, wenn nicht ein Engel sie im letzten Moment aufgefangen hätte. So zumindest erzählte es ihre ältere Schwester, wobei der Engel eins der Hausmädchen gewesen war, das sich zufällig im Raum aufgehalten hatte.

Dann musste die kleine Valeska allerdings noch etwas erzählen, was sie unbedingt loswerden wollte. Bei ihren Worten schaute sie den Vater nun aber nicht an, sondern blickte auf ihre Hände, die sie ein wenig unruhig knetete. Hans-Werner schaute ebenso vor sich hin. „Die Mama musste auch böse mit uns sein“, kam es zaghaft aus dem Mädchen heraus.

„Die Mama und böse mit euch? Das kann ich mir gar nicht vorstellen.“ Hubert von Tiele-Winckler suchte fragend die Augen seiner Tochter, dann die von Hans-Werner. Er fand sie aber beide nicht, denn die Kinder verharrten in ihrer verschämten Haltung, die ein schlechtes Gewissen anzeigte. Der Vater blickte jetzt seine große Valeska fragend an und forderte von der kleinen eine nähere Auskunft. „Ich denke, die Mama kann gar nicht böse sein mit euch. Da müsst ihr ja besonders unartig gewesen sein." An Hans-Werner gewandt fragte er: „Möchtest du erzählen, was passiert ist, mein Junge?"

Ehe der Angesprochene antworten konnte, blickte seine jüngere Schwester auf und gab die Antwort: „Wir haben gelacht, Papa. Und das war nicht recht."

„Ihr habt gelacht? Und deshalb war die Mama böse mit euch? Lachen ist doch etwas Schönes und Gesundes. Wir lachen doch viel miteinander, wenn wir etwas zum Freuen und zum Lachen haben."

Jetzt blickte auch Hans-Werner auf: „Wir haben am Sonntag gelacht."

„Und wann darf man am Sonntag nicht lachen?", forschte der Vater weiter nach dem Ungeheuren, das seine Frau hatte böse werden lassen.

„Beim Beten, Papa", antwortete jetzt wieder die kleine Valeska, wobei sie erneut verschämt den Blick senkte. Ob sie wohl eine nachträgliche Strafe des Vaters erwartete? Bei Hans-Werner schien das so zu sein. Sein ängstlicher Blick zum Vater verriet seine Furcht vor dessen Reaktion.

Der hakte zunächst aber noch einmal nach: „Erzähl mir bitte genauer, was vorgefallen ist, Valeska." Gemeint war die kleine, denn die große Valeska hielt sich offenbar bewusst aus dem Gespräch heraus. „Nun, was war, mein Kind?", drängte der Vater.

Jetzt kam es heraus, leise und zögernd: „Wir haben in der Sonntagsandacht gelacht, als die Mama am Ende das heilige Vaterunser gebetet hat. Eigentlich sollten wir das Gebet mitbeten, wie wir das sonst immer machen, weil wir den Text ja gelernt haben", hängte das Mädchen sofort erklärend an, wohl um dem Vater keine Chance zu einer Reaktion zu geben, „aber wir haben irgendwie einen bösen Lachanfall bekommen, den wir nicht unterdrücken konnten. Und danach musste die Mama böse mit uns sein."

„Und? Hat die Mama euch gestraft?", fragte der Vater weiter.

Die beiden angesprochenen Kinder schauten sich jetzt gegenseitig an, als wollten sie erkunden, wer antworten sollte. Dann war es doch wieder Valeska, die sprach. Mit ein paar Tränen in den Augen sagte sie leise: „Die Mama hat uns gesagt, dass sie uns am Abend keinen Gutenachtkuss geben wird."

„Das war für uns ganz schlimm, Papa", ergänzte ihr Bruder. „Wir konnten lange nicht einschlafen, weil die Mama so böse mit uns war."

„Und wir haben in unseren Betten geweint, weil uns das alles wehgetan hat", ergänzte Valeska.

„Was hat euch wehgetan?", hakte der Vater nach.

„Dass wir beim heiligen Vaterunser gelacht haben und dass wir die Mama traurig gemacht haben und dass wir deshalb ohne Gutenachtkuss einschlafen mussten."

Hubert von Tiele-Winckler wollte den weiteren Fortgang der Geschichte dann auch noch wissen. „Und weiter?"

„Wir sind irgendwann doch eingeschlafen, und am Morgen hat die Mama uns geweckt."

„Mit einem Gutenmorgenkuss", ergänzte die kleine Valeska, wobei ihre Augen nun doch wieder strahlten. Auch Hans-Werners Gesicht hatte sich wieder aufgehellt. „Und dann war alles wieder gut, stimmt's, Mama?"

„So war es, ihr beiden, oder richtiger ihr drei, denn Klara hatte ja auch keinen Gutenachtkuss bekommen." Die Mama lächelte ihre Kinder an und bestätigte die Worte ihres Jungen noch einmal: „Danach war alles wieder gut."

„Und wir lachen auch nie wieder beim Gebet, Papa“, bestätigte Valeska noch einmal ihr Versprechen, das die Kinder an jenem Montagmorgen der Mama gegeben hatten. Mit einem bittenden Blick zu ihrem geliebten Vater hängte sie an: „Und du strafst uns nicht noch einmal, Papa?“

„Nein, meine lieben Kinder, das tut euer Papa nicht“, blickte Hubert von Tiele-Winckler die drei nacheinander liebevoll an und nahm ihnen damit die Furcht vor weiterer Strafe. Dann fasste er zusammen: „Einmal gestraft genügt. Mamas verweigerter Gutenachtkuss war euch eine ernste Lehre, wie ich merke. Und ich denke, alles ist nun wirklich wieder gut.“

Dann sprach er sein Töchterchen wieder direkt an: „Meine liebe kleine Valeska, ich habe noch etwas anderes. Erinnerst du dich an die Frage, die du mir neulich nach deinem Sprung von der Mauer über den Graben gestellt hast?“

„Natürlich, Papa“, kam die prompte Antwort des Mädchens. „Ich merke mir doch immer alles.“

Die große Valeska schaute fragend von der Tochter zu ihrem Mann und wieder zurück. „Was hast du denn den Papa damals gefragt?“

„Ich habe den Papa gefragt, warum er mich so oft ‚kleine Valeska‘ nennt, wie gerade auch wieder.“

„Und was hat der Papa dir geantwortet?“, fragte die Mutter nach.

„Er hat gesagt, er nennt mich die ‚kleine Valeska‘, damit er mich nicht mit dir verwechselt, Mama. Du bist doch seine große Valeska“, antwortete das Mädchen und schaute ihren Vater fragend an.

Der Vater sprach weiter: „Du hast doch insgesamt sieben Namen, meine kleine Valeska, oder nicht?“

„Das weiß ich doch, Papa. Du hast sie an der Mauer alle genannt. Aber ich weiß sie nicht mehr, weil ihr doch immer nur einen davon gebraucht." Valeska blickte zwischen Vater und Mutter hin und her. „Habe ich denn auch einen Doppelnamen wie Hans-Werner und mein ganz großer Bruder Franz-Hubert?", wandte sich das Mädchen an die Mutter.

Die antwortete: „Du hast keinen Doppelnamen, Kind, du hast einen Siebenfach-Namen, aber nirgendwo steht ein Bindestrich wie bei Hans-Werner. Du hast nach deiner Valeska noch die Namen, die Papa dir wohl genannt hat: Anna Catharina Adelheid Maria Elisabeth Eva. Aber wir haben dich bisher nie mit dem Siebenfach-Namen genannt. Das ginge ja auch gar nicht. Stell dir vor, wir würden alle deine Geschwister immer mit ihren Vielfach-Namen rufen. Wir haben dich deshalb auch immer nur mit deinem ersten Namen gerufen, Valeska."

Die kleine Valeska schaute zwischen ihren Eltern hin und her. Irgendetwas hatten die doch vor mit ihrem Namen. Ihre Geschwister schienen auch sehr gespannt, was denn jetzt käme.

„Und jetzt frage ich dich etwas ganz Wichtiges", nahm der Vater wieder das Wort. Er zögerte einem Moment, wohl um die Spannung zu erhöhen, und stellte dann die Frage, die ihm jetzt so wichtig war: „Möchtest du nicht lieber Eva heißen?"

Die so Gefragte blickte ihren Vater mit großen, erstaunten Augen an, setzte augenblicklich ein entschlossenes Gesicht auf und antwortete mit einem sehr deutlichen „Nein! Warum soll ich Eva heißen? Alle meine Schwestern heißen in ihren vielen Namen Eva. Ich will heißen wie die Mama! Ich will nicht Eva heißen!"

Ob Vater und Mutter – die beiden hatten sich zuvor über die Sache natürlich besprochen – mit dieser entschiedenen Antwort gerechnet hatten? Die Eltern schauten sich an, als wollten sie sich zunächst darüber verständigen, wer jetzt wie reagieren sollte. Dann warf der Vater seinen Köder aus, mit dem er den Fisch sicher zu fangen gedachte. Er kannte seine Tochter: „Du hast recht, meine kleine Valeska. Nur, keine der Schwestern heißt mit Rufnamen Eva. Wenn ich dir nun ein großes Stück Butter gebe, möchtest du dann mit Rufnamen Eva heißen?"

Das war nun ein Angebot, dem die Vierjährige nicht widerstehen konnte. Butter aß sie liebend gerne, auch ohne Brot darunter, einfach so, pure Butter. Deshalb nannte Hans-Werner sie doch auch „Butterkeller", wenn er sie ärgern wollte. Für eine Sonderration Butter tat die kleine Valeska alles. Dafür opferte sie sogar ihren bisherigen Rufnamen und tauschte ihn gegen einen neuen ein. Augenblicklich sprang ihr Widerstand um in deutliche Begeisterung: „Gut, Papa, dann heiße ich ab jetzt Eva. Eva von Tiele-Winkler, das soll jetzt mein Name sein. Das hört sich auch gut an. Habt ihr's gehört, Hans-Werner und Klara und Hildegard? Ich heiße ab heute Eva und bekomme dafür ein besonderes Stück Butter. Und wer mich noch einmal Valeska ruft, auf den höre ich nicht."

Mit diesen Worten reichte sie ihrem Vater den Teller, damit der ihr den versprochenen Preis für die Namensänderung darauflege. „Das schmeckt herrlich, Papa. Und wenn ich jetzt nur noch Eva heiße, dann kannst du mich nicht mehr mit der Mama verwechseln. Und ich komme nicht mehr gelaufen, wenn du nach Valeska rufst. Das ist jetzt gut so!"

Die Begeisterung des Mädchens war kaum zu bremsen und sie übertrug sich auch auf ihre drei Geschwister am Tisch. „Sie heißt jetzt Eva! Sie heißt jetzt Eva! Eva Butterkeller“, nahm Hans-Werner den neuen Namen seiner Schwester auf, und Klein-Klara tat es ihm nach: „Eva heißt Eva!“

Auch Hildegard bestätigte die Namensänderung: „In Ordnung, Schwesterchen. Valeska raus und Eva rein. Ich werde die Neuigkeit den anderen Geschwistern gleich schreiben.“

„Mach das“, lächelte die Mutter ihrer Tochter zu, um dann ihren Mann anzuschauen. Ihre Freude und auch die ihres Hubert darüber, dass die Kinder den neuen Namen ihrer Tochter gleich annahmen, stand den beiden deutlich ins Gesicht geschrieben.

Hubert von Tiele-Winckler nahm die Hand seiner Frau und lächelte sie an: „Ab jetzt bist nur noch du allein meine Valeska. Und was aus der neuen Eva von Tiele-Winckler einmal wird, weiß Gott. Heißt Eva nicht ‚Mutter alles Lebendigen‘? Ich ahne, dass Eva einmal eine Mutter wird, eine Mutter für viele.“

„Deine Gedanken in die Ohren unseres Gottes, mein lieber Mann“, nahm Valeska von Tiele-Winckler diesen Gedanken auf und fuhr dann fort: „Jetzt sollten wir die Familienrunde aber beenden. Wir haben die Kinder lange genug am Tisch gehalten. Sie müssen in die Betten, und ich will ihnen doch vorher noch ein wenig vorlesen …“

„… von Räubern und von Wilden und von Indianern?“, griff die neue Eva Mamas Hinweis begeistert auf.

„Nein, mein Kind“, meinte die jetzt alleinige Valeska, „heute Abend lese ich euch eine Geschichte von der heiligen Barbara vor.“

„Das ist die Patronin von unseren Bergleuten“, ergänzte der Papa.

„Das wissen wir doch, Papa“, mischte sich Hildegard jetzt ein und ergänzte: „Und wir wissen auch, dass Großvater Franz auf dem Grytzberg draußen die Barbara-Kapelle hat bauen lassen, damit die Leute dort beten können. Die Mama pilgert doch auch so gerne hinauf und betet in der Kapelle zu Gott und zur heiligen Barbara, damit sie die Bergleute beschützen, wenn sie die Kohle und das Erz und den Galbei in der Tiefe ausgraben, oder wie dieses Zinkerz heißt.“

„Es heißt Galmei, Kind“, korrigierte der Vater lächelnd und drängte zum Aufbruch von der Abendtafel. „Was die Mama euch gleich vorliest von der heiligen Barbara, wird bestimmt genauso spannend wie irgendeine Räubergeschichte.“

„Das wird es, ihr Lieben“, beendete die Mutter jetzt die Tischgemeinschaft, „wenn wir Gott noch gedankt haben und wenn unsere Sophie euch zum Zubettgehen fertig gemacht hat.“

Glückliches Geburtstagskind

Am 31. Oktober 1873 feierte die Familie von Tiele-Winckler im Schloss Miechowitz wieder einmal einen Geburtstag. Eva, das blonde Mädchen mit dem kleinen Zopf am Hinterkopf, wurde an diesem Tag sieben Jahre alt. Es war ein fröhlicher Tag für Eva und ihre kleine Gästeschar, zu der außer den Eltern und den drei Geschwistern im Haus auch Großmutter Adelheid von Tiele gehörte, die von weither aus Norddeutschland angereist war. Auch Gräfin Henckel war gekommen, die eine treue und vielgeliebte Patin aller von Tiele-Winckler-Kinder war. Sie brachte bei ihren Besuchen zur großen Freude des kleinen und auch des heranwachsenden Volkes immer große Tüten Bonbons mit, die sie großzügig verteilte.

Besonders freute sich das Geburtstagskind über den Besuch ihres „lieben Onkels Grundmann" aus Kattowitz. Friedrich Wilhelm Grundmann hatte sich nicht zweimal bitten lassen, mit seiner Frau Leopoldine nach Miechowitz zu kommen und den Geburtstag seines kleinen Patenkindes mitzufeiern. Nachdem der langjährige Verwalter der umfangreichen und weitverzweigten Tiele-Winckler-schen Besitztümer im Jahr zuvor in Pension gegangen war, hatte er die Zeit dazu und konnte endlich wieder einmal auf dem Schlossgelände sein, ohne über Geschäfte reden und Entscheidungen treffen zu müssen.

Es war ein sonniger Herbsttag mit warmen Temperaturen. Sie machten es möglich, einen Teil der Geburtstagsfeier aus den Räumen des Schlosses nach draußen in den Park zu verlegen, zumindest für die Zeit zwischen dem festlichen Mittagessen und dem Kaffeetrinken, das am späteren Nachmittag im kleinen Salon stattfinden sollte.

Die Luft war für die Jahreszeit erstaunlich lau und klar. Der leichte Herbstwind stand günstig, sodass der in der Regel sehr lästige Rauch und die unangenehmen Gerüche von den vielen Schloten der Fabriken aus der Gegend um die nahe Stadt Beuthen und aus dem weiteren oberschlesischen Industriegebiet den Park nicht trafen. Bei östlich und südlich stehenden Winden war das der Fall, was für die Menschen im Dorf und im Schloss Miechowitz zuweilen sehr belastend sein konnte. Auch die Maschinengeräusche der näher liegenden Fabriken, die hier häufig zu hören waren, schwiegen heute. Der nordwestliche Wind trug sie ebenfalls vom Schlosspark weg. Zu riechen waren dagegen einige späte Krautfeuer, die westlich des Parks auf den weiten Feldern abgebrannt wurden. Das drang sogar eher angenehm in die Nasen der Schlossbewohner, erinnerte es doch an die Kartoffel- und Rübenernte, die die Bauern eingefahren hatten, auch die Bauern, die für die Adelsfamilie arbeiteten und die deren Versorgung mit Feldfrüchten besorgten und sicherten.

Die zehnköpfige Geburtstagsgesellschaft begab sich also nach draußen zu einem Spaziergang durch den Park. Für Kleine und Große war es herrlich, unter den großen verschiedenartigen Bäumen bei lebhafter Unterhaltung mit den Schuhen im Laub zu rascheln, das bereits in Mengen gefallen war. Hier und da lagen Kastanien oder auch Eicheln herum, die zu Wurfübungen einluden. Deren Mutterbäume gab es im Park allerdings nur vereinzelt. Sogar die Großmutter, die Patin und die beiden Grundmanns versuchten sich im Eichel- und Kastanien-Weitwurf. Die restlichen Blätter, die noch an den Zweigen der Pappeln, Robinien, Linden, Birken und Platanen hingen, leuchteten in der Sonne in allen erdenklichen Farben. Nur die zahlreichen Misteln in den überwiegend kahlen Baumkronen zeigten noch ihr sattes Grün, als wollten sie dem Herbst auf ihre besondere Weise trotzen.

Im licht gewordenen Haselgesträuch, das überwiegend an der Parkmauer angesiedelt war, turnten helle und dunkle Eichhörnchen, pflückten die letzten Früchte und trugen sie irgendwohin in den Park, um sie dort zu vergraben. Eine Schar Raben und ein großer Pulk Dohlen flogen aufgeregt hin und her und machten dabei einen schrecklichen Lärm, als lägen sie miteinander in heftigem Streit oder als wollten sie die Gespräche der Menschen unter ihnen stören. Das Geschrei der schwarzen Gesellen war so laut, dass das Pfeifen und Singen der heimischen Singvögel, die sich wohl auch über die warme Herbstsonne freuten, kaum zu hören war. Die ließen sich zur Freude der Spaziergänger auf den laubbedeckten Kieswegen und in den Sträuchern sehen. Amseln und Drosseln, Rotschwänze, Kohl- und Blaumeisen, Finken, Grünlinge und Dompfaffen und wer sonst noch zur zahlreichen gefiederten Gesellschaft gehörte, trieb dort seine lustigen Spielchen. Die Nachtigallen und andere Zugvögel, die es während des Sommers zahlreich im Park gab, hatten bereits ihre lange Reise in die Winterquartiere angetreten.

In der Nähe des Teiches am Nordende des Parks löste sich Eva aus der Kindergruppe, die bisher fröhliches Verstecken, Fangen und Kastanienwerfen gespielt hatte, und lief hinüber zu den sechs Erwachsenen, die sich am Springbrunnen angeregt über das Kunstwerk mit dem steinernen Knaben und dem Wasser speienden Schwan unterhielten. „Weißt du, wer diesen schönen Brunnen entworfen hat, Geburtstagskind?“, fragte der Vater, als sich die Tochter mit deutlich bittendem Blick vor ihm aufbaute. Dabei ahnte der Mann, dass das Kind sicher nicht über den Brunnen reden wollte. Dennoch stellte er die Frage, und Eva wusste zu antworten.

„Natürlich weiß ich, dass der Knabe und der Schwan von einem Bruder der Großmutter Alwine gebaut worden ist. Theodor Kalide hieß der und ist schon gestorben. Von diesem Bildhau-Künstler ist auch die ehrwürdige heilige Marmor-Maria in der Kreuz-Dorfkirche, die die neue

Großmutter Maria für die frommen Bergleute und ihre Familien in Miechowitz schon bauen wollte. Die Mama hat sie dann bauen lassen, und die weiße Madonna liebt sie sehr." Für einen kurzen Moment unterbrach sich Eva. Sie musste ein paarmal Luft holen, ehe sie weiterreden konnte. „Die neue Großmutter war Mamas Stiefmutter und hieß als Mädchen Domes und als Ehefrau Aresin. Sie war die Herrin von Miechowitz, weil sie von ihrem Vater Ignaz alles geerbt hat. Als ihr Mann Franz Aresin gestorben ist, hat sie den Großvater Franz geheiratet und dann Winckler geheißen. Bei den Leuten hieß sie die ‚Rose von Schlesien', weil sie so eine schöne Frau war. Seit 1840 hieß sie von Winckler, weil Großvater Franz in dem Jahr von dem vierten König Friedrich Wilhelm geadelt worden ist. Und weil die Mama dich geheiratet hat, heißen wir jetzt alle von Tiele-Winckler und sind zusammen die Herrschaft von Miechowitz, Myslowitz, Kattowitz und anderen Orten." Puh, war das eine Rede gewesen! Eva atmete tief durch und schaute stolz und Anerkennung heischend in die Runde.

„Gut gelernt und brav geantwortet, mein großes Eva-Kind", lobte der Vater dann auch mit deutlicher Freude im Gesicht und in der Stimme den schwierigen historischen Vortrag seiner Tochter. Auch die anderen Erwachsenen sparten nicht mit staunender und freundlicher Bewunderung für das Geburtstagskind.

„Aber du bist wohl nicht hergekommen, um die Geschichte unserer Familie zu erzählen", forderte der Schlossherr das Mädchen auf, jetzt sein eigentliches Anliegen vorzutragen.

Eva blickte ihren Vater mit bittenden Augen an, holte wieder tief Luft und sagte: „Nein, Papa, das bin ich nicht.

Aber du wolltest die Geschichte hören, und dann habe ich sie erzählt. Ich wollte fragen: Dürfen wir auf den Teich? Papa, bitte!"

Vater Hubert zögerte einen Moment mit seiner Antwort, schaute hinüber zu dem stark mit Laub bedeckten Gewässer, besann sich, atmete dann einmal tief durch und fragte zurück: „Liegt der Einbaum noch im Wasser?"

„Er liegt noch im Wasser, Papa. Aber er ist beim letzten Sturm vollgelaufen und ist auch ganz voll Blätter. Man kann sich nicht hineinsetzen und mit ihm fahren."

Die Bitte, die diese Antwort enthielt, war deutlich. Hubert von Tiele-Winckler ging allerdings nicht so darauf ein, wie es seine Tochter wohl erwartet hatte. Er sagte: „Nun gut, mein liebes Geburtstagskind, weil heute dein Feiertag ist. Wenn ihr mit dem Boot auf den Teich wollt, dann macht den Einbaum sauber und legt ihn trocken. Wenn euch das gelingt, habe ich nichts gegen eine Bootsfahrt einzuwenden."

Nach dieser Antwort ihres Mannes mischte sich seine Frau ein: „Aber Hubert …" Weiter kam Valeska von Tiele-Winckler allerdings nicht, denn ihr geliebter Mann ahnte ihren Gedanken und stellte mit deutlichem Nachdruck fest: „Bitte, meine Liebe, wenn die Kinder mit dem Einbaum auf dem Teich fahren wollen, sollen sie sich die Bedingungen schaffen, die dazu nötig sind. Sie können das." Die Worte des Schlossherrn waren deutlich gesprochen, seine Frau wagte keinen weiteren Widerspruch, und seine Tochter trollte sich, um die Weisung des Vaters an Hildegard, Hans-Werner und Klara weiterzugeben. Eva kannte ihren Vater. Der bestand immer darauf, dass seine Kinder selbst Hand anlegten, wenn sie zu der gewünschten oder auch geforderten Aufgabe in der Lage waren, und er gab entsprechende Anweisung. Die musste dann allerdings auch ausgeführt werden. Ängstliches Kneifen oder trotziges Verweigern ließ er nicht gelten. Diese Haltung gehörte zu seiner Sicht von Disziplin, die er selbst als Kind und Jugendlicher gelernt, als preußischer Offizier ausgeübt hatte und die er von seinen Untergebenen forderte, wo auch immer diese ihren Aufgaben nachkamen.

Bereits Augenblicke später sah man die Kinderschar emsig damit beschäftigt, mit einfachem Gerät aus dem einen Steinwurf weit gelegenen Schuppen das schlichte Gefährt am Bootssteg vom Wasser zu befreien und vom hineingefallenen Laub zu reinigen. Danach konnte – zur Freude oder zum Ärger der verschiedenen laut schnatternden Enten im Wasser – die fröhliche Bootspartie für alle vier beginnen und ihren ausgelassenen Verlauf nehmen. Die Erwachsenen, die das Ufer des Teiches inzwischen erreicht hatten, freuten sich daran.

Der Schlossherr blieb mit seiner Frau am Steg stehen, wechselte seine Zigarre, die er sich inzwischen angebrannt hatte, in die linke Hand, nahm seine Frau mit der rechten und zog sie ein wenig beiseite, während die drei anderen Frauen und der Freund aus Kattowitz ihren Spaziergang fortsetzten. „Siehst du, meine Liebe“, sagte Hubert und legte seiner Valeska den Arm um die Schulter, „sie können es. Man muss es ihnen nur zutrauen. Nur so werden sie tüchtige Menschen, die ihr Leben meistern.“

Für einen Moment schmiegte sich die Mutter der Kinder in den Arm ihres Mannes und wandte ihm einen verliebten Blick zu: „Du machst das schon recht, mein Liebster. Du bist ihnen ein guter Vater.“ Nach einem Moment des Nachsinnens hängte sie an: „Ich wünschte nur, deine Arbeit für unseren Besitz und die vielen Geschäfte würden dich nicht so sehr beanspruchen und du könntest ihnen mehr Zeit widmen. Die notwendige praktische Lebensertüchtigung unserer Kinder muss von dir kommen, Hubert. Ich bin kein praktischer Mensch für die Arbeit draußen und für das größere und gröbere Handwerkliche der Berufs- und Geschäftswelt. Ich danke Gott immer wieder, dass er dich mir gegeben hat und dass du ein so ausgezeichneter Geschäftsmann und Herr unserer Güter geworden bist. Das Wincklersche Erbe ist bei dir in den allerbesten Händen."

„Danke für das Kompliment", gab Hubert zurück und drückte seine Frau ein wenig fester an sich. Dann revanchierte er sich ebenso liebevoll: „Dafür bist du eine ausgezeichnete Mutter, meine liebe Valeska. Du hast deine Stärken in deiner eher stillen Zuwendung, in der geistigen Förderung der Kinder und auch in der geistlichen Ausrichtung. Du bringst den Kindern die Liebe zu edlen Künsten bei, lehrst sie Malen und Zeichnen, Klavier- und Flötespielen, das Hören auf gute Musik. Beethoven für junge Leute! Wunderbar, wie du das machst! Du betreibst eine ausgezeichnete Bildung der jungen Gemüter. Und was noch wichtiger ist: Du lehrst sie das Beten und das Gottvertrauen. Beides ist besonders wichtig für ein gelingendes Leben." Hubert von Tiele-Winckler hielt einen Moment inne und zog seine Frau noch ein wenig dichter an sich. Dann fuhr er fort: „Ich bin immer wieder froh und dankbar, dass unsere unterschiedliche Konfessionszugehörigkeit dabei kein Hindernis ist. Dass du als Katholikin die Heiligen und ihr Einwirken in die Geschicke der Welt und der Menschen in deinem Glauben hast, hat mich noch nie angefochten. Ich habe kein Problem damit, dass du Hedwig, die Herzogin von Schlesien, als Heilige verehrst, wie es viele hier tun, und dass du die heilige Barbara liebst und dass du beide in deinen Gebeten um Hilfe anrufst. Dass ich das aus meinem lutherischen Glauben nicht tun kann, siehst du mir in deiner Liebe nach. Dafür bin ich wirklich sehr dankbar."

„Und dass du gelegentlich die vier ‚Allein' des lutherischen Glaubens erwähnst", fügte Valeska hinzu, „sehe ich zu den Erkenntnissen meines Glaubens auch nicht im Widerspruch. Allein die Schrift – das ist für mich freilich ein wenig schwierig. Die katholische Kirche lässt ihren Schäfchen nicht viel Raum zum Lesen der Heiligen Schrift. Sie verweist sie auf die alten Kirchenväter, auf Johannes Tauler und Meister Eckhart und andere fromme Mystiker des Mittelalters. Du weißt, dass ich seit jenem Traum in Trier das gesprochene und überlieferte Wort Christi dennoch für wichtiger erachte als seinen Rock, den man dort verehrt."

„Ich weiß", bestätigte Hubert. „Du hast dir damals eine Bibel gekauft. Ich hatte das bei deiner Rückkehr mit tiefer Freude gesehen, wenn ich es auch nie kommentiert habe."

Valeska ging auf die Worte ihres Mannes nicht ein, sondern griff den Gedanken von eben wieder auf: „Allein durch den Glauben? Allein aus Gnaden? Beides ist gut. Es geht nicht ohne Glauben an Gott und nicht ohne seine Gnade. – Allein Christus? Das ist ebenso notwendig und gut und besser als alle Reliquien wie jener Rock. – Also, mein Liebster, machen wir in unseren gemeinsamen und doch ein wenig gegensätzlichen Glaubensweisen weiter so und überlassen es unseren Kindern, sich irgendwann geistlich selbst zu orientieren, ob sie nach einem hoffentlich gelungenen Leben einmal katholisch oder evangelisch beerdigt werden wollen. Für den christusgläubigen Menschen ist der Himmel ohnehin derselbe."

„So sehe ich das auch, meine liebe Valeska. Also machen wir so weiter und bemühen uns um ein gutes Vorbild für unsere neun und auch für die anderen Menschen um uns herum, die uns anvertraut sind", bestätigte Hubert und kam zurück auf das vorige eher weltliche Thema: „Du darfst dein großes Geschick in den feinen Handarbeiten auch nicht gering schätzen. Was haben deine großen und kleinen Töchter nicht schon alles an Praktischem von dir gelernt und abgeschaut fürs Sticken und Stricken, Häkeln und Nähen. Hat nicht Eva ihre Puppenschar schon wieder neu eingekleidet? Und hat sie nicht auch gute Fortschritte gemacht im Verstehen der Welt, die du ihr und ihren Geschwistern durch Bücher und Erklären und Erzählen nahebringst? – Und noch eins darfst du nicht vergessen."

Valeska von Tiele-Winckler schaute ihren Mann über die Schulter wieder an. „Ich weiß nicht, was du noch meinst."

„Nun, meine Liebe, du praktizierst eine besonders gütige und barmherzige Menschenliebe. Denk nur an die armen Witwen und an die kranken Menschen in unserem Dorf und unter unserer Arbeiterschaft an anderen Orten. Denk an die, die sich ihren Lebensunterhalt nur schwer verdienen können oder auch gar nicht. Und denk an die Frauen und Kinder, die unter der bösen Alkoholsucht ihrer Männer leiden. Wer schenkt ihnen Zuwendung und Trost und vermittelt ihnen Hilfe und Anerkennung? Wer sorgt für sie in handfesten Nöten? Wer gibt gesundheitlichen Rat und zahlt ihnen den Arzt und den Apotheker? Auch wenn du selbst selten ins Dorf kommst, die Frau Rittmeister ist dir eine gute Gesandte und Vertreterin. Und die Mittel, die du für diese Dinge einsetzt, können sich durchaus sehen lassen. Nicht nur die für unsere Armenküche, die weit im Land gerühmt wird."

„Ach, was bedeutet mir schon dieser Ruhm, Hubert? Ich zähle doch die Beträge nicht, die zu den Leuten ins Dorf gehen, mein Liebster“, wies seine Valeska diese Hinweise bescheiden zurück. „Die rechte Hand soll nicht wissen, was die linke tut. So sagt es unser Herr Christus in seiner Bergpredigt.“

„Du brauchst ja auch gar nicht zu zählen, Liebes“, bemerkte Hubert. „Unser Gott meint es sehr gut mit uns. Wir sind mit irdischen Gütern und finanziellen Mitteln reich gesegnet. Wir geben aus geschenktem Überfluss, und einen fröhlichen Geber hat Gott lieb.“

„Dann sind wir uns ja einig darin, dass wir in unserem Denken und Handeln so weitermachen, wie wir es tun“, griff Valeska den Gedanken auf und ergänzte, was sie hinter den Worten ihres Mannes vermutete: „Ich bin sicher, dass wir auch in dieser Haltung unseren Kindern ein gutes Vorbild sein dürfen. Sie geben jetzt schon gerne ab von dem, was sie bekommen und haben. Und das ist ja nicht unbedingt viel. Wir bemühen uns ja, ihnen persönliche Bescheidenheit vorzuleben und sie zur eigenen Bescheidenheit zu erziehen. Wir überschütten sie nicht mit Geld, das sie ausgeben könnten. Auch nicht mit Spielzeug und Süßigkeiten und anderen, eher nützlichen Dingen ...“

„... und wir erwarten von ihnen, dass sie in ihren Schulen draußen das Beste geben. Von Helene in Moschen und den vieren, die hier bei uns im Schloss sind, erwarten wir, dass sie im Hausunterricht ihre Leistungen bringen.“ Für einen Moment unterbrach sich der Schlossherr, drückte seine Frau noch einmal an sich und fuhr dann fort: „Schau sie dir noch einmal an, wie sie sich freuen in ihrem schwankenden Kahn und wie die Geschwister ihre Geburtstags-Schwester dabei hofieren. Sind es nicht glückliche Kinder? Sie mögen sich noch ein paar Minuten vergnügen. Wir sollten unseren lieben Gästen folgen und ins Schloss zurückgehen." An die Kinder gewandt, rief er über den Teich, nachdem er wieder einmal an seiner Zigarre gezogen und ein paar Ringe in die Luft geblasen hatte: „Ihr Kinder, wenn die Sonne hinter der Edeltanne verschwindet, kommt ihr bitte ins Haus. Bis dahin ist es noch etwa eine halbe Stunde. Heiße Schokolade und Kuchen warten. Und vergesst nicht, das Boot festzumachen. Oder besser: Zieht es an Land und dreht es um. Wir gehen schon zurück ins Haus."

Später dann saß die kleine Geburtstagsgesellschaft um den Kaffeetisch und tat sich bei lebhaften Tischgesprächen der Großen und Geflüster und Getuschel der Kleinen (das heute Nachmittag ausnahmsweise erlaubt war) an Kuchen und Gebäck, Kaffee und Kakao gütlich. Danach gab es nach Belieben verschiedene kleine Leckereien, die besonders bei den Kindern regen Zuspruch fanden. Hans-Werner war dabei besonders eifrig. Er sammelte aus den Konfektschalen alle Zigarren aus Schokolade und baute sie vor sich auf, um eine nach der anderen zu „verrauchen". Die Paten und auch die Großmutter sprachen ihn schmunzelnd darauf an, er sei für sein Alter wohl ein sehr starker „Raucher". Er könne aber doch wohl nicht alle Zigarren allein für sich beanspruchen. Ob denn nicht vielleicht die anderen Personen am Tisch auch gerne eine solche süße Zigarre „rauchen" wollten?

„Nein, ihr Paten und Großmutter, die Zigarren muss allein ich rauchen", antwortete der Junge sehr bestimmt und zog mit der Bemerkung sofort die Aufmerksamkeit aller anderen am Tisch auf sich. „Eva hat mir nämlich einmal gesagt, dass es wichtig ist, dass ich als Junge viel rauchen muss."

„Du als Junge?"

„Das verstehe ich nicht!"

„Das musst du uns erklären, Hans-Werner!"

„Wie kann Eva denn so etwas sagen?"

So kam es beinahe gleichzeitig Hans-Werner von den Erwachsenen am Tisch entgegen. Die beiden Männer, selbst Zigarrenraucher, blickten erst sich und dann den noch nicht neunjährigen Hans-Werner erwartungsvoll an.

Der musste natürlich sofort eine Erklärung abgeben und kam der Aufforderung mit treuherziger Miene nach, wobei er zunächst noch einmal wie ein echter Raucher an seiner Zigarre zog, das heißt ein Stück ablutschte: „Also, Eva hat mir gesagt, ich soll viel rauchen, damit ich später recht viele Kinder bekomme. Mit denen will sie dann spielen."

„Das hat Eva dir gesagt?", wunderte sich Mutter Valeska.

Jetzt wandten sich alle Augen dem Geburtstagskind zu, das dieses Rätsel allein lösen konnte. Und Eva erläuterte im Brustton der Überzeugung: „Das ist doch ganz einfach. Ich denke mir das so: Unser Papa raucht viele Zigarren, und er hat doch viele Kinder, nämlich neun, fünf Mädchen und vier Jungen. Wozu also sollte er sonst so viel rauchen, wenn das nicht zusammenhängt?"

Diese Erklärung löste einige Heiterkeit unter den Erwachsenen aus. „Ob es diesen Zusammenhang wirklich gibt, müsste tatsächlich einmal untersucht werden", lachte der neunfache Vater. „Aber lassen wir Evas Deutung für heute einfach so stehen. Hans-Werner wird eines Tages sicher genauer darüber nachdenken. Für jetzt haben wir noch anderes vor."

Hubert von Tiele-Winckler wurde wieder ernst und erhob sich von seinem Platz. Er musste noch einer traditionellen Pflicht nachkommen, die in der Familie seit einigen Jahren praktiziert wurde. Erst danach konnte er die Kinder ins Spielzimmer entlassen. „Meine liebe kleine große Eva-Tochter“, begann er. „Wir freuen uns alle über deinen Geburtstag und über die Feier an diesem schönen Tag. Du darfst dann auch bald mit deinen Geschwistern ins Spielzimmer wechseln. Dort könnt ihr euch dann fröhlich austoben, nachdem ihr so lange habt still sitzen müssen.“ Der Vater unterbrach seine Rede für einen Moment, machte ein verheißungsvolles Gesicht und fuhr fort: „Eins fehlt noch am Kindergeburtstag. Was mag das wohl sein, mein Evchen?“

Das Geburtstagskind wusste natürlich, was der Vater mit seinem Hinweis meinte. Eva stand von ihrem Platz auf, kam um den Tisch herum und baute sich vor ihrem Papa auf, ihre Hände zu einer Empfangsschale geformt.

„Du erwartest also noch ein Geschenk?“

„Natürlich, meine Geburtstagstaler, mein lieber Papa.“ Eva schaute ihn erwartungsvoll an.

„Wie viele Taler erwartest du denn, mein Kind?“

„Natürlich sieben, so viele wie ich heute alt bin.“

„Und was wirst du mit den Talern machen?“, fragte der Vater und erinnerte mit der Frage an die Tradition, nach der die Geburtstagstaler vom Empfänger nicht behalten, sondern immer für einen wohltätigen Zweck verwendet wurden.

„Ich lege sie in Mutters Armenkasse.“ Eva zögerte einen Moment, als überlegte sie, ob sie ihren weiteren Wunsch überhaupt aussprechen durfte. Dann tat sie es nach einem deutlichen tiefen Schnaufer: „Und ich frage die Mama, ob ich morgen mit der Frau Stallmeister ins Dorf gehen darf. Ich möchte gerne dabei sein, wenn die Frau Stallmeister die Taler bei armen Leuten abgibt."

„So ist es recht, mein Kind", bestätigte der Vater Evas Gedanken. „Das ist ein guter Wunsch. Ich denke, die Mutter wird es dir ausnahmsweise erlauben, mit unserer Frau Rittmeister ins Dorf zu gehen. Und jetzt zähle ich dir deine Geburtstagstaler in die Hände." Der Vater zog die Münzen aus seiner Tasche: „Zähl mit, Evchen. Achtung: Eins, zwei, drei ..."

Mit glücklichen Augen zählte Eva mit: „... vier, fünf, sechs, sieben. – Danke, mein guter Vater." Eva machte einen Knicks, wie das auch zu dieser Zeremonie gehörte, und trug die Taler zur Mutter auf der anderen Tischseite. Die nahm das Geld in Empfang. „Danke, mein Kind. Gerne darfst du morgen nach dem Unterricht mit ins Dorf gehen und dabei sein, wenn die armen Leute das Geld und einige andere Dinge in ihren Häusern in unserem Namen in Empfang nehmen."

„Ich danke dir, meine gute Mutter", antworte das Mädchen brav. Die Worte gehörten ebenfalls zum Ritual. Dann aber fiel sie der Mama um den Hals und wiederholte, diesmal ohne die übliche Form: „Danke, Mama, danke. Dafür bin ich dir tausendmal besser als eine Katze."

Diese merkwürdige Liebeserklärung des Geburtstagskindes brachte die großen Menschen um den Tisch zum Lächeln und entlockte ihnen zustimmende Äußerungen. Sie war wohl der besondere Dank dafür, dass Eva zum ersten Mal mit ins Dorf gehen durfte, um bei Hausbesuchen im Namen der Herrschaft des Miechowitzer Schlosses bei bedürftigen Leuten dabei zu sein, die immer wieder einmal Hilfe von der adeligen Familie bekamen. Ihre älteren

Geschwister waren daran nach ihren Geburtstagen bisher nie interessiert gewesen. Und Klara war natürlich noch zu jung dazu.

„Dürfen wir jetzt zum Spielen gehen?“, löste sich das Geburtstagskind vom Hals der Mutter und stob nach der erhaltenen Erlaubnis freudig mit Hildegard, Hans-Werner und Klara aus dem Raum. Die drei hatten diesen Moment schon lange herbeigesehnt. Jetzt war er endlich gekommen.

An der Tür machte Eva allerdings noch einmal kehrt und kam an den Tisch zurück. „Ich habe etwas ganz Wichtiges vergessen. Ich bekomme noch einen Taler.“

Mit verschmitzten Augen schaute sie in die sechs fragenden Gesichter und gab auch schon die Erklärung. Dabei kramte sie ein kleines aus Papier selbst gebasteltes Schächtelchen aus der Tasche ihres Kleides, öffnete den Deckel und zeigte seinen Inhalt herum. „Für diesen Zahn bekomme ich auch noch eine Münze. Er hat sehr gewackelt, und da habe ich ihn gestern rausgezogen. Ich habe gedacht, ich zeige ihn heute an meinem Geburtstag, und dann bekomme ich acht Münzen.“

„Recht so, Evchen“, bestätigte der Vater. „So war es bei uns schon immer. Jeder ausgefallene Milchzahn wird mit einer Münze bedacht.“ Dieser Satz galt wohl den Geburtstagsgästen als Erklärung dieses Rituals. „Komm, hol dir dein Geldstück.“

Der Vater nahm eine weitere Münze aus seinem Portemonnaie und legte sie Eva in die kleine Hand. „Was machst du jetzt mit dem Taler?“, wollte er wissen.

„Der kommt zu den anderen sieben, und morgen wird er auch ins Dorf getragen und macht jemandem Freude.“

„Das finde ich eine sehr gute Sache“, meldete sich an

dieser Stelle der Pate Friedrich Wilhelm Grundmann. „Komm her, Eva-Kind, du sollst die Freude noch vergrößern können. Ich erhöhe auf zehn Taler."

„Und ich auf zwölf", ergänzte spontan die Patin. „Ich gebe das Geld nachher deiner Mama. Dann kannst du jetzt zu deinen Geschwistern gehen."

Eva machte vor Freude einen Hopser auf der Stelle, sprang mit ein paar weiteren auf die andere Seite des Tisches, gab den beiden großzügigen Paten zum Dank mit einem höflichen Knicks die Hand und rannte dann mit schnellen Schritten aus dem Salon. Wäre sie langsam und gesittet hinausgegangen, dann hätte sie gehört, wie ihr Onkel Grundmann und die Patin Gräfin Henckel lobende Worte dafür fanden, dass Mutter Valeska sehr daran gelegen war, ihren Kindern die Liebe zu armen und bedürftigen Menschen zu vermitteln. Von denen gab es im Dorf draußen leider eine ganze Menge.

Am Abend dieses fröhlichen Tages saß Valeska eine Weile länger als üblich am Bett ihrer nunmehr siebenjährigen Eva. In der Hand hielt sie einen Bleisoldaten, den sie eben vom Zimmerboden aufgehoben hatte und dem der Kopf fehlte und ein Fuß. Ein wenig traurig meinte sie: „Musste das denn schon wieder sein? Der arme Soldat. Dass du auch immer wieder dein Spielzeug zerbrechen musst."

Das Immer-noch-Geburtstagskind legte der Mama ihre Hand auf den Arm und glaubte wohl, sie trösten zu müssen: „Ach, weißt du, Mama. Alle müssen einmal sterben. Auch der Soldat. Jetzt ist er eben tot. Alles hat seine Zeit, sagt Hans-Werner immer. Schad nix, der Soldat ist jetzt im Himmel beim lieben Gott. Da ist meine Wachsgesicht-Liesel auch."

„Hast du die etwa auch schon wieder ...?“ Valeska schaute bei dieser Offenbarung ihrer Tochter jetzt doch ein wenig entsetzt drein, während Eva treuherzig antwortete: „Sie hat in meiner Hand zu sehr gezappelt. Das war dumm von ihr. Sie ist einfach herausgefallen und dann hart auf den Boden geschlagen. Dabei ist ihr Gesicht völlig zersprungen. Wir mussten danach eine richtige Beerdigung machen.“

„Eine richtige Beerdigung? Wer hat die gemacht?“, wollte die Mutter wissen.

„Wir vier Kinder natürlich, Mama“, kam die Antwort.

„Und? Wie habt ihr das gemacht?“

„Ich erzähle es dir von vorne, Mama“, richtete sich Eva in ihrem Bett auf, strich sich ein paar Haare aus dem Gesicht und begann eine lange Antwort. Dabei wurde sie ganz eifrig und erregt. „Also, zuerst haben wir ein Puppentauffest gespielt. Ich war die Puppenmama, meine Liesel war das Taufkind, Hans-Werner war der wichtige Taufpastor und Klara und Hildegard waren die Taufpaten. Und dann musste das Unglück ja passieren.“

„Das verstehe ich nicht, Kind“, unterbrach die Mutter. „Bei einem Tauffest muss doch kein Unglück passieren.“

„Doch, meine liebe Mama“, widersprach Eva, „wenn die Taufpatin als eine böse schwarze Dornröschen-Fee zu Besuch kommt, dann muss ein Unglück passieren. Hildegard hat dem Taufkind alles Böse gewünscht, und schon ist es auf den Boden gefallen und hat sich dabei das Wachsgesicht zerschmettert.“

„Das ist ja traurig“, unterbrach die Mutter wieder. „War dir das nicht sehr schlimm?“,

„Nur zuerst, Mama, weil das so gescheppert hat“, widersprach Eva jetzt wieder. „Warum sollte mir das schlimm sein? Du weißt es doch, dass bei mir immer wieder ein Spielzeug verdirbt. Danach hält es meistens noch sehr lange mit einem Schaden, und die Puppe oder der Zinnsoldat lebt halt mit einem Arm oder mit einem Bein weiter."

„Und deine Liesel konnte nicht weiterleben?"

„Der ist doch das Gesicht völlig verdorben, Mama, und eine Puppe ohne Gesicht hat auch kein Gehirn mehr und ist genauso tot wie der Soldat ohne Kopf. Die Liesel mussten wir einfach beerdigen."

„Und wie habt ihr das gemacht?", wollte die Mama wissen.

„Wir haben einen großen Haufen Papierschnitzel gemacht und die tote Liesel in ihrem Karton-Sarg damit zugedeckt. Die Schnitzel waren unsere Erde. Und da liegt sie jetzt drunter. Das schöne Grab kannst du im Spielzimmer in der breiten Nische zwischen den Spielzeugschränken noch anschauen. Die große Beerdigungsgesellschaft liegt auch noch drum rum."

„Die Beerdigungsgesellschaft?" Die Mutter verstand nicht.

„Na, Mama, eine tote adelige Wachsgesichtpuppe braucht für ihre Beerdigung doch eine große Gesellschaft. Wir haben unsere Kürbiskinder und unsere Gummipuppen zusammengetragen. Aber wir haben sie noch nicht wieder aufgeräumt. Du magst sie also noch anschauen."

Damit war die Geschichte erzählt, und das Mädchen wartete auf eine weitere Reaktion der Mutter. Die saß mit gefalteten Händen sehr nachdenklich auf Evas Bettkante und war mit ihren Gedanken irgendwo anders. Sie schrak sogar ein wenig zusammen und musste sich für einen Moment orientieren, als das Mädchen sie bei ihrem inneren

Ausflug störte und geheimnisvoll flüsterte: „Ich habe mir aber ein Andenken behalten. Es liegt unter meinem Kissen."

„Ein Andenken an deine verdorbene Liesel? Welches denn? Zeigst du es mir?", forderte Valeska die Tochter auf, dieses Geheimnis zu lüften. Sie war gespannt, was jetzt zum Vorschein käme.

Eva griff unter ihr Kopfkissen und zog einen kleinen blauen Glaskörper hervor. „Hier, schau, Mama. Ein Auge von der Liesel habe ich nicht beerdigt. Das verwahre ich mir gut. Das werde ich mir in einen Ring fassen, wenn ich groß bin."

Die Mama nahm den kleinen Gegenstand in die Hand und betrachtete ihn für einen Moment. Ein durchaus schönes Stück. Dann meinte sie ein wenig versonnen: „Und wenn ich dir das Glasauge in einen Ring einfassen lasse, vielleicht zu Weihnachten oder zum nächsten Geburtstag?"

„Dann bist du die beste Mama, die es auf der Welt gibt, Mama", begeisterte sich das Kind sofort und schlang der Mutter beide Arme um den Hals. „Die beste Mama der Welt!" Nach einem Moment fügte sie an: „Und jetzt muss ich schlafen, Mama. Der liebe Gott im Himmel wartet schon lange auf mein Nachtgebet."

„Der liebe Gott im Himmel? Wie stellst du dir den vor?", wollte die Mutter nun noch wissen.

„Na, meine gute Mutter", antwortete Eva, „wie unseren guten Vater, nur dass er einen weiten Mantel anhat und immer so schwebt. Es heißt doch auch im heiligen Gebet: ‚Unser Vater im Himmel'."

„Dann musst du dir den Mantel des himmlischen Vaters aber so groß und weit vorstellen wie den weiten Sternenhimmel, der heute draußen so herrlich anzusehen ist."

„Mit einem Stück Mond drauf, Mama. Der ist nämlich auch zu sehen. Und wenn dann Abendröte ist, dann hat der Mantel einen roten Rand. Sehr hübsch anzusehen, Mama, sehr schön!“, stellte Eva abschließend fest, legte sich zurück in ihr Kissen und faltete ihre Hände. „Und jetzt das Nachtgebet von den Augen des Vaters, Mama!“

Valeska von Tiele-Winckler überlegte einen Augenblick, an welches Gebet ihre Eva dachte. Dann betete sie: „Müde bin ich, geh zur Ruh, schließe meine Augen zu. Vater, lass die Augen dein über meinem Bettchen sein.“

„Und jetzt noch das mit den Flügeln und den singenden Engeln“, forderte Eva eine Gebetszugabe. Lächelnd ließ sich die Mutter auf die Bitte ihrer Tochter ein und betete den gewünschten Vers: „Breit aus die Flügel beide, o Jesu, meine Freude, und nimm dein Küchlein ein. Will Satan mich verschlingen, so lass die Englein singen: ‚Dies Kind soll unverletzet sein.‘“ Dann drückte sie ihrem Kind einen Kuss auf die Stirn, strich ihm noch einmal mit der Hand über sein Haar, löschte das Licht in den Petroleumlampen und verließ das Zimmer.

Das Geburtstagskind schlief nach diesen liebevollen Gesten der Mama sofort ein. Welch einen ereignisreichen und schönen Tag hatte Eva heute erlebt. Und der nächste würde sicher ähnlich ereignisreich, wenn sie mit der Frau Rittmeister ins Dorf ging, um in zwölf Häusern den Menschen eine große Freude zu machen.

Die große Familie

Wenige Tage nach Evas Geburtstag begann in Oberschlesien wieder einmal der Winter, der sich in dieser Randregion des Deutschen Reiches in der Regel heftig gestaltete und zumeist bis weit ins Frühjahr hinein dauerte. Auch in diesem Jahr legte sich eine geschlossene und zunehmend dicke Schneedecke auf das Land und sorgte dafür, dass das Leben der großen und kleinen Leute in Stadt und Land, also auch in Miechowitz, für viele Wochen zumeist in den Häusern stattfand. Draußen in Kälte und Nässe spielte es sich nur ab, wenn es unbedingt sein musste – für die Wege zu den Arbeitsstätten, zu den Geschäften, zur Schule und zu den Kirchen. Die Menschen wagten sich außerhalb ihrer Pflichten und Notwendigkeiten nur dann nach draußen, wenn die Luft einigermaßen klar war und nicht durchsetzt vom staubigen und stinkigen Rauch der hohen Fabrikschlote und dem aus den niedrigeren Schornsteinen der Hütten und Häuser, der sich bei ungünstiger Witterung gerne bodennah festsetzte und einfach nicht abziehen wollte. Dann stöhnten die Leute weniger unter der Kälte als unter der schweren Luft, und sie sehnten sich nach Winden, die die grauen Schwaden vertrieben und ihnen leichteres Atmen und bessere Sicht verschafften.

Diese winterlichen Lebensbedingungen galten auch den Menschen in Miechowitz, den Großen wie den Kleinen, den Alten wie den Jungen. Letzteren machten die schwierigen Tage und Wochen nur weniger aus. Sie suchten sich ihr Vergnügen im grauen Schnee, der seine natürliche weiße Farbe nie lange erhalten konnte, und rutschten gerne auf ihren primitiven Schlitten den Grytzberg hinunter, trafen sich zu Schneeballschlachten und schlitterten mit großem Vergnügen auf dem Eis der Dorfteiche und der Umgebung herum. Der Winter hatte eben auch seine schönen und vergnüglichen Seiten.

Die hatte er auch für die Kinder im Schloss, wenngleich denen die Schlittenabfahrten vom Grytzberg nicht erlaubt waren. Sie verließen im Sommerhalbjahr kaum ihr umfriedetes Gelände; im Winterhalbjahr dann schon gar nicht. Wenn es aber im Park möglich war, tobten auch sie im tiefen Schnee herum, bauten Schneemänner und Schneehütten, spielten Eskimos, Eisbären und Schlittenhunde. Von allen Geschwistern war Eva dabei die, die am seltensten müde zu kriegen war. Und wenn die Schwestern und der Bruder nicht nach draußen wollten, weil es ihnen zu nass oder zu kalt oder beides zugleich war, dann stromerte sie eben allein durch die Weite des Parks und berichtete später stolz, wie tief sie im Schnee eingesunken war und wie nahe sie den Kaninchen, Hasen und Rehen und den vielen Vögeln gekommen war. Die hatten nämlich – wie in jedem Winter – an einer stillen Stelle nahe der Parkmauer ihre besondere überdachte Futterstelle, die von Bediensteten des Schlosses immer gut versorgt wurde mit Rüben- und Kartoffelschnitzen, Heu, Körnern und Samen und anderem, was den Tieren nützlich war. Dann erzählte Eva mit glänzenden Augen auch, dass manche Vögel am großen Futterhaus ihr die Körner aus den behandschuhten Händen gepickt hatten. Dieses zutrauliche Federvölkchen bereitete dem Mädchen ein besonderes Vergnügen.

Manchmal gelang es Eva aber doch, Hans-Werner und Klara zumindest zu einem kurzen Ausflug nach draußen zu bewegen. Hildegard war an solchen Dingen kaum interessiert. Sie siedelte ohnehin bald nach Moschen über, um mit ihrer um zwei Jahre älteren Schwester Helene gemeinsamen Unterricht zu erfahren.

Wenn die Einladung zu einem Abenteuer half, den Unterricht bei dem kautzigen Herrn Schlens zu vermeiden oder wenigstens zu verkürzen, dann war die Bereitschaft des Bruders leichter zu gewinnen. Valeska als Lehrerin ihrer Kinder ließ sich darin allerdings überhaupt nicht beeinflussen. Wenn sie eine Unterrichtsstunde angesetzt hatte, in Musik zum Beispiel oder klassischer Lektüre, oder wenn sie eine bei einem der anderen Lehrkräfte angeordnet hatte, dann gab es keine Entschuldigung für einen Ausfall der Lektion. Mademoiselle zum Beispiel durfte auf keinen Fall warten oder in den angesetzten Stunden französischer Grammatik und Konversation ohne Arbeit sein. Auch die Lektionen in Englisch durften nicht ausfallen. Die Eltern Tiele-Winckler legten größten Wert auf eine standesgemäß gediegene Bildung ihrer Kinder, um sie tüchtig zu machen für alle Bereiche des Lebens, in denen sie eines Tages ihren Mann und ihre Frau stehen mussten. Die Söhne würden jeder über kurz oder lang ihre eigenen Güter aus dem großen, weit verstreut liegenden Familienbesitz oder auch Aufgabenbereiche im Bergbau, dem Hüttenwesen und der Industrie Oberschlesiens zu verwalten haben. Diesen Aufgaben sollten sie dann auch gewachsen sein. Die Töchter würden in wenigen Jahren standesgemäß in befreundete Adelsfamilien einheiraten. Dafür und auch für die Aufgaben als Ehefrauen und Mütter sollten sie entsprechend vorbereitet werden.

Während Hans-Werner sich zuweilen schwertat mit dem Lernen, fiel es Eva leicht, den jeweils gebotenen Unterrichtsstoff aufzunehmen – war sie doch schon länger deutlich daran interessiert, Schreiben und Lesen zu lernen und zu beherrschen. Sie hatte für ihr junges Alter schon sehr vieles im Kopf und in ihren Gedanken, was unbedingt herauswollte und was sie unbedingt aufschreiben musste. Meistens waren das gereimte Texte, die sie für sich selbst oder für irgendwelche Zuhörer aussprach. Kaum dass sie die ersten Buchstaben und Wörter beherrschte, nähte sie sich selbst ein Heft, in dem sie ihre Verse und Gedanken künftig aufschreiben und für die Zukunft festhalten konnte.

Mit Stolz führte sie eines Abends der Mutter ihr erstes eingetragenes Gedicht vor. Ob sie ihre eigenen Worte dabei schon begriff? Oder war dieses Gedicht nur der Widerhall von Gedanken, die sie im Laufe der Zeit von der Mama aufgenommen hatte? Wie auch immer – der Text brachte die Mutter zu tiefem Erstaunen und zu besonderem Dank an Gott, als sie las:

„Du bist, o Gott, das Licht des Lebens,
Von allem, was das Auge sieht,
Und alles, was uns scheint vergebens –
Wenn du es willst, es gleich geschieht!“

Wie eindrucksvoll diese Aussagen des siebenjährigen Mädchens!

„Ich glaube, mein Kind, Gott hat dir eine besondere Gabe in dein Leben gegeben“, kommentierte die Mutter die Zeilen, „ein feines Empfinden und einen guten Reichtum an Wörtern und Formulierungen. Ich bin gespannt, was du demnächst noch alles aufschreiben wirst.“

Diesem Gedicht sollten in der Tat im Laufe der Jahre noch unendlich viele folgen. Immer, wenn der kleinen und reifer werdenden Eva eine Sache wichtig und bedeutsam wurde, schrieb sie sie in gereimter Form auf. Und Eva war eigentlich immer irgendetwas wichtig.

In den Tagen über Weihnachten und den Jahreswechsel war die Tiele-Wincklersche Familie vollzählig versammelt, wie das für diese besondere Zeit wichtig und richtig war. Welche Freude für die Eltern und die große Geschwisterschar, nach langer Trennungszeit wieder einmal beieinander zu sein. Welche Freude besonders für die kleineren, die „Gruppe der Großen“ und die „Mittelsorte“, wie Eva ihre Brüder und Schwestern zuordnete – zur „Mittelsorte“ gehörten die beiden Moschener Mädchen Helene und Hildegard –, für ein paar Tage um sich zu haben und mit ihnen im großen, vielräumigen Schloss alles Mögliche anzustellen, vor allem mit den Brüdern das beliebte Verstecken zu spielen. War das aufregend! Das war zuweilen sogar richtig abenteuerlich und unheimlich, waren doch die langen Flure und großen Treppenhäuser längst noch nicht alle beleuchtet, und gab es doch in den Etagen des großen Gebäudes eine Unzahl von Winkeln und Nischen und anderen Örtlichkeiten, in denen man sich wunderbar verbergen konnte. Schade, dass die drei Schwestern andere Interessen hatten, als im Schloss Verstecken zu spielen.

Die „Opfer“ dieser Spiele waren natürlich immer die „Kleinen“, die dann, wenn die Suche bei ihnen lag, die „Großen“ selten fanden, dafür aber von ihnen umso häufiger erschreckt wurden. Das diene der „inneren Abhärtung“, wie Franz-Hubert, Walther und Günther ihre Attacken begründeten, und sei geeignet, „ihnen das Fürchten abzugewöhnen“, ganz im Sinne des Vaters, der großen Wert darauf legte, dass sich seine Kinder ohne jede Furcht und Angst jeder Lebenssituation stellten, die ihnen begegnete.

Irgendwann wurde es Hans-Werner, dem „Kleinen", beim Spielen aber doch einmal zu bunt. Er wollte nicht mehr. Die großen Brüder gingen mit den kleinen Geschwistern unkameradschaftlich um, wenn sie ihnen immer wieder einen Schrecken einjagten. Hans-Werner meldete sich vom Spiel ab und nahm sich sein Evchen beiseite. „Wir spielen ab jetzt nie mehr Verstecken. Und wenn wir groß sind, bauen wir uns ein neues Haus."

„Und wie soll das aussehen?", forschte Eva, die sofort wusste, wo sie mit ihrem Bruder dran war. Denn was der mit einer solchen Bestimmtheit sagte, das galt. Da ließ der dann auch nicht mehr mit sich reden.

„Rund, Evchen, rund. Das ganze Haus wird rund und hat gar keine Ecken."

„Gar keine Ecken?" Eva schaute ihren Bruder ungläubig an.

„Genau so", bestätigte Hans-Werner mit großem Nachdruck. „Alles ist rund, jedes Zimmer, jeder Schrank, jeder Tisch, alles."

„Was bist du denn für ein Baumeister?", wunderte sich das Mädchen. „Alles ist rund?! Teller und Tassen, Töpfe, Schüsseln und Eimer sind rund. Wozu soll das helfen, wenn alles andere auch rund ist?"

„Na, wozu schon, Evchen?" Hans-Werner schien nicht zu verstehen, dass seine Schwester nicht begriff. „Dann gibt es im Haus keine Ecken und Winkel, wo sich jemand verstecken und jemanden erschrecken kann. Dann haben wir immer glatte Wege."

„Na, ich weiß nicht", zweifelte Evchen. „Das gibt es doch gar nicht, nur glatte Wege. Die gibt es nicht in einem Haus. Die gibt es auch nicht in einem Leben, sagt die Mama. Es gibt immer und überall Ecken und Winkel!"

„Ach, was du immer denkst." Der Bruder wurde richtig ärgerlich. Um die Situation zu retten, schlug er vor: „Lassen wir's. Komm, steigen wir auf den Schwalbenturm."

„Das machen wir besser morgen", lehnte Eva den Vorschlag ab. „Es ist doch schon fast dunkel draußen. Wenn ich die fünfzig Stufen da raufsteige, will ich von oben auch etwas sehen."

„Du hast mal wieder Recht, Evchen, auch wenn es mehr als fünfzig Stufen sind", gestand der Bruder zu. „Dann zählen wir eben morgen wieder die Schlote und Essen. Vielleicht gelingt uns das ja endlich einmal richtig."

Es gelang ihnen auch am nächsten Tag nicht, die Schornsteine zu zählen, die von hier oben zu sehen waren. Die meisten waren wie fast immer im Dunst nur undeutlich zu erkennen oder ganz verschwunden. Und auch bis nach Russland konnten sie nicht schauen, wenn sie sich nach Osten wandten. Dort hinter dem hügeligen Horizont sollte das geheimnisvolle Reich des Zaren liegen. So hatte es der Vater einmal hier oben erzählt. Ob das stimmte, dass sie so dicht an Russland lebten? Die beiden Kinder hatten da schon ihre Zweifel. Aber wenn der Vater so etwas erzählte, musste es eigentlich richtig sein. Ihr Vater! Das war ein Mann! Für den rauchten die meisten der Schlote, die heute zu sehen waren, und auch eine große Zahl weiterer, die leider nicht zu sehen waren. Für den Vater arbeiteten die meisten Leute in Myslowitz und Kattowitz, in Rokittnitz und in Lagiewnik, auf den Gütern Kujau, Lichten und Moschen, und auch auf vielen Gütern in Mecklenburg, weit im Norden von hier, deren Namen die Kinder gar nicht alle kannten.

Für den Vater arbeiteten auch die Menschen im verschneiten Dorf Miechowitz, das von hier oben ganz anders aussah, als wenn man sich mit dem Wagen oder auch zu Fuß durch die Straßen bewegte. Welch ein mächtiger und guter Mann war doch ihr so sehr geliebter Vater!

Die beiden Kinder auf der Plattform des Schwalbenturms erfüllte wieder einmal Stolz auf ihren Papa, der in der oberschlesischen Heimat so wichtige und große Sachen bewerkstelligte. Leider konnte er aber nicht dafür sorgen, dass der neue Anbau ans Schloss endlich fertig wurde, in dem der Lehrer Schlens seine schlichte Wohnung hatte. „Ich möchte wissen, wann die Gerüste dahinten beim Wasserturm endlich verschwinden und der merkwürdige Herr Lehrer eine ordentliche Wohnung bekommt", sinnierte Hans-Werner.

„Jetzt im Winter können die Bauleute ja gar nicht weitermachen. Dazu ist es doch viel zu kalt", glaubte Eva zu wissen. Und dann ergänzte sie mit einem hintergründigen Grinsen und einem Seitenblick auf den Bruder: „Vielleicht überlegt der Papa aber auch, ob er die Räume in dem neuen Hausteil vielleicht alle rund bauen lässt und ohne Ecken."

„Das wäre nicht schlecht", bestätigte der „Baumeister" von gestern und blieb dabei wider Erwarten freundlich. „Dann brauchte der Herr Lehrer Merkwürdig Schlens nicht mehr ständig hin- und herzulaufen, dann könnte er rund laufen …"

„… und bekäme dabei einen Drehwurm", ergänzte Eva, und beide Kinder auf der Plattform des Schwalbenturms mussten über diese Vorstellung lachen.

„Den Drehwurm holen wir uns jetzt wieder, wenn wir hinuntersteigen, Evchen. Lass uns gehen. Mir wird kalt hier oben." Hans-Werners Ansage wirkte wie eine Anordnung, und deshalb kam die Schwester ihr auch sofort nach. Dem Mädchen war nämlich inzwischen auch kalt geworden.

Dass es zu dem „Licht“, in dem die „Kleinen“ ihren Vater hier oben wieder einmal gesehen hatten, auch immer „Schatten“ gab, war den beiden Kindern verständlicherweise noch kaum bewusst. Der Blick für die Not, das Elend und die Armut, die mit den unzählbaren rauchenden Schloten verbunden waren, sollte vor allem Eva später noch aufgehen. In diesen letzten Tagen des Jahres wurden alle Blicke freilich ohnehin von solchen Dingen abgelenkt und eingefangen von den unzähligen Lichtern des häuslichen Weihnachtsfestes. Am hellsten aber strahlte das Licht des Kindes in der Krippe, vor dem alle Weihnachtslichter der Welt in Wirklichkeit sehr blass erschienen, wie es die Mama in diesen Tagen immer wieder einmal deutlich machte.

Wie immer in der jüngeren Vergangenheit wurden die Weihnachtstage auch in diesem Jahr zu einem schönen Familienfest mit viel Dekoration in zahlreichen großen und kleinen Räumen des Schlosses, mit einem großen, strahlenden Christbaum in der hohen Blumenhalle, mit vielen weiteren Kerzen auf besonderen Haltern und Ständern. Die Räume füllten sich mit fröhlichen Liedern und ernster und heiterer Musik auf dem Klavier und solcher auf anderen Instrumenten. Täglich gab es geistliche Andachten und auch weltliche Lesungen. Jedes Familienmitglied hatte einen Beitrag vorbereitet und trug ihn vor.

Am Heiligen Abend gab es eine gute und fröhliche Bescherung für die neun Kinder, wobei die Geschenke allerdings nicht so üppig ausfielen, wie das in einer so reichen Familie vom Stand der Tiele-Wincklers möglich gewesen wäre. Nein, auch hier hielten sich die Eltern an die einmal gewählte Bescheidenheit. Die wollten sie auch am Christfest leben und ihren Kindern dadurch Vorbild sein für deren späteres Leben.

Weniger bescheiden fiel die Bescherung aus, zu der die Bediensteten des Hauses später eingeladen waren, die Kutscher und Stallburschen, die Gärtner und ihre Gehilfen, das zahlreiche Haus- und Küchenpersonal und weitere Personen, die ihre Aufgaben im Schloss und drum herum zu erledigen hatten. Sie alle jeweils mit ihren nächsten Angehörigen und Familien bekamen als Anerkennung für ihre Arbeit wertvolle Geschenke von ihrer Herrschaft und die Einladung zu einem guten und üppigen Weihnachtsessen. Hierin war Hubert von Tiele-Winckler sehr großzügig und griff entsprechend tief in seine Schatulle.

An einer anderen Stelle zeigte seine Frau in ähnlicher Weise ihre Großmut und Freigiebigkeit. Sie hatte auch in diesem Jahr eine große Schar bedürftiger Dorfbewohner zu einem Weihnachtsessen ins Schloss eingeladen, und wie gewohnt ging keiner von diesen Menschen ohne ein Geschenk nach Hause. Wenn Weihnachten das Fest der Liebe Gottes für die Menschen war, dann musste es auch das Fest der Liebe der Menschen für ihre Nächsten sein. Für die Schlossherrin war die weihnachtliche besondere Fürsorge für die Armen des Dorfes ein Zeichen ihrer geistlichen Gesinnung und eine beinahe heilige Verpflichtung, auf der sicherlich der gute Segen Gottes und seines Christus lag, dessen Geburt auch auf diese Weise gefeiert wurde. Dieses Tun sollte vorbildhaft für die Kinder wirken, die in ihren späteren Lebensbereichen in ähnlicher Weise für Menschen verantwortlich sein würden, wie die Eltern von Tiele-Winckler es auf Miechowitz und andernorts waren.

Weg durch Nacht und Licht

In das Umfeld der weihnachtlichen Feiern gehörten auch die Dämmerstunden am Kaminfeuer im Spielzimmer der Kinder. An beinahe jedem Nachmittag versammelten sich dort alle Geschwister, wobei jeder und jede einen ganz bestimmten Platz besetzte, je nach Alter und Geschlecht näher bei der Mutter. Zum Ritual gehörte es, dass sie als Letzte den Raum betrat und ihren Platz einnahm. Zu den Texten, die sie vorlas, und zu den Geschichten, die sie mit hoher sprachlicher Kunst erzählte – häufig angelehnt an eins der großen Gemälde im Bildersaal des Schlosses –, gehörte seit Jahren eine auf jeden Fall dazu. Die Kinder bestanden auch seit Jahren darauf, dass sie sie erzählte: die Geschichte vom „Sucher".

Der „Sucher" war Großvater Franz Winckler gewesen, der schon als kleines Kind die feste Überzeugung vertreten hatte, alles würde zu Gold, was man irgendwo in die Erde steckte. Deshalb hatte er immer wieder irgendwelche Gegenstände im Boden vergraben, damit sie dort veredelt würden. Dass seine älteren Schwestern ihn wegen der vergrabenen wertvollen Fingerhüte ausschimpften, hatte er nie verstanden. Die dummen Mädchen hätten die Stücke doch nur länger im Boden lassen müssen, sie wären mit großer Sicherheit zu Gold geworden.

Den „Sucher" hatte wohl als Kind auch schon die Ahnung erfüllt, dass unter dem Boden der ausgedehnten hügeligen oberschlesischen Wald- und Feldflur „schwarzes Gold" verborgen war. Später war er als Bergmann diesen Ahnungen nachgegangen und hatte das „schwarze Gold" unter schwierigsten Bedingungen mit eigenen Händen und primitivstem Werkzeug gehoben. Aber nicht nur Kohle hatte er gefunden, sondern auch verschiedene Erze. Nachdem er mit Aufsichts- und Leitungsaufgaben seines Arbeitgebers, des Grubenbesitzers Franz Aresin, betraut worden war, hatte er diese Schätze von anderen heben lassen. Die Förderung und Verhüttung dieser Güter hatten den Menschen des Landes Arbeit und Brot gegeben, und sie gaben ihnen noch immer ihr Brot und ihr mehr oder weniger gutes Auskommen. Ihren Besitzern hatten die unterirdischen Schätze oberirdischen Reichtum und Wohlstand gebracht. Auch schließlich dem „Sucher", der wegen seiner großen Verdienste um die wirtschaftliche Entwicklung des oberschlesischen Landes im Jahre 1840 in den erblichen Adelsstand erhoben worden war und seitdem Franz von Winckler heißen durfte.

Für Valeska von Tiele-Winckler war die Geschichte ihres Vaters immer wieder ein Anlass, ihren Kindern auch das biblische Gleichnis vom Schatz im Acker aus dem Matthäusevangelium nahezubringen und seine Aussage zu verbinden mit anderen biblischen Worten wie dem des Paulus aus dem Brief an die Kolosser: „In Christus liegen verborgen alle Schätze der Weisheit und der Erkenntnis" oder auch mit dem Ausspruch des mittelalterlichen Mystikers Johannes Tauler: „Wie der Magnet das Eisen nach sich zieht, so zieht Jesus Christus alle Herzen nach, die von ihm berührt sind."

Immer wieder las sie dann auch einen bestimmten Ausschnitt aus einer Predigt von Meister Eckhart, ihrem „großen Freund", eines anderen mittelalterlichen Mystikers, dem das rechte Suchen ein großes Anliegen gewesen war: „Wisse, wenn du am Suchen bist nach Gott und suchst dabei doch für dich selbst, so findest du Gott nimmermehr.

Denn wenn du für dich selbst etwas suchst, dann suchst du Gott nicht auf lautere Weise. Du suchst es zu deinem Nutzen durch Gott und machst es gerade wie einer, der aus Gott eine Kerze machte, um etwas damit zu suchen. Wenn er aber das Ding gefunden hat, das er im Grund genommen sucht, so wirft er die Kerze weg. Wir wollen aber suchen um seiner selbst willen und nicht um des Nutzens willen, den wir durch ihn haben."

Schließlich gehörte zu dieser „Sucher"-Lektion auch immer derselbe Liedvers von Johann Scheffler: „Ich lief verirrt und war verblendet, / ich suchte dich und fand dich nicht; / ich hatte mich von dir gewendet / und liebte das geschaffne Licht. / Nun aber ist's durch dich geschehn, / dass ich dich hab ersehn."

Für die versammelte Kinderschar war diese besondere Kaminstunde am Abend immer sehr eindrücklich. Die „Großen" und die „Mittleren" mochten den Schefflerschen Vers bereits verstehen und sich in seinen Gedanken wiederfinden – oder auch nicht. Die „Kleinen" verstanden freilich zunächst wohl noch wenig von seinem Sinn. Eva ging es zumindest so. Eins verstand sie allerdings auch schon: Das Suchen und Finden von Kohle und Erz in den Tiefen der Erde vermochte durchaus guten irdischen, aber doch vergänglichen Wohlstand zu bringen. Das Suchen nach den ewigen Gütern musste an den Pforten des Himmels geschehen, dort, wo der Jesus zu finden war, dessen Geburt im Stall von Bethlehem in diesen Tagen überall gefeiert wurde.

Es war eine kostbare Saat, die die Mutter mit der Geschichte vom „Sucher" in der eigenen Familie in die Herzen ihrer Kinder einpflanzte. Wenn sie nur lange genug drin blieb, würde diese Saat sicher zu „Gold" werden.

Dass dies auch bei ihrer Zweitjüngsten geschah, dazu brauchte es wohl noch ein paar Jahre.

Kaminstunden gab es übrigens nicht nur als Erzählstunden im Spielzimmer der Kinder. Es gab sie auch im Musikzimmer. Ihre eigene Erfahrung, dass Musik in Zeiten von Krankheiten so etwas wie eine therapeutische Wirkung hatte, wollte Valeska von Tiele-Winckler gerne ihren Kindern weitergeben. Das gelte allerdings nur für edle Musik wie von dem großen Tonkünstler Ludwig van Beethoven. Der war ihr ausgesprochener Lieblingskomponist, seit sie vor Jahren in Dresden die Aufführung seiner fünften Sinfonie erlebt hatte. Die Mutter verstand es, selbst den nicht so Musikalischen unter ihren Kindern diese edle Musik nahezubringen, indem sie ihnen die Themen der einzelnen Sätze auf dem Flügel vorspielte. Den Weg „durch Nacht zum Licht", den diese Musik in unnachahmlicher Weise verdeutliche, müsse jeder Mensch gehen, erläuterte sie dabei, und es sei unbedingt wichtig und notwendig, am Ende des eigenen Lebens den Triumphmarsch zu hören und sich diesem Freuden- und Siegesgesang hingeben zu können. Das Ende müsse Licht sein, auch wenn es zuvor dunkle Wegstrecken gegeben habe. Am Ende des irdischen Daseins müsse das göttliche Licht stehen, das einst vom Licht der Weihnacht, von Jesus ausgegangen sei. Nur mit Jesus, dem Licht der Welt, könne ein Leben wirklich gelingen.

Übrigens spielte neben dem Licht auch immer wieder das Kreuz in den winterlichen Dämmerstunden der Mutter mit ihren Kindern auf Miechowitz eine Rolle. Dabei setzte Valeska von Tiele-Winckler jedes Mal bei der Geschichte an, die sie ebenfalls in Dresden sehr bewegt hatte. In dieser Königsstadt an der Elbe hatte es im Frühjahr

1843 – die Erzählerin war vierzehn Jahre alt gewesen – zur Zeit der Schneeschmelze ein starkes Hochwasser gegeben. Mächtiger Eisgang habe damals die Verbindungsbrücke zwischen der Altstadt und der Neustadt mit gewaltiger Kraft einfach weggedrückt. Den Dresdener Bürgern war es dabei am schlimmsten gewesen, dass das goldene Kreuz auf dem Geländer, von August dem Starken dort angebracht, unauffindbar in den Fluten versunken und verschwunden war. Für das damals junge Mädchen hatte dieses Ereignis symbolische Bedeutung bekommen: Der Ansturm der Wassermassen hatte das goldene Kreuz wohl für die Ewigkeit ins Strombett gelegt. In gleicher Weise, so machte es die Mutter ihren Kindern deutlich, müssten die Geschicke des Lebens, die zuweilen hochwasserähnlichen Charakter haben könnten und vor denen kein Mensch gefeit sei, das Kreuz von Golgatha mit seiner irdischen und ewigen Bedeutung in die Herzen legen, sodass nichts, aber auch gar nichts es wieder herausreißen könne. – Auch das war eine kostbare Saat, die hoffentlich im Leben der Tiele-Winckler-Kinder als Frucht aufgehen würde …

Schade, auch diese Weihnachts- und Neujahrstage gingen vorüber. Die „Großen“ und die „Mittelsorte“ der Kinder reisten in den ersten Januartagen zurück an ihre Schulorte. Im heimatlichen Schloss blieben die „Kleinen“, für die ebenfalls der geordnete Alltag mit seinen Pflichten und Freiheiten wieder seinen Gang nahm. Irgendwann ging dann auch der Winter wieder vorüber, zog der Park sein Frühlings- und Sommerkleid an, gingen die Arbeiten am neuen Schlossflügel weiter, war der Schlossherr wieder häufig in der oberschlesischen Nähe und in der deutschen und europäischen Ferne unterwegs in seinen Geschäften.

Manchmal nahm er seine Valeska mit, sodass sich die „Kleinen“ – ihren Lehrern und Erziehern anvertraut – in größerer Freiheit im Schloss, in den Pferdeställen und Remisen und auf den Grünflächen, Kieswegen und Gartenbereichen des Parks bewegen konnten.

Solche Zeiten waren auch Eva immer wieder willkommen, brauchte sie doch jetzt ihr Temperament nicht so zu zügeln, wie sie es sonst tun musste, wenn die Eltern zu Hause waren. Trotzdem sehnten die Kinder und besonders die Mädchen das Ende dieser freieren Zeit bald wieder herbei. Denn sie liebten ihre sanfte Mutter und ihren eher strengen Vater doch zu sehr.

Immer wieder beschäftigte sich Eva in solchen Wochen auch mit sich selbst und mit ihrem selbst gefertigten Buch. Wenn die Mutter aus den „goldenen Worten und frommen Gedanken“ nicht vorlesen konnte, dann musste sie sich eben selbst solche Sachen aufschreiben. Und das tat sie fleißig in ungereimter und in gereimter Form. Als Quellen benutzte sie Bücher, die sie geschenkt bekommen hatte, seit sie selbst lesen konnte. Gerne stöberte sie dann und wann in der Schlossbibliothek und in Mutters Bücherregal. Dort suchte sie nach frommen Sätzen, die ihr etwas zu sagen hatten oder die ihr einfach gefielen. Immer wieder auch nutzte sie ihre eigene Gabe, Texte zu reimen und Gedanken in Verse zu setzen.

Wenn sie die aufgeschriebenen Texte dann jemandem vorlesen wollte, holte sie sich Hans-Werner und Klara herbei. Die beiden oder auch nur eins von den Geschwistern musste dann vor ihr auf dem Stuhl sitzen und zuhören. Sie selbst spielte die Mama. Was die Geschwister dann in den kurzen Sitzungen zu hören bekamen und was die Mutter irgendwann mit Staunen und Verwunderung nachlas, war ein interessantes Textgemisch, das aber immer irgendwie einen geistlichen Aspekt hatte oder als Gebet formuliert war. Was stand da nicht alles aufgeschrieben, Verse und Sätze wie die folgenden:

„Das Meer ist tief, das Meer ist weit,
doch gehet Gottes Herrlichkeit
noch tiefer als des Meeres Grund,
noch weiter als das Erdenrund.“
„Zwei Eltern hat ein Menschenkind,
doch einen Gott, nicht mehr,
und wenn gestorben beide sind,
am Leben ist noch ER.“

„Fläuche vor der Sünde wie vor einer Schlange. So du ihr zu nahe kommst, so sticht sie dich. – Sirach 21,2.“

„Gott ist nicht ein Mensch, dass Er lüge, noch ein Menschenkind, dass Ihn etwas gereue. Sollte Er etwas sagen und nicht tun? Sollte Er etwas reden und nicht halten? – 4.Mose 23,19.“

„Gebet für alle Zeiten
Mein Herr und Gott im Himmel droben,
wir wollen alle gern Dich loben.
Du bist mein Gott, Dein ist Erde und Himmelszelt,
Du bist der Herr der ganzen großen Welt.
Du bist, o Gott, das Licht des Lebens
von allem, was das Auge sieht.
Und alles, was uns scheint vergebens
so Du es willst, es gleich geschieht. Amen“

„Ich begreife wirklich nicht, dass das Vergessen so sehr unrecht sein soll. Unrecht ist doch nur, was man absichtlich tut. Ich nehme mir aber wirklich nie vor, etwas zu vergessen."

Auch ein englisches Gedicht mit eigener Übersetzung fand Eingang in Evas Büchlein:

„God flings the flowers so fresh and free,
over hill and dale and grass and sod.
That man in all his walks may see
at each new step the stamps of God.
Gott streut die Blumen so frisch und frei
über Berg und Tal und Wiesen und Höhn,
dass die Menschen auf ihren Wegen sehn
den Stempel Gottes in den Blumen stehn."

„Niemand kann gezwungen werden, in die Kirche zu gehen, um zu beten. Das muss freiwillig gesprochen werden und zwar nur dann, wenn das Gefühl treibt. Außerdem ist es sehr viel würdiger, Gott nur in der freien Natur als nur in der Kirche anzubeten."

„Du, o mein Gott, wir wollen Dich bitten,
dass Du uns führst auf ebner Bahn.
Und wenn wir mal von Dir geschritten,
o Du, mein Gott, sieh es nicht an.
Wir wollen immer besser werden,
dass, wenn Du rufst uns von der Erden,
dass wir dann kommen in Dein Himmelreich
und werden Deinen Engeln gleich."

Am 17. März 1875 kam aus Norddeutschland die erschreckende Nachricht, dass Großmutter Adelheid von Tiele im Sterben liege. Auch ihre Enkelin Eva war äußerst betroffen. Ihr „wenn du rufst uns von der Erden" drohte plötzlich Wirklichkeit zu werden. Und sie hatte das „Großchen" doch so lieb! Aber hatte die Mama nicht immer wieder davon gesprochen, dass das Sterben zum Leben gehörte? Und hatte nicht sogar ihr Bruder Hans-Werner neulich wieder einmal gesagt, als es die zerstörte Puppe zu betrauern galt, alles Ding habe seine Zeit? So stehe es auch in der Bibel. Und wusste sie nicht schon seit ihrer Kleinkindzeit, dass der Christenmensch, der starb, zu Gott ging und dort zum Engel wurde? Also würde das Großchen doch auch zu Gott gehen, wenn es denn tatsächlich sterben sollte, und dort würde es den Engeln Gottes gleich. So stand es auch in ihrem, Evas, eigenen Gedicht. Und so würde es dann auch sein. Ganz sicher!

Die achteinhalbjährige Eva machte sich viele Gedanken um diese Sache. Dabei stiegen ihr dann doch auch Tränen in die Augen. Aber durfte das sein? „Ein Tiele-Winckler weint nicht!", hatte der Vater ein für alle Mal gesagt, und das hatte sich seiner Zweitjüngsten für ihr Leben eingeprägt. Aber hier ging es doch nicht um einen körperlichen Schmerz, bei dem ein oder eine von Tiele-Winckler die Zähne aufeinanderzubeißen hatte. Hier ging es doch um einen Schmerz der Seele. Da musste Weinen erlaubt sein. Jawohl, das musste es!

Nach diesem Ergebnis ihrer Überlegungen ließ das Mädchen die Tränen fließen. Ihr geliebtes Großchen lag im Sterben, da durfte sie weinen. Als sie dann auch die Mama mit der Depesche in der Hand und Tränen im Gesicht an ihrem Platz sitzen sah, nahm das Kind die Mutter tröstend in die Arme: „Nicht traurig sein, Mama. Wenn Großchen sterben sollte, was ich nicht hoffe, dann weißt du ja, sie kommt zum lieben Gott.“

Ob der Mutter dieser Trost des Kindes half? Jedenfalls war sie auf den Empfang der nächsten Depesche vorbereitet, die bereits am nächsten Tag eintraf: Großchen war beim lieben Gott, und der Dank für alles, was sie ihren Kindern und Enkeln hatte sein können, war größer als der Schmerz über den Verlust des geliebten alten Menschen.

Berliner Kaminstunden

Im Winter 1876 erlebte die Familie Thiele-Winckler die Weihnachtstage und die Jahreswende zum ersten Mal in der Reichshauptstadt Berlin. Vater Hubert hatte in den vergangenen Jahren in der Regentenstraße im Tiergartenviertel für viel Geld eine prachtvolle Villa bauen lassen, die vor Beginn der kalten Jahreszeit fertig geworden war und künftig die Winterheimat der Familie sein sollte. Hier in der Stadt an der Spree waren die Winter nicht so schneereich und hart wie in Oberschlesien. Die Ostwinde fegten nicht in gleicher Stärke wie über dem heimatlichen Hügelland. Sie wurden durch die dichte Bebauung abgehalten, und die Stadt war dadurch von der Witterung her einfach ruhiger und wärmer.

Neu war Berlin für Eva nicht. Vor einem Jahr hatte sie auf ihrer ersten großen Bahnreise durch norddeutsche Länder und Städte über Hannover bis hin nach Hamburg und auf irgendeine Nordseeinsel mit ihren Eltern und mit

Hans-Werner hier bereits Halt gemacht. Sie hatte für einige Tage die pulsierende Millionenstadt erlebt und sie mit der Pferdedroschke, der Straßenbahn und dem Schiff erfahren. Während der Vater die Baustelle in der Regentenstraße besichtigt und sich um den Weiterbau der Villa gekümmert hatte, aber auch irgendwelchen anderen wichtigen Geschäften nachgegangen war, hatte sie mit der Mutter und dem Bruder die wichtigsten Sehenswürdigkeiten der Hauptstadt des noch jungen Deutschen Reiches besichtigt und bestaunt. Sie waren durchs Brandenburger Tor gefahren, hatte die Hedwigs-Kathedrale und den Dom, die Deutsche Staatsoper und das Stadtschloss Kaiser Wilhelms I. besucht. Dort hatte Eva begeistert der zackigen Marschmusik der Wache gelauscht und war sehr angetan gewesen von den schmucken Soldaten in ihren prächtigen Uniformen. Sie hatte das Jagdschloss im Grunewald und das Humboldt-Schlösschen in Tegel gesehen und bewundert, allerdings auch mit der Bemerkung kommentiert, die beiden Schlösser in Miechowitz und Moschen seien interessanter und schöner und viel größer. Diese kleinen Palästchen hätten bestimmt keine dreihundert Zimmer wie die Familienschlösser zu Hause in Oberschlesien.

Der Besuch im Zoologischen Garten hatte Eva Tiere vor Augen geführt, die sie bisher nur aus Büchern kannte. Was waren die Elefanten und Nashörner doch für mächtige Kolosse! Was hatten die Giraffen für lange Hälse! Wie possierlich waren die Äffchen hinter ihren Gittern, wobei der „Oberaffe“, wie sie den Gorilla genannt hatte, ihr eher Angst eingeflößt hatte. Dafür hatten ihr die exotischen Vögel in ihren prachtvollen Farben wieder Begeisterungsrufe entlockt. Die Schiffsfahrten auf der Spree und der Havel hatten auch ihren besonderen Reiz gehabt. Schade, dass es in Oberschlesien solche Wasserstraßen nicht gab. Die Teiche und Seen in den elterlichen Schlossparks waren dagegen nur kleine Pfützen. Aber besser Pfützen als gar keine Möglichkeit, mit einem Boot auf dem Wasser herumzufahren.

Berlin im vorletzten Sommer! Das waren herrliche Erinnerungen für eine Zehnjährige! Leider hatte Eva den Kaiser nicht zu Gesicht bekommen. Der hätte sich ja nun doch einmal sehen lassen können. Das wäre wohl der absolute Höhepunkt gewesen. Aber der hohe und wichtige Mann – ob der eigentlich eine richtige Krone trug? – hatte wohl Wichtigeres zu tun gehabt, als sich der adeligen kleinen Tochter eines seiner wichtigsten Untertanen zu zeigen.

Die Berliner Wochen im Winter wurden für die Landkinder aus Oberschlesien zu einer neuen und spannenden Erfahrung. Sie bedeuteten zwar eine Veränderung ihres Lebens, aber die Umstellung fiel den jungen Leute nicht schwer.

Das Haus war vergleichsweise klein und bescheiden. Es gab nur ein großes Treppenhaus und sehr viel weniger Räume als in den heimischen Schlössern. Im Garten hinter dem Gebäude machte man nur ein paar Hopser und war schon an seinem Ende. Große Bäume gab es nicht, nur Sträucher und kleines Gehölz. Es gab auch keinen Teich und keinen Springbrunnen. Dafür gab es eine Reihe putziger Figuren aus einem Material, das sich Terrakotta nannte. Vorsicht, die Figuren waren zerbrechlich! Das Toben im Garten musste also gedämpft werden. Aber was sollte es – das kleine neue Reich in der großen Stadt bot Eva und ihren Geschwistern dafür eine ganze Menge bisher unbekannter Möglichkeiten, Neues zu entdecken, zu spielen und sich zu vergnügen, nach Beendigung des täglichen

Hausunterrichts, versteht sich. Berliner Wochen im Winter waren nämlich keine Ferienwochen. Warum konnten ihre Lehrerinnen und Lehrer nicht in Oberschlesien bleiben!?

Die einfachsten, aber auch interessantesten Möglichkeiten für das Kinderspiel befanden sich auf dem Dachboden. Der war von innen zu erreichen, und die Kinder richteten sich dort oben ihre persönlichen Reiche ein, freilich nur noch Eva, Klara und Hans-Werner. Die „mittleren" Mädchen und die vier „Großen" fühlten sich zu alt oder waren tatsächlich inzwischen aus diesem Spielalter herausgewachsen.

Die Spielplätze der „Kleinen" befanden sich aber nicht nur drinnen auf dem eigenen Dachboden, sondern auch draußen auf den zumeist flachen Dächern der angrenzenden Nachbarhäuser und auf deren Dachböden. Die konnte man nämlich über Luken von oben her erreichen. Das war abenteuerlich und spannend. Es brauchte Mut und machte zuweilen übermütig. Vor allem war es gefährlich! Besonders dann, wenn es gefroren und geschneit hatte, was die kleine Schar allerdings nicht störte. Der Vater, selbst seit seiner Kindheit ein mutiger Mann, duldete die kühnen und waghalsigen kindlichen Aktionen auf den Dächern und auf schmalen Mauern und Simsen. Die eher ängstliche Mutter wusste zumeist nichts von den gefährlichen Spielen ihrer „Kleinen", oder sie schwieg dazu – und betete derweil um ihre göttliche Bewahrung.

Die Kinder waren tatsächlich immer wieder von Schutzengeln begleitet. Es gab in den Berliner Zeiten nie einen Unfall, und es kam auch nie zu einem Streit mit Nachbarn, auf deren Dachböden die Schar sich zuweilen austobte. Nur die Geschwister gerieten wohl schon einmal in einen Zwist. Sie erfanden dabei neue Schimpfwörter füreinander, solche wie „Du verschimmelter Jäger“ – dieser Ausdruck sollte Eva treffen – oder „Du vermoderter Gasthof“ – das traf dann Hans-Werner. „Du altes Butterbrot“ galt Klara, die zwar inzwischen auch schon acht Jahre alt war, aber immer noch die Kleinste von den „Kleinen“. Das war nun einmal ihre Bestimmung, und so würde es auch immer bleiben.

Die Weihnachtsfeiern der seit Längerem wieder einmal vollständig versammelten Familie nahmen hier in Berlin einen ähnlichen Verlauf wie die Weihnachtsfeiern vorher in Miechowitz. Es gab auch hier die Hausandacht unter dem Weihnachtsbaum mit Musik, Texten und Liedern. Wie in Miechowitz erfreuten die Dämmerstunden an den Kaminen des Salons und im Musikzimmer mit Erzählen, Vorlesen und Vorspielen. Eine der Kaminstunden hatte in diesem ersten Berliner Winter allerdings einen anderen Inhalt. Da las nicht die Mutter, sondern das zweitjüngste der neun Kinder.

Eva durfte etwas von ihrer sich entwickelnden Dichtkunst zu Gehör bringen. Die Zehnjährige hatte darum gebeten, vor den versammelten Eltern, Geschwistern und Hausbediensteten ihre erste längere Geschichte vorlesen zu dürfen. Eva setzte sich also mit ihrem Buch an Mutters Platz in Pose und las ihren ersten längeren Text, ein Märchen. Die Gäste ihrer Lesung hörten aufmerksam zu.

„Der liebe Gott wohnt mit vielen Engeln im Himmel. Da er nicht Zeit hat, sich selbst um alles zu bekümmern, so stellt er einen Himmelskönig als Verwalter an, welcher niemand im Himmel duldet, der nicht ein weißes Mullkleid mit einem goldenen Sternchen trägt. Ein wilder Junge auf der Erde warf einmal mit Steinen

nach der Sonne, traf den Himmel und schlug ein Loch in das Himmelsgewölbe. Dieses konnten die Engelchen nicht ausbessern, fielen auch zuweilen aus dem Himmel auf die Erde herunter. Eins fiel gerade in ein Königsschloss und wurde dadurch ein Königskind. Der König war ein böser Mann und wollte das Engelchen nicht in den Himmel zurücklassen, sondern warf es in das Meer. Glücklicherweise sah das der liebe Gott, ließ es durch ein Engelchen aus dem Wasser ziehen und in eine Schwammdecke wickeln, damit es trocken würde. Nun amüsierten sich das Königskind und das Engelchen noch auf der Erde, ehe sie an die Rückreise in den Himmel dachten. Aber es drängte, dass sie in den Himmel zurückkehren, denn die Flügelchen wurden immer kleiner, je länger sie auf der Erde weilten. Noch drei Wochen und sie wären ganz vergangen. Wie könnten sie dann noch in den Himmel zurückfliegen? Sie waren aber klug und dachten auch an das weiße Mullkleidchen und goldene Sternchen, und sie gingen zu einer Schneiderin und ließen sich das machen.

Dann gingen sie und kauften Spielzeug ein. Im Himmel ist es zwar sehr schön, aber langweilig. Denn da gibt es kein Spielzeug. Daher ist es gut, etwas mitzubringen. Sie mussten aber sehr viel Geld dafür zahlen, denn die Kaufleute merkten, dass es Engelchen seien, die im Himmel nicht rechnen gelernt hatten.

Nun aber musste das Spielzeug eingepackt werden, und da holten sie sich von einem Sattler eine Ledertasche. Es war nur gut, dass weder die Schneiderin noch der Sattler sie fragten, wo sie her seien, denn die Wahrheit hätten sie ihnen nicht geglaubt, und lügen konnten die Engelchen nicht. Nun wurde jedes Spiel-

zeug in ein Papier gepackt, nur für das letzte fehlte solches. Da schnitt das Königskind etwas von seinem Mullkleidchen ab. Nun war es aber auch die höchste Zeit, dass sie in den Himmel zurückflogen."

Nachdem Eva den letzten Satz ihres Märchens gelesen hatte und sich Zustimmung heischend von ihrem Platz erhob, standen auch ihre Zuhörer auf, klatschten lebhaft Beifall und riefen „Bravo" und „Wunderschön!" und „Sehr gut!". Das Märchen hatte ihnen offenbar allen gefallen. Und über die kleinen Merkwürdigkeiten in der Geschichte wollte wohl jeder großzügig hinwegsehen.

Einer der großen Brüder hatte dann allerdings noch eine Frage, während sich alle wieder hinsetzten: „Was hat der liebe Gott zur Rückkehr der Engelchen gesagt, Evchen?"

Sehr trocken, knapp und ein wenig ungehalten kam darauf die Antwort der kleinen Verfasserin, als hätte sie die Frage als ungehörig empfunden: „Gar nichts!" Nach einem kurzen Moment der Überlegung fragte sie: „Darf ich euch noch ein Gedicht vorlesen? Es heißt ‚Miechowitz'."

„Miechowitz in Berlin", gab einer der Brüder zurück. „Warum nicht? Soll Evchen lesen?" Das entstehende allgemeine Gemurmel deutete Eva als Zustimmung. Sie wartete noch einen Moment auf Ruhe und deklamierte dann:

„Der Schneesturm feget mit eisiger Macht,
der Wald ist tief verschneit,
Schloss Miechowitz raget mit herrlicher Pracht
hoch über allen so weit.
Und ob auch kalt der Nordwind weht
und erschüttert der Bäume Geäst,
Schloss Miechowitz ohne zu wanken steht,

die Mauern – wie Eisen so fest.
Es blitzet und glitzert, wohin man auch sieht,
und drüber raget so weit
das liebe, alte Schloss Miechowitz
zur Winter-Herrlichkeit."

„Hört sich gut an, Schwesterchen. Unser schönes Schloss Miechowitz! Du kannst was, Evchen. Das muss ich ausnahmsweise einmal anerkennen. Ich kann das nicht." Das kam von Hans-Werner. Die anderen Geschwister stimmten zu, indem sie erneut Beifall klatschten.

„Hast du auch ein Gedicht über Moschen?", wollte Helene wissen, als es wieder still wurde.

„Habe ich", bestätigte die junge Verfasserin. „Ist auch ein bisschen Sturm-Gedicht. Wollt ihr es hören?"

„Ja, gern!" – „Selbstverständlich!" – „Nun lies schon!" So und ähnlich lauteten die Aufforderungen ihrer Geschwister. Die lächelnd ermunternden Blicke der Eltern, die hinter ihren Kindern dicht beieinander saßen, signalisierten ebenfalls Zustimmung. Also schlug Eva das Gedicht in ihrem Heft auf und las:

„Stürmische Nacht in Moschen
Der Wind rauscht durch die Wipfel
der Eichen wild und kalt.
Das Reh schreckt ängstlich zusammen
und flüchtet sich in den Wald.
Am Himmel ziehn schwere Wolken
hoch am Zenit empor.
Der Uhu, nach täglichem Schlafe,
fliegt scheu aus dem Baume hervor.
Die Blitze zucken näher,

die Donner rollen schwer.
Es ist so schwül, so drückend,
so öd, so schaurig leer.
Ein Blitzstrahl fährt hernieder
in der großen Tanne Geäst.
Da liegt sie hingeschmettert,
die sonst so stattlich und fest.
Die Nacht bricht ein und dunkel
wird's rings im Park umher.
Nur das eintönige Rauschen des Sturmes,
sonst hört man gar nichts mehr.
Da plötzlich tut die Pforte
des Schlangenkellers sich auf.
Die weiße Frau tritt leise
in den Tannen-Saal hinauf.
Und traurig geht sie zur Tanne,
die zerschmettert liegt auf der Erd.
Und schweigend nimmt sie ein Stückchen
und verschwindet, von wo sie gekehrt.
Die Blitze zucken von ferne,
die Donner rollen leis.
Der Tag bricht an, und alles
geht wieder nach alter Weis."

Nach einem Moment der anerkennenden Stille unter den Zuhörern bekam Eva wieder lauten Beifall durch Klatschen und Zurufe aus der Geschwisterschar wie „Prima!" – „Wunderbar!" – „Ausgezeichnet!" – „Großartig!".

„Du bist wahrlich ein großes Dichter-Talent, Evchen", urteilte Franziska, als es wieder still geworden war. „Mach weiter so, Schwesterchen, und du füllst noch ganze Bücher mit deinen Gedichten und Geschichten."

Dieses besondere Lob ihrer ältesten Schwester, die ihr erstes Weihnachtsfest als verheiratete Freifrau von Berlepsch noch einmal mit Eltern und Geschwistern gemeinsam feiern wollte, war Eva dann doch ein wenig peinlich, auch wenn es sie sehr freute. Sie signalisierte der Mama, dass sie doch bitte mit der Gestaltung der Kaminstunde weitermachen sollte. Was die dann auch tat.

Schlimmer Abschied

In ihrem vierzehnten Lebensjahr erfuhr Eva ihre erste große und tief wirkende Lebenskatastrophe, die ihre junge heranwachsende Seele an den Rand ihrer Kraft brachte.

Ihre geliebte Mutter, Valeska, deren Namen sie selbst einmal getragen hatte und der auch immer noch einer ihrer sieben Vornamen war, wurde ernsthaft krank. Die inzwischen fünfzigjährige Frau war nie mit einer wirklich robusten Gesundheit gesegnet gewesen. Immer schon hatte sie über kurze oder auch längere Zeiten mehr oder weniger gekränkelt. Die neun Schwangerschaften in dreizehn Jahren – es waren sogar zehn gewesen, denn ein Kind hatte sie vorzeitig verloren – hatten in den vergangenen Jahren wohl das Ihre dazu getan, dass die zarte Frau für körperliche Leiden anfällig war. Im frühen Jahr 1880 traf es sie nun wirklich heftig und besorgniserregend. Weil es um die Frau und Mutter nicht gut stand, kehrte Vater Hubert mit den Seinen vorzeitig von Berlin nach Miechowitz zurück. Valeska hatte sehr darum gebeten. Ob sie ahnte, dass für sie die letzte Wegstrecke angebrochen war und dass sie bald – nach den Worten ihrer Tochter – von Gott in den Himmel gerufen würde, damit sie seinen Engeln gleich würde?

Eva wich in diesen Wochen viele Stunden nicht vom Bett ihrer geliebten Mutter, hielt ihr die Hand oder las ihr vor aus ihrem geliebten Johannes Tauler oder Meister Eckhart oder auch aus der Bibel, unterhielt sich mit ihr über diese Texte, so gut sie es konnte und so gut das noch ging. Der Vater hatte zu solcher Zuwendung doch viel zu wenig Zeit, und die älteren Geschwister waren alle weit weg. Wer sonst sollte der Mutter in ihrem Leiden beistehen? Eva tat es gerne und mit großer Hingabe.

Als es dann wenige Tage vor Frühlingsanfang 1880 wirklich mit der Mutter zu Ende ging, blieb der Vater im Schloss und überließ seine Geschäfte seinen Bevollmächtigten. Bald kamen auch die Geschwister von ihren derzeitigen Studien- und Schulorten in die oberschlesische Heimat, um von der Mutter Abschied nehmen zu können. Am 18. März 1880 geschah es dann: Valeska von Tiele-Winckler tat ihren letzten Atemzug und war von ihrem zuletzt schweren Leiden erlöst.

Auf die Menschen im Schloss legte sich eine tiefe Trauer, die für irgendeinen Trost schier unzugänglich war. Im Schloss machte sich eine schwere Stille breit und füllte die Räume, kaum dass das Notwendigste miteinander geflüstert wurde. Hubert von Tiele-Winckler, der Witwer, war für niemanden ansprechbar. Er lief ruhelos und schweigend durch sein großes Haus, das ihm nun noch unendlich viel größer vorkam, als es ohnehin schon war. Oder er saß an der Bahre und schaute unentwegt seiner toten Frau ins Gesicht, als könne er sie mit seinem Blick ins Leben zurückholen. Immer wieder stand er auch an einem

Fenster und blickte mit hohlen Augen in seinen Park, der ihm vorkam, als wäre auch in ihm alles Leben erstorben. Dabei zeigten sich doch hier und da bereits die ersten grünen Spitzen an Bäumen und Sträuchern, und an geschützten Stellen leuchteten die ersten Winterlinge zwischen den letzten Schneeresten hervor. Auch die vielen kleinen Sänger in den Zweigen der Gehölze führten bereits deutlich hörbar ihre Balzgesänge auf und verkündeten damit, dass der Frühling bevorstand. Der Schlossherr hatte dafür weder Auge noch Ohr.

Auch von den Söhnen und Töchtern hatte für dieses erste leise Frühlingserwachen niemand ein Empfinden. Sie saßen in Gruppen mal hier und mal da im Haus und trauerten auf ihre Weise um die Mutter. Die „Großen“ waren ihr durch ihre bereits mehrjährige Abwesenheit und durch ihre an ihren Lebensorten neu gewonnenen Beziehungen ja längst nicht mehr so nahe gewesen wie die drei „Kleinen“. Die Mädchen der „Mittelsorte“ taten sich in ihrer Trauer zusammen – Helenes Hochzeit mit Friedrich-Karl Graf von Bismarck-Bohlen war übrigens bereits geplant – und lenkten sich gegenseitig durch dies und jenes ab. Den drei „Kleinen“ ging Mutters Tod am nahesten, waren sie doch bisher kaum ohne sie gewesen. Klara wusste sich abzulenken, während Hans-Werner – er war aus seinem Internat im Harz gekommen – und Eva keine Wege fanden, mit dem Todesereignis so recht fertig zu werden. Sie saßen immer einmal wieder, wenn der Platz an der Bahre frei war, bei ihrer Mutter und versuchten schweigend ihren Abschied zu gestalten. Danach verschwanden sie irgendwo im Haus und wurden erst bei den Mahlzeiten wieder gesehen, still und in sich gekehrt.

Nach und nach trafen zahlreiche Verwandte und Freunde ein, die ihre Anteilnahme zeigen und an der Beerdigung teilnehmen wollten. Das Haus füllte sich, und die Bediensteten bekamen unvorhergesehene Mehrarbeit, die sie freilich für ihre verstorbene Herrin gerne auf sich nahmen. Dennoch, wohl jeder im Trauerschloss sehnte den Tag herbei, an dem die Beerdigung, sprich Gruftlegung, vorbei war und das Haus sich wieder leerte.

Nach der Aufbahrungszeit trugen acht Bergleute in Prachtuniformen den schlichten Sarg der Schlossherrin hinüber in die Kirche des Dorfes. Dort gab es eine bewegende Trauerfeier für die Familie und ihre Bediensteten und für die große Zahl von Verwandten, Freunden und Bekannten aus dem Adel und aus dem Volk von nah und fern. Schließlich fand Valeska von Tiele-Winckler in der Gruft neben dem Altar ihre letzte Ruhestätte.

In den folgenden Tagen leerte sich das Haus dann wieder von den Familienangehörigen und Beerdigungsgästen, und der nunmehr stark veränderte Alltag der übrig gebliebenen drei Miechowitzer Tiele-Wincklers im Schloss konnte in den Blick genommen werden, nein, er musste in den Blick und in Angriff und in die schlaff gewordenen Hände genommen werden. Das Leben des trauernden Witwers und seiner beiden jüngsten Töchter ging schließlich weiter wie auch das derer, die inzwischen andere Lebensorte hatten. Nur hatten die den „Vorteil“, dass sie nicht am Ort des Geschehens leben mussten. Ihnen fehlte die Mutter nicht in Ruf- und Sichtweite. Ihnen fehlten nicht der liebevolle oder auch mahnende Blick, der warme Händedruck und die liebkosende Hand, die direkte Ansprache der sanften Stimme, hatten sie doch schon mehr oder weniger lange ohne die unmittelbare Nähe der Mutter gelebt.

Der dreizehnjährigen Eva fehlte das alles, und sie kam mit der veränderten Situation auf Miechowitz lange Zeit nicht zurecht. Sie hatte ohnehin schon ihre Probleme mit der Umstellung vom Kind zur Jugendlichen. Denn sie kämpfte mit ihrer erwachenden Fraulichkeit, und sie pendelte in ihrem Empfinden und Handeln ständig zwischen himmelhoch jauchzend und zu Tode betrübt. Wie gerne hätte sie jetzt die große Valeska nicht nur zur Mutter, sondern auch zur Freundin gehabt, auch wenn sie vor ein paar Jahren noch gemeint hatte, Mutter und Freundin zugleich, das „passt sich nicht". Doch, jetzt würde es passen! Jetzt wäre die Freundin sogar unbedingt nötig! Aber …

Der leidende Vater konnte die von der Tochter schmerzhaft empfundene Lücke nicht schließen. Er war ein Mann. Was wusste der von einem Mädchen in den Jahren des körperlichen und seelischen Umbruchs? Der kämpfte an seiner Stelle in seiner Weise, wie ein preußischer Offizier eben in einer solchen Situation kämpfte: Er stürzte sich in seine Arbeit und ließ öffentlich keine Gefühle sehen. Sein Leiden in der Stille bekam niemand mit.

Auch Eva blieb das Leiden des Vaters jetzt meist verborgen. Ob der überhaupt litt am Verlust seiner Frau? Von Hubert von Tiele-Winckler gingen für seine Tochter kein Trost und keine Hilfe aus. Von der immer fröhlichen und lachenden Klara auch nicht. Die steckte den Verlust der Mutter irgendwie leicht und locker weg. Eva blieb nichts anderes übrig, als für sich selbst zu leiden und zu schauen, wie sie zurechtkam.

Ihr Unterricht litt eine ganze Weile unter ihrer Trauer. Häufig erschien sie gar nicht zu den Lektionen. Dann saß sie stundenlang am Klavier und spielte irgendetwas vor sich hin. Immer wieder schlich sie sich hinüber zur Kirche, um eine Weile in der Gruft am Sarg der Mutter zu sitzen, nachzudenken, sich zu erinnern, zu beten, um einen Weg zu ringen, den sie mit ihrem Schmerz gehen konnte.

Dann wieder war sie halbe Tage lang bei jedem Wetter draußen im Park und in den umliegenden Wäldern, sodass sie bei den Leuten bald den Namen „wilder Jäger“ bekam. Wie gut, dass sie ihren Thor hatte, den großen, treuen Bernhardinerhund. Dessen warmes Fell tat ihr gut, wenn sie sich hineinkuschelte. Das sanfte Tier verstand ihre innere und äußere Unruhe. Ihm konnte sie sagen, was sie bedrängte. An Thor konnte sie sich halten, wenn sie sich wieder einmal haltlos fühlte und sich dann zuweilen auch ungehalten verhielt, sodass die Menschen im Schloss ihr lieber aus dem Weg gingen …

Thor! Der treue Hund erfuhr als Erster, was die große Sehnsucht seiner jungen Herrin in den Wochen nach dem Tod der Mutter war: inneren Frieden zu finden, festen Halt zu gewinnen, den Weg zu sehen und das Ziel, wozu ihr Gott das Leben auf dieser Erde gegeben hatte. Eva hatte zuweilen das Empfinden, sie sei nicht dazu geboren, auf ewig das Leben einer wohlhabenden adeligen Frau zu leben. Der war zu ihrer Zeit zwar das Lernen und eine gute Bildung verordnet, aber doch nur, damit sie sich für ihr Erwachsensein und ein Leben in Ehe, Mutterschaft und Sorge für eine Familie einstellen könne. Franziska befand sich bereits in diesem Stand, Helene war auf dem Weg dorthin. In der Verwandtschaft und Freundschaft der Familie wusste Eva viele Beispiele solcher adeliger Frauen, und diese schienen glücklich in ihren Aufgaben.

Aber war das auch ihr Weg? Lag hier der Sinn auch für ihre Zukunft? Oder sollte ihr Leben eine ganz andere Richtung nehmen? Vielleicht eine, die sie zu den armen

Menschen im Dorf führte, um die sich die Mutter immer wieder gekümmert hatte? Die sich an bestimmten Tagen eine Mahlzeit in der Schlossküche abholen konnten? Die seit Jahren die Geburtstagstaler bekamen? Für die die Mutter die Arzt- und Apothekenkosten übernommen hatte? Sollte ihr Weg zu diesen Menschen führen, für die ihr junges Herz immer geschlagen hatte, auch wenn sie ihnen selbst nur selten begegnet war? Fragen über Fragen eines orientierungslosen und unsicheren jungen Menschen.

Wer gab ihr Antworten? Der Vater? Nein! Den konnte sie auf so etwas nicht ansprechen. Dessen Meinung über das Leben und die Zukunft eines adeligen Fräuleins war ihr hinreichend bekannt. Eine ihrer Lehrerinnen? Das ging auch nicht. Die durften keine anderen Ansichten äußern, als der Schlossherr ihnen vorgab und zuließ. Ihre Schwester Hildegard, die ihr gerne in ihren Nöten helfen wollte? Nein, die verstand sie sowieso nicht. Ihr galten wohl die Verse, die Eva in diesen Tagen in ihr eigenes Heft schrieb:

„Ich soll die Gedanken dir sagen
und was sich im Innern mir regt
und soll allen Kummer dir klagen
und nennen, was froh mich bewegt.
Und was ich glaube und liebe
und was ich empfinde und fühl;
und bleibe ich schweigsam und stille,
so nennst du mich trotzig und kühl.
Ich kann die Gedanken nicht sagen,
berg tief sie im Herzen mein –
Ich will meine Schmerzen nicht klagen,
die trage ich lieber allein.
Und schein ich dir kalt und gefühllos

und hart wie der Stein und das Erz,
so glaub, es birgt tief verborgen
manch warmes Gefühl noch das Herz."

Aber hatte die Mutter nicht vielleicht Antworten, auch wenn sie selbst nicht mehr reden konnte? Vielleicht redete sie ja durch das, was sie auf ihren Bücherregalen stehen hatte, und durch das, was sie in ihre Hefte geschrieben hatte. Ob sie, Eva, in Mutters Zimmer ...? Das Zimmer durfte seit Mutters Tod außer vom Vater von niemandem betreten werden. Es war also bisher unverändert geblieben. Der Vater hatte das Zeichen noch nicht gegeben, es aufzuräumen und irgendwie anders herzurichten. Ob sie ihn um Erlaubnis dafür fragen durfte, wenn er von seiner Geschäftsreise nach Mecklenburg zurück war?

Doch Eva brauchte gar nicht zu fragen. Der Vater gab den Auftrag auf einem gemeinsamen Waldgang im Sommer von sich aus, sie möge sich bitte darum kümmern, dass Valeskas schriftlicher, handarbeitlicher und sonstiger Nachlass durchgesehen, geordnet und aufgeräumt würde.

Nichts lieber als das! Freudig erklärte Eva ihre Bereitschaft, sich um diese Dinge zu kümmern. Innerlich dankte sie Gott dafür, dass sie nicht hatte fragen müssen.

In der nächsten Zeit verbrachte Eva beinahe täglich ein paar Stunden in Mutters Zimmer, sichtete und ordnete, warf auch das ein oder andere Papier weg und verbrachte immer wieder Zeit damit zu lesen, was ihrer Mama wichtig gewesen war. Da gab es viel zu lesen in den Schriften der alten Kirchenväter, der mittelalterlichen Mystiker und der vielen Heiligen, deren Schriften die Mutter gesammelt hatte. Auch in den Tagebüchern ihrer Mama fand Eva viel zu lesen. Was war da nicht alles festgehalten an eigenen Gedanken zu ihrem Leben, an Ereignissen aus dem Tagesgeschehen in und um die Schlösser Miechowitz und Moschen, über die Besitzungen in Myslowitz und Kattowitz und an anderen Orten, die sie ja schon mit in die Ehe gebracht hatte. Und was hatte die Mama nicht alles festgehalten über ihre Kinder, über deren erste Worte und Sätze, Schrittchen und Unternehmungen. Eva wurde es immer wieder merkwürdig warm ums Herz.

Manchmal lief ihr auch ein leichter Schauer über den Rücken, und hier und da rollten ihr Tränen der Erinnerung über die Wangen. Beim Lesen und Nachdenken ging es Eva auf, dass sie ihre Gabe, Verse zu schreiben, und auch ihr Streben, den Dingen immer auf den Grund zu gehen, wohl von der Mutter geerbt hatte. Machten das nicht Mutters Verse deutlich, die mit dem Datum 1873 versehen waren:

„Als Erbteil überkam mich
des Vaters Bergmannssinn.
Zum Suchen und zum Finden
zieht es mit Macht mich hin.
Mein Ohr will stets sich neigen,
ob's klingt im toten Stein.
Es tönt, es klingt ja wahrlich,
hör ich nur recht hinein …"

Lange und immer wieder musste das Mädchen über Tagebuchsätze nachdenken, die es unter dem Datum 6. November 1853 fand. Die Mutter war damals vierundzwanzig gewesen, ihr Vater Franz war bereits seit zwei Jahren tot, und sie hatte sich als die reiche Erbin bewähren müssen. Der Tagebucheintrag erklärte der Tochter manche Denk- und Verhaltensweisen der Mutter, aber auch die mancher anderer Menschen ihrer Umgebung:

„... *Erstlich muss ich in Rücksicht auf das Allgemeine tun, was die Pflicht gebietet, was recht und gut ist, mag ich Unrecht von den Menschen ernten, denen ich Gutes tun wollte, oder in meinen besten Absichten missverstanden werden. Gedenke, dass du hier bist, nicht um glücklich zu sein, sondern um geprüft zu werden ... Es ist ein Gefühl, als wüsste ich, was Armut sei, oder als wenn ich es noch einmal erfahren müsste. Dieser Gedanke, der mich stets begleitet, wenn ich das Glänzende meiner Lage sehe, erregt stets eine Empfindung der Demut, als müsste ich jeden Augenblick gefasst sein, alles zu verlieren. Und dieses Gefühl wird mich, so hoffe ich zu Gott, vor Stolz, vor Übermut und Erkältung des Herzens bewahren, Klippen, denen die armen Reichen am meisten ausgesetzt sind ... Welche Freude werde ich genießen, wenn ich meine Talente weiter ausbilde, Gott hat ja die Kunst als eine milde Tochter des Himmels zu den armen Menschen gesandt ... Versuche dich wieder im Studium der Natur! In ihr erkennst du Gottes weises Walten, und wie klein erscheinen dir dann dein Kummer und dein Schmerz ... Wenn doch die guten Leute wüssten, wie sehr sie mich mit ihrer Devotion und Untertänigkeit langweilen. Es ist meinen psychologischen Studien unmöglich, durch all diese angelegten Festgewänder bis auf den Kern des wirklichen Menschen durchzudringen ... Ich bin, wenn ich alles das (sehe? bedenke?), was der herrliche Unternehmungsgeist des Vaters gegründet, so durchdrungen von dem Wunsch, dieses Erbes würdig zu sein ...*“

Eva sah ihre geliebte Mutter vor sich sitzen an ihrem Schreibtisch und an ihrem Nähtisch, wenn sie ihre Texte las und wenn sie sich versenken konnte in die Betrachtung ihrer Bilder, die sie in der Mappe fand, und im Anschauen und Bedenken des in Seide gestickten zwölfteiligen „Frauenbreviers", aus dem die Mutter ihr vor Jahren unter der Linde die ersten drei Teile vorgelesen hatte.

Der Umgang mit dem vielfältigen Erbe der Mutter trieb Eva häufig Tränen in die Augen, und Heimweh griff nach ihrem Herzen. Irgendwann nahm sie dann wieder einmal selbst einen Stift und setzte ihre „Sehnsucht" in Verse:

„Die Nacht ist tief und dunkel,
der Sturmwind weht mit Macht.
Nur einsame Sterne funkeln
und halten am Himmel Wacht.
Und mir war, als säh ich entsteigen
aus ihrem klaren Licht
und sich zur Erde neigen,
o Mutter, dein Angesicht.
Als trätest du leise, leise
in das dunkle Zimmer herein,
und ich sah dich umstrahlt und umflossen
wie von leuchtendem Himmelsschein.
Und ich dachte, nun bliebest du bei uns,
warst endlich gekommen zurück –
und als ich erwachte, empfand ich's
wie großes, unendliches Glück.
Doch du warst fort und entschwunden,
und alles war nur ein Traum,
und die Nacht ward tief und dunkel,
und öde und leer war der Raum."

Nach einem ihrer Besuche am Sarg der Mutter in der Gruft in der Kreuz-Kirche schrieb sie eine andere Erinnerung und nannte sie „Unsere Mutter“:

„Nun knie ich hier an ihrem Sarg
in heilger, weltvergessner Stille,
die mir so treu das Liebste barg:
Der toten Mutter letzte Hülle.
Was unsre Mutter für uns war,
das kann ich nicht in Worte fassen!
Und selber ward's erst völlig klar,
als sie für immer uns verlassen.
Nie hab ich wieder je gesehn
solch eine Mild und Herzensgüte,
solch einen frommen, reinen Sinn
und solchen Frieden im Gemüte.
Und ihre Lieb! Im fernsten Land
nichts wüsste ich mit ihr zu messen!
Wer solche Liebe je empfand,
der kann sie nimmermehr vergessen.
Die war so tief, so still, so rein,
sich immer gleich in Freud und Schmerzen.
Unwiderstehlich drang sie ein
bis in den tiefsten Grund der Herzen.
Wenn sie die Arme um uns schlang,
uns leise küsst auf Stirn und Wangen,
das war, als wollt sie lebenslang
uns also liebewarm umfangen.
Sie ging voran zur Ewigkeit;
wir Kinder sind noch hier auf Erden;
hilf, dass auch wir nach dieser Zeit
einst alle, alle selig werden.“

Diese Texte zu schreiben und sie dem Vater und den Geschwistern weiterzugeben, tat Eva gut. Dennoch brachte das keinen Frieden für ihre aufgewühlte Seele. Das mag auch daran gelegen haben, dass mit dem Tod der frommen katholischen Mutter das aktive geistliche Leben auf Miechowitz nahezu erstarb. Es gab keine Hausandachten mehr, es wurde nicht mehr am Tisch gebetet, ein Kirchenbesuch fand nicht statt. Geistliche Wüste breitete sich aus und erreichte auch schließlich das Herz des Mädchens. Eva vergrub ihre Frage nach Gott, nachdem auch die Lektüre mancher Schriften aus Mutters Fundus ihr keine Antworten vermittelt hatte. Ihr eigenes Gebet um Glauben blieb offenbar unerhört. Sie vertrieb deshalb jeden Schmerz aus ihrem Empfinden und reagierte künftig mit wildem Trotz auf die inneren Fragen, die sich dennoch stellten. Von da an funktionierte sie nur noch und reagierte auf das, was ihr aus der Vergangenheit und Gegenwart des Lebens entgegenkam, ohne nach irgendwelchen Weichenstellungen zu fragen. Eva von Tiele-Winckler ergab sich in ihr Schicksal, behielt dabei allerdings den Gedanken in der Tiefe ihres Bewusstseins, dass Gott sich schon bei ihr melden würde, wenn er etwas von ihr oder für sie wollte.

Lebenswende

Im Jahre 1883 heiratete Hubert von Tiele-Winckler wieder. Gräfin Rose von der Schulenburg, eine liebenswerte Frau aus der weiten Bekanntschaft des Vaters, wurde Evas neue Mamá. Fremd war diese Frau der inzwischen Sechzehnjährigen nicht. Sie kannte sie bereits von mehreren Begegnungen auf Miechowitz, in Berlin und andernorts und war ihr schon länger zugetan. Dass Gräfin Rose, die um vierundzwanzig Jahre jünger war als ihr Mann, jetzt ihre neue Mamá wurde, empfand Eva – nach anfänglichem inneren Widerstand – dann doch als eine gute Sache, besonders für den Vater. Der tauchte dadurch endlich aus dem Trübsinn auf, der ihn immer wieder umgeben hatte, und kehrte in ein normales Leben zurück. Dass die hübsche Mittdreißigerin eine gläubige und aktive Lutheranerin war, kam dem lutherisch geprägten, inzwischen sechzigjährigen Freiherrn Hubert von Tiele-Winckler sicher entgegen.

Dass die neue Mamá sich aber schon bald nach der Heirat um die Konfession und das Seelenheil ihrer Kinder, deren Stiefmutter sie nun geworden war, Gedanken machte, zumindest um die der beiden jüngsten, das gefiel Eva überhaupt nicht. Mamá Rose war der Meinung, die seinerzeit katholisch getauften Mädchen sollten evangelisch konfirmiert werden. Das bedeutete, dass die bald siebzehnjährige Eva eine „ordentliche christliche Unterweisung" erfahren sollte. Da dieses Ansinnen auch der Ansicht des Vaters entsprach und offenbar mit ihm abgesprochen war, gab es für Eva keine Möglichkeit des Widerspruchs. Vaters Wille war Befehl. „… tun, was die Pflicht gebietet …", hatte Valeska geschrieben. So galt es auch für die Tochter. Ihr blieb also nichts anderes übrig, als sich in das Ungeliebte und Unabwendbare zu fügen.

Aber inneren Widerstand zu leisten, das konnte Eva keiner nehmen. Sie nahm nur widerwillig am Unterricht zur Vorbereitung ihrer lutherischen Einsegnung teil, den Mamá Rose zunächst selbst erteilte. Was auswendig zu lernen war, lernte sie mechanisch und ohne innere Beteiligung. Dadurch sprachen Worte aus der Bibel und geistliche Liedstrophen sie auch nicht an. Nein, das war nichts für sie, kannte sie den Jesus Christus doch gar nicht wirklich, von dem ihre Mutter schon geredet hatte und von dem Mamá Rose jetzt auch redete, wenngleich in ganz anderer Weise. Und zu diesem Jesus Christus sollte sie ein persönliches Bekenntnis ablegen, wie eine Frau ihrem Geliebten eine Liebes- und Hingabe-Erklärung abgab? Nein, so was doch nicht! Eine Tiele-Winckler bekannte sich nur zu etwas, von dem sie zutiefst überzeugt war, auch wenn es dabei um einen Menschen ging oder wie im Falle der Konfirmation um den Menschensohn, den Sohn Gottes, den Mamá Rose „Herr und Heiland“ nannte. Aber um des Familienfriedens willen und um den Vater nicht zu enttäuschen, behielt Eva ihren inneren Widerstand zunächst für sich. Bis sie sich persönlich offen und ehrlich erklären musste.

Die Wintermonate 1883/1884 verbrachte die Familie wieder in Berlin. Hier wurde es für Eva nun ernst. Ihr Vater bat sie schon bald nach der Ankunft in der Tiergarten-Villa in den Salon, wo er sie dem Hofprediger von Berlin vorstellte. Ein merkwürdiger Mensch, dieser junge, hoch aufgeschossene bärtige Mann im ärmlich erscheinenden schwarzen Lutherrock. Der Mann gefiel Eva nicht, und sie sperrte sich innerlich gegen ihn, obwohl sie sich alle Mühe gab, auf sein höfliches Auftreten artig und nett zu reagieren. Nur, was wollte der eigentlich von ihr? Oder besser: Was sollte der von ihr?

Hinter seiner freundlichen Einladung, die Bibel als die Grundlage des christlichen Glaubens kennenzulernen, die Bekenntnisse der alten Kirchenväter und den lutherischen Katechismus zu erfahren und zu lernen, standen doch eigentlich die Mamá und der Papa und nicht sie selbst. Nein, was der Mann bei aller Freundlichkeit seines Wesens und dem Wohlklang seiner Stimme dem adeligen Fräulein vor Augen malte, erschien Eva ganz und gar nicht wie ein Ort „großer Freiheit eines Christenmenschen". Vor sich sah sie eher ein tiefes, dunkles Verlies, in das sie eingekerkert werden und vor dessen Tür sie die Freiheit ihres Lebens zurücklassen sollte. Nein und nochmals nein! Lieber wollte sie eine Heidin werden, als sich in die Formen eines Bekenntnisses zwängen zu lassen, das nicht ihrem Denken und Empfinden entsprach, ihrem Glauben schon einmal gar nicht.

Das sagte die Jugendliche zwar nicht laut. Das wäre gegenüber den Eltern äußerst ungehörig gewesen. Aber sie nahm es sich in ihrem Inneren fest vor, das drohende Gefängnis am Ende konsequent zu verweigern. Punktum!

Als das Gespräch mit dem Geistlichen beendet und Eva aus dem Salon entlassen worden war, löste sich bei ihr die Spannung der vergangenen halben Stunde, und sie stürmte in höchster Erregung hinauf auf den Dachboden der Villa und durch die Luke hinaus ins Freie. Ihre angestauten Gefühle brauchten Platz und mussten heraus. Die Siebzehnjährige schrie ihren Unmut laut über die leicht verschneiten Dächer des Tiergartenviertels und noch einmal nach unten, wo sie den Geistlichen durch den dünnen Schnee in der Straße davoneilen sah. Ob der ihren verzweifelten Ruf gehört hatte? Aber was konnte der dafür, dass sie ... Der war doch nur das Vollzugsorgan des elterlichen Willens. Eva setzte sich trotz der Kühle in ihrer luftigen Höhe an einen der Kamine und nahm den Kopf zwischen die Hände, um ruhig zu werden und ihre Gedanken zu ordnen, was ihr allerdings nur schwer gelang. Erst als es ihr dann doch zu kalt wurde, stieg sie zurück auf den Dachboden und schlich leise hinunter ins Haus. Dort verschwand sie sofort in ihrem Zimmer. Sie wollte jetzt einfach niemandem begegnen.

Ähnliches tat sie in den folgenden Tagen immer wieder, um die Unruhe in ihrem Kopf und in ihren Empfindungen zu stillen. Was würde das alles nur werden? Musste Mamá Rosa ihr das antun? Sollte die doch ihren Jesus-Glauben leben und ihr, der Stieftochter, bitte ihren eigenen lassen. Und Papa sollte gerne seinen Glauben leben und die Geschwister ihren und die befreundeten frommen Adelshäuser ihren ... Hatte Friedrich der Große nicht recht, wenn er der Meinung war, jeder Mensch solle nach seiner Façon selig werden? Also ihr alle mit eurem Glauben irgendwo und irgendwie, lasst mich in Ruhe und lasst mir doch bitte meinen eigenen Glauben!

Meinen Glauben? Welchen hatte sie denn? Immer, wenn Eva in ihrem inneren Kampf an diese Stelle kam, jagten sich in ihrem Kopf erneut die Gedanken, kamen Erinnerungen hoch an Gespräche zwischen dem Vater und der Mutter, an Diskussionen im Kreis der Geschwister, an Erörterungen mit diesem oder jenem, in denen es um Glaubensfragen gegangen war, um christlichen Glauben und um Glauben, dem Menschen in anderen Regionen der Welt anhingen, um katholischen und evangelischen Glauben, um lutherischen und calvinistisch-reformierten. Welcher Glaube war denn da eigentlich der richtige? Und wie sah der aus?

Je länger die Unglückliche diese Gedanken hin und her bewegte, desto ruhiger wurde sie in ihrem Inneren und desto näher kam sie der Entscheidung, sich der doch ohnehin unvermeidbaren Prozedur des Konfirmationsunterrichts zu stellen. Es konnte ja eigentlich nicht falsch sein, die Grundlagen des christlichen Glaubens kennenzulernen. Wenn sie sie dann einzeln und in ihrem Zusammenhang kannte, konnte sie sich ja immer noch für oder gegen das „Gefängnis" entscheiden. Diese Entscheidung wollte sie sich aber auf jeden Fall vorbehalten.

Und dann durfte Eva von Tiele-Winckler erleben, dass Gott seinen ganz eigenen Weg mit ihr ging, um sie die wichtigste und weitreichendste Entscheidung ihres jungen Lebens treffen zu lassen.

Mit dem Beginn des Unterrichts zur Vorbereitung der Konfirmation, zu dem der Hofprediger zweimal in der Woche in die Villa kam, erhielt die Schülerin ihr erstes eigenes Neues Testament, ein Buch in schönem Einband, das schon durch seine Aufmachung zum Lesen einlud. Und Eva las auch mal hier und mal da, ohne dass die Texte sie irgendwie ansprachen. Genauer las sie natürlich die Abschnitte, die ihr geistlicher Lehrer ihr für seinen Unterricht vorgab. Aber die gaben ihr keine geistlichen Anregungen. Sie las sie, registrierte ihre Aussagen und nahm diese formal und mechanisch in sich auf, ob sie sie nun verstanden hatte oder nicht, und gab sie nach Aufforderung ebenso mechanisch wieder.

In der Woche vor dem ersten Adventssonntag des Jahres 1883 sollte Eva sich wieder auf die nächste Konfirmandenstunde vorbereiten und dafür einen bestimmten Text lesen und bedenken. Sie griff nach ihrem Neuen Testament und blätterte darin herum, um den Abschnitt zu finden, der ihr aufgetragen war. Wie von ungefähr blieb sie dabei hängen an den Versen 27 und 28 aus Johannes 10. Es waren merkwürdige Worte, die sie da las, fand sie: „Meine Schafe hören meine Stimme, und ich kenne sie, und sie folgen mir; und ich gebe ihnen das ewige Leben, und sie werden nimmermehr umkommen, und niemand wird sie aus meiner Hand reißen."

Eva wurde es beim Aufnehmen dieser Zeilen merkwürdig warm ums Herz. Was waren das für Worte!? Und welche Aussage steckte darin! Aber wer sprach da? Wer war dieser „ich"? Eva ging mit dem Finger ein paar Verse nach oben und las dann: „Jesus antwortete ihnen: Ich habe es euch gesagt und ihr glaubt nicht ..." Eva wurde es innerlich noch wärmer. Sie ging mit dem Finger noch ein paar Verse im Abschnitt zurück und machte halt bei einem Wort, das sie noch nie gehört und noch weniger gelesen hatte: „Ich bin der gute Hirte und kenne die Meinen und die Meinen kennen mich, wie mich mein Vater kennt und ich kenne den Vater. Und ich lasse mein Leben für die Schafe." Und noch ein paar Verse vorher: „Ich bin der gute Hirte. Der gute Hirte lässt sein Leben für die Schafe."

Jetzt wurde es Eva regelrecht heiß, sodass sie den Kragen ihres Kleides öffnen musste. Jesus, ein guter Hirte? Jesus, der gute Hirte?! Augenblicklich erschienen vor ihrem inneren Auge wunderbare Bilder, die sie auf Leinwand gemalt gesehen und die ihr das reale Leben auf dem Land schon oft vor Augen geführt hatte: Hirte und Schafe.

Schafe, die von einem Hirten geführt wurden, ohne den sie orientierungslos waren. Genauso augenblicklich ging ihr auf: Dieser Hirte war Jesus, und seine Schafe waren die Christen. Und dieser Hirte rief sie, die ungläubige Tochter aus adeligem Hause, persönlich in seine Herde. Es war Eva, als hörte sie tatsächlich die Stimme dieses Hirten: „Komm, junges Menschenkind! Nimm deinen Platz ein! Eva, dein Platz ist unter meinen Schafen. Ich habe mein Leben auch für dich gelassen, damit du dich bei mir einreihst. Komm und zögere nicht länger!"

Unter diesem besonderen Eindruck konnte Eva nicht anders, als auf ihre Knie zu gehen. Sie faltete die Hände und betete laut, sodass es jemand vor der Tür hätte hören können, wenn er denn gelauscht hätte: „Herr Jesus, wenn es wahr ist, dass du der gute Hirte bist, dann will ich ab jetzt zu deiner Herde gehören!"

Eva brauchte nicht lange auf eine Antwort auf dieses Gebet zu warten. Die kam im selben Moment in der Weise, dass die Unruhe der letzten Zeit vollständig von ihr wich und eine große unerwartete, ungewohnte Ruhe in ihr Herz einzog und eine Freude von ihr Besitz ergriff, wie sie das noch nie empfunden hatte. In diesen Momenten geschah an Eva von Tiele-Winckler die Veränderung, die Paulus im 2. Korintherbrief beschrieben hatte: „Ist jemand in Christus, so ist er eine neue Kreatur; das Alte ist vergangen, siehe, Neues ist geworden." Die Siebzehnjährige hätte vor Freude am liebsten die ganze Welt umarmt, wenn das gegangen wäre. Das Umarmen musste sie sich freilich aufbewahren für den nächsten Menschen, der ihr im Haus begegnen würde, egal wer das war.

Es war dann ihre Mamá, die als Erste davon erfuhr, dass ihre Stieftochter soeben dem guten Hirten Jesus begegnet war. Wie die sich freute! Dann war es ihre Schwester Klara, die die neue Nachricht unmittelbar mitbekam. Der Vater und andere Menschen ihres großen Familien- und Freundeskreises erfuhren von Evas „Erweckung“, wie sie selbst das Ereignis nannte, per Post. Welch eine Botschaft, die in zahlreichen Briefen in verschiedene Richtungen ins Land ging, um bei ihren Adressaten ähnliche Freude hervorzurufen, wie sie sie selbst erfüllte; vielleicht mochte die Nachricht bei Einzelnen aber auch Unverständnis und Kopfschütteln hervorrufen. Und wenn, dann war das Eva nicht wichtig. Wichtig war ihr, dass sie „Schaf“ in der „Herde“ Jesu war und der Heiland ihr guter Hirte. Dem wollte sie in der Zukunft folgen. Der würde ihr bald den Weg zeigen, den sie künftig gehen, und ihr den Platz anweisen, den sie einnehmen sollte. Davon war sie ab diesem Moment zutiefst überzeugt, und darum betete sie ab sofort ganz gezielt und ausdrücklich.

Am folgenden ersten Adventssonntag besuchte Eva zum ersten Mal freiwillig den Gottesdienst des jungen Hofpredigers. Dort saugte sie die Botschaft von dem „König der Ehre“, von dessen Einzug König David im Psalm 24 sang, auf wie ein ausgetrockneter Schwamm das Wasser. Den Segen dieses Königs – der konnte doch nur Jesus sein, von dessen Einzug in Jerusalem die Schriftlesung in Johannes 12 berichtete – wollte sie gerne empfangen; seine zugesagte Gerechtigkeit wollte sie in Anspruch nehmen und deshalb sein Antlitz immer wieder suchen. Mit dieser neuen Sicht schrieb sie ein gereimtes Gebet, das sie schlicht mit „Bitte“ überschrieb:

„Herr, lehre mich die Wahrheit, Dich selber verstehn –
gib mir Deine Klarheit, das Rechte zu sehn.

Ich kann es ja nimmermehr finden allein –
Du musst es mir zeigen, Herr, und bei mir sein.
Lass Du mich Dein Wesen erkennen, o Gott!
Du kannst mich erlösen aus Zweifel und Not.
Und zeig mir den Weg, Herr, zu Glauben und Licht!
Mein Gott und mein Vater, verlasse mich nicht!"

Die Bibel zu lesen wurde Eva von nun an zur täglichen heiligen Aufgabe. Sie musste umfassend kennenlernen, was Jesus gesagt und getan hatte, wie er das Reich Gottes beschrieben und welche Handlungsanweisungen er seinen Jüngern gegeben hatte. Sie musste mehr erfahren über das Wesen des „guten Hirten", der sich ja auch als „Tür", als „Brot des Lebens", „Licht der Welt", „Weg und Wahrheit", „Weinstock", „Auferstehung", „Anfang und Ende" vorgestellt hatte. Welch ein Herr! Welch ein Heiland!

Je mehr Eva durch ihr Bibelstudium von Jesus erfuhr, desto lieber wurde ihr dieser Name für den guten Hirten: Heiland, ihr Heiland. Dessen Wesen war mit einem einzigen Wort zu beschreiben, wie sie bald aus ihrem Bibelstudium erfuhr: Liebe! Mensch gewordene Liebe des himmlischen Vaters! „Gott ist die Liebe, und wer in der Liebe bleibt, der bleibt in Gott und Gott in ihm." So fand es Eva im ersten Brief des Johannes geschrieben, und es machte ihr keine Mühe, den Vater und den Sohn als Einheit zu begreifen, was ihr früher immer schwierig gewesen war. „Ich und der Vater sind eins", hatte Jesus gesagt. So hatte sie es doch bereits in Johannes 10 gelesen. In Evas Herzen wuchs der Wunsch, von dieser Liebe erfüllt zu werden, nichts anderes als diese Liebe zu leben, sie so zu leben, dass andere Menschen davon froh und satt und glücklich wurden, wie sie selbst zunehmend froh und glücklich wurde.

Einer der ersten Menschen, die die Botschaft von dem geschenkten Herzensfrieden im guten Hirten Jesus erfuhren, war Evas Freundin Lisa, die junge Gräfin Elisabeth von Zedlitz-Trütschler auf Großenbohrau in Mecklenburg und Posen, die Tochter des preußischen Kultusministers. Lisa gehörte auch zu den Ersten, die davon erfuhr, welche Gedanken ihre Freundin seit ihrer „Erweckung“ bewegten und welche Bilder sie immer wieder vor Augen hatte. Diese Bilder zeigten ihr die Menschen von Miechowitz, die Männer, die in den Kohle- und Erzgruben ihre gefährliche und schweißtreibende Arbeit verrichteten und die am Zahltag einen Teil ihres Lohnes in den Gasthöfen des Ortes in Alkohol umsetzten. Die junge Christin sah die Frauen und Kinder, die unter ihren betrunkenen Männern und Vätern vielfach zu leiden hatten. Dann waren da die Witwen und die Waisen, die in ärmsten Verhältnissen ihr Dasein fristeten. In den Tiefen der Gruben gab es nämlich häufig Unfälle mit tödlichem Ausgang, und der Staub und die Rauchgase an den Hochöfen der Hüttenwerke forderten auch ihre Opfer.

Vor ihrem inneren Auge sah Eva die großen und kleinen, aber allesamt armen Leute, die an bestimmten Tagen mittags ins Schloss kamen, um sich in der Küche ihre Mahlzeit abzuholen. Und sie sah die, die ohne Versorgung des Leibes und Pflege der Seele krank und elend in ihren ärmlichen Behausungen lebten und von menschlicher Liebe nichts erfuhren, geschweige denn von göttlicher. Ihrer Freundin schrieb sie unter anderem:

„Liebe Lisa! … mein innigster Wunsch ist es, wenn ich wieder in Miechowitz bin, mich diesen Menschen in der Liebe Jesu zuzuwenden, ihnen meine Zeit und meine Kraft, und wenn es nötig sein sollte, auch mein Geld zur

Verfügung zu stellen, damit sie im Materiellen und Geistlichen etwas erführen von der Liebe Gottes und Jesu, wodurch ihnen ihr düsterer Alltag sicher ein wenig erhellt würde ... Ich bitte zu Gott, dass er die Gedanken meines guten Vaters dazu bewegt, mir die nötigen Freiheiten zu gewähren ... Wenn Du mein Gebet um diese Sache auch zu dem Deinen machtest, wäre ich Dir noch mehr verbunden, als ich es ohnehin bin ...

Inzwischen sehe ich meiner Konfirmation mit Freuden entgegen. Das Bekenntnis zu Jesus, gegen das ich mich vehement gewehrt hatte, wird mir nun leicht und freudig über die Lippen kommen. Ich wünschte, Du könntest dabei sein, wenn der liebe Hofprediger mir die Hände zum Segen auflegt ..."

Zunächst aber rückte Evas Konfirmation ein wenig in die Ferne. Sie wurde krank. Für Wochen musste sie auf alle Aktivitäten an ihrem Winterwohnort verzichten und das Bett hüten. Sie schickte sich in die plötzlich veränderte Lage, tat es noch nicht einmal ungern oder gar mit innerem Protest, wie das vor ihrer Erweckung der Fall gewesen wäre. Nein, im Gegenteil, sie begrüßte die Ruhe, die ihr verordnet war, und nutzte sie ausgiebig zum planvollen Lesen des ganzen Neuen Testamentes „wie ein Heide, der zum ersten Mal die Frohe Botschaft hört", wie sie es in einem Brief formulierte. Sie begann bei Matthäus und hörte erst auf mit dem letzten Wort aus der Offenbarung des Johannes: „Die Gnade des Herrn Jesus sei mit allen!"

Jeden einzelnen Textabschnitt las Eva sehr aufmerksam und gründlich, häufig mehrmals. Dabei begegnete ihr freilich manches Wort, das ihr Mühe machte, wenn oder weil es darin um die Nachfolge Jesu und um Dienstbereitschaft in seiner Liebe ging. In Matthäus 10 stieß sie zum Beispiel auf ein paar Aussagen Jesu, die es besonders in sich hatten und die sie stark beschäftigten. „Wer Vater oder Mutter mehr liebt als mich, der ist meiner nicht wert ... Wer nicht sein Kreuz auf sich nimmt und folgt mir nach, der ist meiner nicht wert. Wer sein Leben findet, der wird's verlieren; und wer sein Leben verliert um meinetwillen, der wird's finden."

Welch einen Anspruch hatte Jesus da an seine Leute! War dem überhaupt nachzukommen? Jesus mehr lieben als den geliebten Papa? Ihn mehr lieben als die verstorbene Mutter, die sie immer wieder deutlich vor Augen hatte? Ihn mehr lieben als Mamá Rose? Ja, so musste es wohl sein! Jesus wollte offenbar keine gespaltenen Herzen. Er wollte sie ganz und gar und um jeden Preis für sich, auch um den Preis der Vernachlässigung oder gar Verleugnung der engsten persönlichen Beziehungen und aller menschlichen Bindungen.

Unter dem Eindruck der Aussage Jesu in Lukas 14: „So auch jeder unter euch, der sich nicht lossagt von allem, was er hat, der kann nicht mein Jünger sein", dachte Eva diesen Gedanken sogar noch weiter. Was bedeutete ihr ihre mädchenhafte Anmut? Was ihre Stellung als adeliges Fräulein? Was ihre Zugehörigkeit zur angesehensten und wohlhabendsten Familie Oberschlesiens, die zugleich als eine der ehrenhaftesten und reichsten Familien im Deutschen Reich galt? Von Tiele-Winckler – das war ein Name mit Klang! Die Tiele-Wincklers waren eine Familie mit Rang und hohem Ansehen! Aber was bedeutete ihr, Eva, das alles?

Wenn sie Jesus lieben und dienen wollte mit allem, was sie war und hatte, hieß das dann für sie nicht auch, auf das alles zu verzichten und Rang und Namen, Ansehen und Würde für bedeutungslos zu erklären? Und bedeutete das dann nicht auch, für ihr Leben in der dienenden Nachfolge auf eine eheliche Bindung an einen der adeligen Männer zu verzichten, die irgendwo vielleicht schon ein Auge auf sie geworfen hatten? Ihre Schwestern Franziska und Helene waren verheiratet, und sie waren glücklich dabei. Sie freuten sich auch bereits an ihren Kindern. Hätten die beiden Zeit für eine dienende Nachfolge Jesu an Menschen in Not? Doch wohl eher nicht! Bei Hildegard deutete sich eine Liebe am Horizont an. Bliebe ihr in einer Ehe noch Zeit für eine Nachfolge, wie Jesus sie forderte? Wahrscheinlich nicht! Und Zeit für sie selbst? Fragen, die Eva nie zuvor gestellt hatte, beherrschten ihre Gedanken und brauchten Antworten.

Je länger sie über diese Fragen nachdachte, desto sicherer wurde sie in ihrer Überzeugung, dass sie niemals heiraten würde. Nein, ihr Leben gehörte jetzt dem guten Hirten und Heiland ihrer Seele. Dem sollte es um jeden Preis ganz und gar und für die Ewigkeit gehören; wenn es sein musste, auch um den Preis der konsequenten Lösung aus den zahlreichen menschlichen Bindungen in Familie, Freundschaft und Bekanntschaft. Vielleicht sogar um den Preis des Verzichts auf ihr Erbe!? Das könnte menschlich gesehen sehr schmerzhaft werden, müsste aber um des Gehorsams Willen hingenommen und getragen werden.

Leider hatte Eva niemanden in ihrem Umfeld, mit dem sie über diese Fragen reden konnte. Wie das gehen sollte, musste Gott also selbst ihr zeigen, und er würde es tun. Sie hatte doch in Matthäus 21 gelesen: „Alles, was ihr bittet im Gebet, wenn ihr glaubt, so werdet ihr's empfangen." Und Eva glaubte. Sie glaubte wie jener Vater, der nach Markus 9 schrie: „Ich glaube; hilf meinem Unglauben!"

Nach ihrer Genesung und nach ihrer Einsegnung im Frühjahr 1884 kehrte die junge Frau nach Miechowitz zurück. Wie freute sie sich auf die Heimat! Wie freute sie sich darauf, sich den Armen und Bedürftigen des Dorfes in der neuen Liebe Jesu zuwenden zu können. Selbst ins Dorf zu gehen und sich um diesen oder jenen zu kümmern, wagte sie freilich nicht. Dazu wollte sie doch lieber zuvor die Erlaubnis des Vaters einholen. Aber sich mittags in den unteren Küchenräumen an der Ausgabe des Armenessens zu beteiligen, das wollte sie schon einmal tun. Das würde der Vater sicher nachträglich erlauben, wenn er demnächst von seiner Geschäftsreise nach Miechowitz zurückkam.

Unter den Menschen des Dorfes, die sich immer wieder ihr Essen in der Schlossküche abholten, war auch ein Junge, der Eva besonders auffiel. Wie zerlumpt er daherkam! Wie mager er war und wie blass und krank er aussah! Eine traurige Jammergestalt! Die junge Frau überfiel ein tiefes Mitleid mit dem Kind. Auf seinem Weg nach draußen zog sie den Jungen an einem Mittag im Küchenflur in eine Nische: „Wie heißt du, Junge, und wie alt bist du? Ich hoffe, du sprichst Deutsch."

Der Junge hätte vor Schreck darüber, dass ihn das adelige Fräulein hier ansprach, beinahe sein Gefäß fallen lassen. Doch er riss sich zusammen und gab Antwort: „Ich heiße Norbert und bin acht Jahre alt, gnädiges Fräulein. Meine Eltern sind vor ein paar Jahren wegen der Arbeit aus Niederschlesien hierhergezogen. Wir sprechen alle Deutsch."

„Für wen holst du die Suppe?"

„Für meine kranke Mutter und mich, gnädiges Fräulein."

„Und was ist mit deinem Vater?"

Norbert zögerte mit seiner Antwort.

„Verzeih meine Frage, Norbert. Ich möchte dir helfen, wenn ich kann."

Bei dieser freundlichen Anrede fasste der Junge Mut. Leise und stotternd kam es in bitterem Ton aus ihm heraus: „Mein Vater ist Hauer auf Kohle – und er ist Trinker. Er lässt den meisten Lohn in der Skarotka (das war eine Schenke im Dorf). Meiner Mutter bleibt nicht viel. Und mir noch weniger. Wenn die gnädige Herrschaft im Schloss nicht so freundlich wäre ..."

„Schlägt dich der Vater?"

Der Junge blickte zu Boden. Die Frage war ihm offenbar peinlich. Mit einem Seufzer gab er zur Antwort: „Wenn er betrunken ist, schlägt er unbeherrscht zu. Schauen Sie, gnädiges Fräulein." Norbert stellte sein Gefäß vorsichtig ab, lüftete seine ärmliche Jacke und sein ebenso ärmliches Hemd und zeigte Eva eine ganze Anzahl blauer Flecken an seinem dürren Körper.

„Du armer Junge", entfuhr es Eva spontan.

Norbert tat die Anteilnahme des adeligen Fräuleins offenbar gut. Sein Gesicht hellte sich ein wenig auf, während er sein Hemd wieder in die verschlissene Hose steckte. Und so beantwortete er die nächste Frage auch mit offenem Gesicht.

„Hast du sonst nichts anzuziehen?", wollte Eva wissen.

„Nein, gnädiges Fräulein. Ich habe nur das, was ich anhabe. Der Vater hat alles andere versetzt und versoffen, und wir haben kein Geld, irgendwas zu kaufen."

„Und im Dorf ist niemand, der sich um dich und deine Mutter kümmert?"

„Niemand, gnädiges Fräulein. Wer will schon unsere

arme Hütte betreten. Außerdem sind wir deutsch. Das mögen nicht alle polnischen Leute in der Nachbarschaft."

Eva packte großes Erbarmen. „Möchtest du, dass ich mich kümmere?"

Norbert schaute ganz erstaunt auf. Eine solche Frage hatte er in seinem Leben noch nie gehört. Und die aus dem Mund einer jungen Angehörigen der Herrschaft seines Dorfes. Zögernd und leise kam seine Antwort: „Gerne, wenn Sie es möchten, gnädiges Fräulein."

„Ich werde tun, was ich kann, Norbert", versprach Eva und verabschiedete den Jungen. „Sag mir noch, wo du wohnst."

„Am Dorfrand nach Karf hin, gnädiges Fräulein. Links von der Straße das vorletzte Haus."

„Gut, Norbert. Aber nun geh. Die Suppe wird sonst völlig kalt. Sprich bitte mit niemandem über unsere Begegnung. Ich muss zurück in die Küche."

Norbert nahm sein Gefäß wieder auf, verbeugte sich vor seiner Gönnerin und verschwand mit einem „Sehr vielen Dank, verehrtes Fräulein! Sie waren sehr gut zu mir" nach draußen.

Eva schaute ihm noch einen Moment nach und hatte den Eindruck, der schleppende Schritt des Jungen, den sie im Haus beobachtet hatte, sei einer deutlichen Leichtigkeit gewichen. In ihrem Kopf hatte sie bereits einen Plan, wie sie dem Jungen seinen schweren Kinderalltag vielleicht ein wenig erleichtern könnte und wie auch seine Mutter … Hoffentlich gelang es ihr, den Plan umzusetzen.

Sie sprach deswegen eine der polnischen Suppenfrauen auf den Jungen an und bat sie, sich doch einmal um Norbert und um seine Mutter zu kümmern. Sie solle das auch nicht umsonst tun, sondern gegen ein kleines Entgelt. Die

Frau, die ein wenig Deutsch sprach und einen nicht ganz so ärmlichen Eindruck machte, versprach, die Familie zu besuchen und auch nach der kranken Mutter zu sehen, wenn das gnädige Fräulein es so von ihr wünsche.

Nach Beendigung der Essensausgabe und nach dem eigenen Mittagessen stieg Eva sofort hinauf zu ihren Zimmern und suchte in der Ankleide nach Stücken, die sie schon länger nicht getragen hatte und die sie deshalb entbehren konnte. Sie nahm ein grünes Jagdkleid aus dem Schrank, um sofort seine Nähte aufzutrennen. Der Stoff musste reichen, um in den nächsten Tagen für den Jungen eine Hose und einen Janker herzugeben. Das Zuschneiden und Nähen hatte sie bei ihrer Mutter einigermaßen gut gelernt, und so machte ihr diese Arbeit weniger Mühe als Freude. Norbert würde wohl nicht darauf achten, ob die Größe auch genau stimmte.

Allerdings: das Ganze musste heimlich geschehen. Ihr Zimmermädchen und die Hausdame durften davon nichts erfahren. Die hätten wohl kein Verständnis für ihre Hilfsmaßnahme und würden womöglich dem Vater davon berichten, wenn er in den nächsten Tagen von seiner Reise zurück ins Schloss kam. Darum zu beten, dass ihr eigenmächtiges Handeln verborgen blieb, kam Eva nicht in den Sinn. So stark war ihr Vertrauen in die Hilfe Gottes dann doch noch nicht. Das musste sich erst entwickeln. Aber den Vater verärgern? Das war nicht ratsam. Für ihn galt die konsequente Trennung zwischen Dorf und Schlossgelände, und nur ausgewählte Leute durften das große eiserne Flügeltor, die kunstvoll gestaltete Grenze zwischen hüben und drüben, drinnen und draußen, durchschreiten.

Warten, warten …

Einer der ausgewählten Leute war der Amtsvorsteher des Dorfes. Das gnädige Fräulein begegnete ihm auf seinem Weg durch den Park, als er den Schlossherrn in einer Miechowitzer Angelegenheit aufsuchen wollte. Am Ende des kurzen Gesprächs, das sich natürlich ergab, erwähnte Eva den armen Norbert und bat den Verwaltungsmann darum, sich doch um das Wohlergehen des Jungen und seiner kranken Mutter zu kümmern, wenn ihm das von Amts wegen möglich sei. Sie habe zwar schon eine polnische Frau gebeten, aber es sei wohl doch besser, wenn von Amts wegen etwas geschähe. Der Beamte versprach's und begab sich zu seinem Dienstherrn ins Schloss.

Ein Ergebnis des Gesprächs der beiden Männer erfuhr Eva am nächsten Vormittag beim Frühstück. Die Tochter spürte bei der ersten Begegnung mit dem Vater sofort, dass ihn etwas beschäftigte, was sie betraf. Er war nicht so freundlich wie sonst, er schien sogar verärgert. Die üblichen liebevollen Fragen nach ihrem Befinden, nach dem Schlaf der Nacht, nach den Plänen und Aufgaben für den Tag blieben aus. Dafür legte Hubert von Tiele-Winckler während des heute sehr schweigsamen Frühstücks plötzlich sein Besteck zur Seite. „Ich muss mit dir reden, mein Kind."

Eva zuckte ein wenig zusammen. Vaters Ton verhieß nichts Gutes. „Bitte, Papa, sag mir, was dir an mir nicht gefällt."

„Du sagst es richtig. Es gibt etwas, was mir an dir nicht gefällt."

„Ist es meine Art zu glauben, Papa?" Eva schaute ihren Vater mit großen fragenden Augen an.

„Es hängt wohl damit zusammen“, bestätigte der Mann und kam gleich zur Sache. „Es missfällt mir, dass du dich um die Dorfbevölkerung kümmerst und dich den Leuten anbiederst, die sich den Mittagstisch aus unserer Küche holen.“

„Aber Papa ...“, versuchte Eva eine rasche Rechtfertigung, kam aber nicht in Vaters Worte hinein.

„Du hast den Herrn Amtsvorsteher angesprochen wegen dieses Jungen Norbert oder wie der heißt.“

„Das ist ein ganz armer und elender ...“

„Unterbrich mich bitte nicht, Eva. Es missfällt mir, dass du dich um dieses Kind kümmerst. Dieser Norbert geht dich nichts an. Der lebt draußen, und du lebst hier drinnen. Und zwischen draußen und drinnen gibt es nun mal eine Grenze des Standes. Ein adeliges Mädchen macht sich nicht gemein mit dem einfachen Volk.“

Eva versuchte noch einmal, in die strenge Rede des Vaters hineinzukommen: „Bitte, Papa, hör mich ...“

„Ich muss von dir hierzu nichts hören, Eva“, wies der Vater den versuchten Einwand deutlich zurück. „Ich muss dir dazu nur etwas sagen, und ich erwarte, dass du dem nachkommst, was ich dir sage.“

Eva wurde innerlich sehr erregt. Äußerlich beherrschte sie sich, wie sie es von ihrem Vater gelernt hatte, atmete nur einmal schwer auf und sagte dann mit gesenkten Augen: „Bitte, Papa, ich höre.“

Der Vater antwortete in recht scharfem Ton: „Erstens, mein Kind: Die Küchenfrauen und die Küchenmädchen werden ab heute das Mittagessen für die Armen unter den Dorfleuten wieder allein austeilen. – Zweitens untersage ich dir jeden weiteren Kontakt zu diesem Norbert und auch jedes weitere Bemühen um sein Geschick. Was wir von uns aus für die ärmsten und elendsten Menschen von Miechowitz tun, kann sich sehen lassen. Ihnen zu helfen ist uns schon lange Christenpflicht. Es ist aber nicht unsere Aufgabe, das selbstverschuldete Elend der Leute zum Besseren zu wenden. Schnaps ist ein teuflisches Zeug, da kann und will ich deinem Denken nicht widersprechen. Aber den Umgang mit dem Schnaps müssen die Leute schon selbst lernen und seine Auswüchse auch selbst verantworten. Es zwingt sie niemand, die Gastwirtschaft aufzusuchen. – Drittens möchte ich, dass du den Schlosspark in der nächsten Zeit nur mit der ausdrücklichen Genehmigung deiner Mamá oder von mir und auch nur in Begleitung verlässt. Das gilt auch für deine Ausflüge in die Wälder und für den Weg hinüber in die Kirche zur Gruft deiner Mutter. – Habe ich mich deutlich genug ausgedrückt?"

Eva musste ein paarmal schlucken. Sie war den Tränen sehr nahe. Aber denen jetzt freien Lauf zu lassen, hätte den Vater wohl noch mehr verärgert. Also beherrschte sie sich und antwortete mit belegter Stimme: „Ich habe dich verstanden, Papa. Ich werde deinen Weisungen nachkommen." Nach einem Moment der Besinnung wagte sie zu fragen: „Darf ich nach oben gehen?"

Für diese Frage hatte ihr Vater offenbar Verständnis. Seine Antwort war ein militärisch knappes „Du magst gehen." Damit war das gemeinsame Frühstück der beiden auch beendet.

In ihrem Zimmer warf sich Eva auf ihr Bett und ließ den Tränen freien Lauf. Wäre doch ihre Mamá hier gewesen oder eines ihrer Geschwister, der Papa hätte sicher anders reagiert und ihr diese harten Gebote nicht auferlegt. Die Mamá hätte bestimmt aus ihrem Glauben heraus

Verständnis für ihr, Evas, Handeln gehabt und den Papa besänftigt. Vielleicht hätten auch Helene oder Hildegard oder Hans-Werner für sie Partei ergriffen. So aber war sie mit der Situation völlig allein – und für unbestimmte Zeit eingesperrt in dem sonst so sehr geliebten Park und im Schloss. Dieses Gebot wollte sie ja noch ertragen. Aber das andere? Wie nur sollte sie ihre Wünsche umsetzen und das, was sie als ihren Auftrag empfand, wenn der Vater ihr keinen Freiraum gab und keine Möglichkeit, die Liebe Christi auch wirklich zu leben?

Zunächst blieb ihr nichts anderes, als die angefangene Näharbeit für Norbert im Flickensack der Nähstube verschwinden zu lassen. Dabei war ihr, als versetze ihr jemand einen Stich ins Herz. Dass sie diesen Jungen vom Scheitern ihrer Bemühung nicht benachrichtigen konnte, tat ihr zusätzlich weh. Vielleicht kümmerte sich ja diese Frau, die sie angesprochen hatte, auch ohne die Geldzuwendung, die sie ihr zugesagt hatte. Das war für Eva eine schwache Hoffnung. Ob sich vielleicht der Amtsvorsteher kümmerte, der dem Vater die Sache erzählt haben musste? Wohl eher nicht. Dem hatte der Vater bestimmt eine ähnliche Anweisung gegeben wie ihr, vermutete Eva traurig.

Ihr selbst blieb nun wieder viel Zeit, die sie zu neuem Studium der Bibel nutzte, wenn sie nicht im Park spazieren gehen konnte oder Briefe schrieb, eine Handarbeit machte oder in Valeskas Büchern las.

Das Neue Testament kannte Eva inzwischen recht gut. Sie hatte es bereits mehrmals gelesen. Jetzt nahm sie sich das Alte vor und begann dort, das Buch des Propheten Jesaja zu lesen. Zunächst kam sie nur bis zur Berufungsgeschichte dieses Gottesmannes im sechsten Kapitel des Buches. Sie blieb hängen an der dringenden und drängenden Frage Gottes nach einem dienstbereiten Menschen. Eva hörte die Frage, als sei sie ihr ganz persönlich gestellt: „Wen soll ich senden? Wer will unser Bote sein?" Gepackt von diesen Worten konnte sie nicht anders, als – wie damals in Berlin – auf ihre Knie zu gehen und zu antworten, wie der Prophet geantwortet hatte: „Hier bin ich, sende mich." Und erneut verpflichtete sich die junge Frau ganz der Nachfolge Christi und der bedingungslosen Hingabe an diesen Hirten, Herrn und Heiland. „Hier bin, sende mich!"

Eva war sich sicher, dass auch das momentane harte „Nein!" ihres Vaters sie nicht hindern würde zu tun, was ihr glaubendes Herz ihr vorschrieb. Sie hatte es doch – wiederum wie von ungefähr – im 58. Kapitel desselben Prophetenbuchs gelesen und sofort als eine eindeutige Platzanweisung Gottes verstanden: „Brich dem Hungrigen dein Brot, und die im Elend ohne Obdach sind, führe ins Haus! Wenn du einen nackt siehst, so kleide ihn, und entzieh dich nicht deinem Fleisch und Blut."

Beim weiteren Nachdenken über diesen Auftrag wurde Eva stutzig. Diese Propheten-Worte hatte sie doch schon an einem anderen Ort gelesen. Mit einer bestimmten Ahnung eilte sie in Valeskas Zimmer, griff in den Schrank zu dem Buch mit den „Goldenen Worten und frommen Gedanken", blätterte ein wenig darin und fand dann bereits ganz am Anfang des Buches, was sie suchte. Merkwürdig, genau dieses Jesajawort hatten beide Eltern – den Schriftzügen nach offenbar gemeinsam – bereits vor beinahe fünfundzwanzig Jahren in dieses besondere Buch geschrieben. Ob das vielleicht aus einer gewissen Vorahnung von ihnen geschehen war oder gar vor dem Hintergrund eines geheimen Wunsches, eins ihrer Kinder werde eines Tages …

Eva wurde darüber sehr nachdenklich und innerlich bewegt. Als sie dann auch noch las, was des Vaters erster Eintrag damals war und welche Worte die Mutter dem angeschlossen hatte, ging es ihr wie ein Krampf durchs Herz, und Tränen traten ihr wieder in die Augen. Vaters Eintrag hieß: „Ich will mit dem Herrn reden, obschon ich Staub und Asche bin. – 1. Mose 18,27". Der Eintrag der Mutter hieß: „Ich lasse dich nicht, du segnest mich denn. – 1. Mose 32,27." Wie wunderbar! Vor diesem Hintergrund konnte der Vater sein „Nein!" gar nicht ewig durchhalten, oder er musste sich in seinem Denken sehr verändert haben. Irgendwann würde er sich öffnen für das Sehnen seiner „kleinen" Tochter, Hungrigen das Brot zu brechen, denen im Elend Obdach zu geben und Nackte zu bekleiden. Nein, er würde sich dafür öffnen müssen, dass sich sein Evchen zu den Armen und Elenden gerufen und gesandt wusste und dass sie zu ihnen gehen musste, um ihnen Gutes zu tun.

An welchem Ort sie ihren Dienst der Liebe schließlich tun sollte, das musste Gott ihr noch zeigen. Dass der Ort hier in Miechowitz sein möge, wurde je länger je mehr Evas tiefster Wunsch und ihr Gebet. So schrieb sie es auf:

„Volk meiner Heimat in Nebel und Rauch,
dir bleib ich treu bis zum letzten Hauch! –
Ich habe mein Herz und mein ganzes Leben,
meine Kraft, meine Liebe dir hingegeben.
Dein will ich sein bis zum letzten Hauch,
Volk meiner Heimat in Nebel und Rauch! –
Vater im Himmel, du hast es gehört!
Du hast mir das Wollen, das heiße, beschert,
so gib deinen Segen auch zum Vollbringen.

O Herr, lass das Werk meines Lebens gelingen!
Lass dienen mich treu bis zum letzten Hauch
dem Volk meiner Heimat in Nebel und Rauch!"

Zunächst war Eva freilich zur Untätigkeit und zum Warten verurteilt. Sie verstand zwar nicht, warum das so sein musste, fügte sich aber in das zunächst wohl Unabwendbare. Allerdings stellte sie sich darauf ein, dass ihre bequeme und mehr oder weniger pflichtlose Zeit als verwöhnte Tochter im adeligen Haus einmal zu Ende gehen würde. Sie verzichtete deshalb von jetzt an auf manche Annehmlichkeit, die sie bisher gerne und selbstverständlich genossen hatte, wie die tägliche An- und Auskleidehilfe durch ihre Kammerzofe und das Aufräumen und Reinigen ihrer Räume durch andere Bedienstete des Schlosses. Sie übte sich künftig auch in einer gewissen Askese, wie sie sie bei Franz von Assisi, bei Teresa von Ávila und anderen klösterlichen Autoren gelesen hatte. Morgens stand sie jetzt sehr viel früher auf, um zu beten und sich mit dem Wort Gottes zu beschäftigen. Ohne Rücksicht auf ihre Gesundheit reduzierte sie auch die Mengen ihrer Speisen – sie hatte immer gerne und viel gegessen und sich als Kind deshalb häufig zurechtweisen lassen müssen – und aß künftig auch das, was sie bisher abgelehnt hatte, weil es ihr nicht schmeckte oder wovor sie sich sogar ekelte. Sie übte sich auch darin, derben Schmutz und Blut zu ertragen, wenn diese denn auftraten, was ihr bisher ein Gräuel gewesen war.

Um ihre persönliche Heiligung zu fördern, versuchte sie sich künftig in besonderen Andachtsformen, zu denen sie Vorbilder fand in der reichen geistlichen Literatur aus dem Bestand ihrer Mutter. Sie ersetzte dabei in ihren Gedanken das Wort „heilig“ durch „gut“. Ihr Bestreben war, „gut“ zu werden. Das war auch das Bestreben ihrer Mutter gewesen, wie sie es in einer frühen Tagebuchaufzeichnung von ihr gelesen hatte: „Ich will kämpfen und streben, um gut zu werden, damit die Eltern im Jenseits sich meiner freuen. Du, mein himmlischer Vater, wachst ja über mir.“ Valeska war damals elternlos gewesen. Ihre, Evas, Eltern lebten und beobachteten sie, wenn sie zusammen am selben Ort waren. Der Vater und die Mamá sollten auch an ihrem Verhalten und an ihrem gläubigen Wesen ablesen können, dass es ihr ernst war mit ihrer Jesus-Nachfolge und ihrem Wunsch nach tätiger Liebe, mit dem Wunsch, „gut“ zu sein. Deshalb ihre Übungen, mehr und mehr von der Gesinnung und vom Wesen des guten Hirten in ihr eigenes zu übernehmen. „Ein jeglicher sei gesinnt, wie Christus Jesus auch war …“ So stand es ihr aus dem Philipperbrief vor Augen. Das musste ins Leben genommen und umgesetzt werden. Deshalb auch ihr Gebet, das sie wie andere auch mit „Bitte“ überschrieb:

„Herr, mach mein Streben rein von aller Sünde,
dass nicht Trug oder Schein darin sich finde.
Dass nicht zu böser Stund in meine Seele
ein eigennützger Grund hinein sich stehle.
Das, was nicht stammt von Dir, lass drinnen schweigen!
Herr, mach mich frei von mir und ganz Dein eigen.“

Eva tat aber noch eins, freilich zunächst auch wieder heimlich, denn sie wollte nicht, dass über diese Sache wieder ein „Nein!“ des Vaters gesprochen wurde: Sie lernte die Sprache der Menschen im Dorf. Dabei machte ihr, die mit dem Lernen nie Schwierigkeiten gehabt hatte, der schwere Dialekt, den die einfachen Leute in Miechowitz und auch im übrigen Oberschlesien sprachen – das sogenannte Wasserpolnisch, ein merkwürdiges Sprachgemisch aus Polnisch und Deutsch – durchaus einige Mühe. Die vielen verschiedenen Zischlaute waren ja kaum zu unterscheiden und hatten doch alle ihre eigene Bedeutung. Dazu kam die merkwürdige Grammatik ohne Artikel vor den Substantiven, die es auch noch in zwei verschiedenen Pluralformen gab mit sechs Fällen gegenüber den vier, die ihr vertraut waren. Eine sehr schwere Sprache, dieses Polnisch! Schrecklich, aber nötig. Mit dem polnischen Hausmädchen, mit dem sie dessen Sprache lernte, war der „Unterricht" in der Regel freilich recht lustig, und das schwierige Unterfangen wurde schließlich sehr erfolgreich.

Was Eva nicht merkte, war, dass sie sehr wohl in allem, was sie machte, von den Eltern beobachtet wurde. Als sie vor ihrem Geburtstag im Oktober 1884 ein paar Tage auf dem Familiengut Blücher in Mecklenburg mit ihrer Schwester Helene – inzwischen Gräfin von Bismarck-Bohlen – und ihrer Familie verbrachte, erhielt sie einen Brief des Vaters. Darin las sie:

> *„Mein Evchen … Du musst aber auch, mein liebes, liebes Kind, ernstlich versuchen, die Mittelstraße zu wandeln, mein liebes Kind. Verstehe mich richtig: In dem Bestreben, das Verlangte, Dir Aufgegebene genau, bis aufs Äußerste genau zu erfüllen, verfehlst Du das zutreffende Maß und schreitest zum Übermaß, und dies Übermaß ist Dir immer schädlich gewesen. Sprich mit Helene hierüber; die wird Dir … meine Ansichten und Wünsche auseinandersetzen können; viel verständnisvoller für Dich, als ich es schriftlich Dir gegenüber,*

unsere ‚noli me tangere‘, vermöchte. Lebe wohl! mein trautes Kind, Gott wird dich auch fernerhin in Seinen gnädigen Schutz nehmen. … Grüße
… von Deinem Vater.“

Beim wiederholten Lesen musste Eva schlucken, und ein paar Tränen liefen ihr über die Wangen. Der gute Vater! Wenn sie, die er liebevoll sein „Rühre mich nicht an!“ („noli me tangere“) genannt hatte, den Brief richtig verstand, dann hörte sie aus den Zeilen heraus, dass der Mann sein rigoroses „Nein!“ wohl innerlich bereits ein gutes Stück aufgeweicht hatte.

Das Gespräch mit Helene bestätigte Eva diesen Eindruck.

„Vater meint es gut mit dir, Evchen“, wusste Helene. „Er sorgt sich nur sehr um deine Gesundheit, um die es zuweilen schwach bestellt ist, wie du selbst am besten weißt. Deshalb liegt ihm sehr daran, dass du in deinem Verhalten sorgsam bist und die Grenzen deiner Belastbarkeit beachtest.“

„Du magst recht haben, Lenchen“, gab Eva zu, „und ich will den Rat gerne befolgen. Weißt du, ich möchte Papa für meine Wünsche und Sehnsüchte gewinnen. Ich möchte nichts beginnen, was er nicht mittragen kann. Das gilt auch für Mamá.“ Nach einem Moment des Nachdenkens fragte sie: „Glaubst du, dass ich ihn um Erlaubnis bitten kann, den armen, hungrigen Kindern in Miechowitz vor ihrem Weg zur Schule ein Frühstück zu geben?“

Helene schaute ihrer Schwester erstaunt in die Augen: „Du hast Ideen, Evchen. Ich bewundere dich. Und wie ich Papas Ansicht über deine Wünsche, selbstlos zu dienen, inzwischen kenne, wird er dir diese Bitte nicht abschlagen.

Du bleibst ja im Schloss und damit unter seiner Aufsicht. Du gehst ja nicht ins Dorf. Das wird er nicht erlauben. Noch nicht. Vielleicht später, wenn er die Ernsthaftigkeit deines Wollens genügend geprüft und erfahren hat."

„Was rätst du mir also?", drängte Eva auf der langen Rede kurzen Sinn.

„Ja, ich rate dir, Evchen. Sei so frei und frag ihn. Ich denke, er wird dir diesen Wunsch zugestehen."

„Würdest du für mich ein gutes Wort ...", versuchte Eva die Schwester weiter für ihre Absicht einzunehmen.

„Ich sollte auf Papas Wunsch mit dir reden. Das habe ich gerne getan. Also werde ich auf deinen Wunsch auch mit Papa reden. Lass dich überraschen und gib die Sache Gott in die Hand. Er wird's machen."

Wieder in Miechowitz nahm Eva – nach mehrfachem ernstem Gebet – all ihren Mut zusammen und sprach die Eltern auf ihre Absicht an: „Ihr wisst um meine große Sehnsucht, Jesus mit der Tat zu dienen, Papa und Mamá. Diese Sehnsucht ist nicht kleiner geworden in den Zeiten, in denen ich den Küchenkeller nicht betreten und Schloss und Park nicht verlassen durfte."

„Ich weiß, mein Evchen", antwortete ihr Vater. „Ich weiß, dass du es ernst meinst. Aber sprich weiter."

Eva wandte sich dem Vater zu und schaute ihn mit offenen Augen an: „Ich weiß von unseren Bediensteten, dass es im Dorf viele Kinder gibt, die jeden Morgen ohne Frühstück zur Schule gehen. Sechs Tage in der Woche. Schon der Gedanke verursacht mir Seelenschmerzen. Wenn sie mittags nach Hause kommen, finden sie zumeist auch nur leere Schüsseln vor. Das erhöht den Schmerz." Eva machte eine Pause, um ihre Worte wirken zu lassen.

Die Mamá ermunterte sie mit ihren Augen, weiter zu sagen, woran sie dachte.

Eva fuhr fort: „Ich denke daran, diesen hungrigen Wesen morgens ein Frühstück unten im Küchenflur zu ermöglichen.“

Ihr Vater zog ein wenig die Augenbrauen hoch. „Und wer, denkst du, soll die Arbeit machen und die Kosten dafür tragen?“

Was war das denn für eine Frage?, schoss es Eva durch den Sinn, und auch die Mamá schien sehr erstaunt zu sein. Der reichste Mann Oberschlesiens, Regent über eine große Zahl von Bediensteten allein hier im Schloss, fragte nach Arbeitern und nach ein paar Talern, die dieses Frühstück für die Kinder doch nur kosten konnte. Eva zweifelte für den Moment an ihrem Vater. Laut antwortete sie: „Ich denke, die Arbeit sollte für das Personal einfach und die Kosten sollten für unsere Familie doch kein Problem sein, Papa.“

„Sind es aber, mein Kind“, gab der Vater zum Erstaunen der beiden Frauen zurück und ließ keinen Zweifel daran, dass es ihm ernst war mit seiner Antwort.

„Dann scheitert die Sache also an Leuten und am Geld?“ Eva stand ihr Entsetzen deutlich im Gesicht.

„Davon habe ich nichts gesagt“, widersprach der Mann ohne erkennbare Regung im Gesicht.

„Dann verstehe ich nicht, was du meinst, mein lieber Hubert“, forderte nun seine Rose eine Erklärung. „Du solltest Eva eine Antwort geben, die weniger rätselhaft ist.“

Hubert von Tiele-Winckler setzte sich in seinem Sessel auf. Das war ein bekanntes Zeichen, dass er etwas Wichtiges sagen wollte. „Gut“, begann er, „Eva möchte dienen, sie möchte Jesus mit der Tat dienen. Ein Frühstück für Kinder vorbereiten und an sie austeilen, ist zwar auch Tat, aber eine, die im Grunde nichts kostet, was man Opfer nennen könnte." Er unterbrach sich, um seine Worte wirken zu lassen. Mamá und Tochter blickten ihn erwartungsvoll an, Eva durchaus mit der Hoffnung, dass es zumindest kein grundsätzliches „Nein!" gab.

„Also, mein liebes Evchen", fuhr der Vater jetzt fort, „Dienst für Jesus, wie du dir ihn vorstellst, sollte mit Opfer verbunden sein. Du magst dir überlegen, ob du das – zugegeben – kleine Opfer bereit bist zu bringen, das ich erwarte."

„Papa, spann mich bitte nicht so auf die Folter", fiel Eva ihm ins Wort. „Sei gnädig mit mir, bitte."

„Wie du willst, Evchen, verzeih, ich komme zur Sache", war der Vater jetzt zur direkten Antwort bereit. „Du kannst die Kinder zum Frühstück ins Schloss rufen, wenn du die nötigen Vorbereitungen selbst triffst und wenn du die Kosten dafür von deinem Taschengeld selbst finanzierst. Ist das ein Vorschlag?"

Eva brauchte ein paar Sekunden, um aufzunehmen, was der Vater gerade gesagt hatte. Er hatte „Ja!" gesagt, wenngleich unter Bedingungen. Die wollte sie aber doch gerne erfüllen. In freudiger Erregung sprang sie von ihrem Sessel auf, war mit zwei Sprüngen bei ihrem Vater und fiel ihm um den Hals. „Danke, Papa, danke!", kam es freudig heraus. „Gerne stehe ich noch früher auf. Gerne zahle ich auch die Kosten von meinem Taschengeld. Nach den Kosten für das Frühstück bleibt mir doch selbst noch genug. Was brauche ich denn für mich? – Darf ich schon am Montag …?"

„Du darfst, mein liebes Kind, aber kümmere dich

selbst“, antwortete der Vater und hatte dabei tatsächlich ein Lächeln auf dem Gesicht, „und jetzt lass uns bitte allein. Ich habe mit der Mamá noch anderes zu besprechen.“

Eva nahm die Mamá und auch den Papa noch einmal kurz in die Arme und mit einem „Danke, ihr beiden!“ verließ sie den Raum. Beim Hinausgehen schnappte sie gerade noch auf, wie Mamá ihrem Hubert einen Kuss gab mit der Bemerkung: „So war es recht, mein Lieber. Ihr Weg ist ihr ernst. Sie wird sich durch nichts abbringen lassen.“

Eva von Tiele-Winckler, dieses hübsche, schlanke, immer ein wenig blasse achtzehnjährige Mädchen jubelte in ihrem Herzen. Ein wichtiger Schritt war getan. Gott hatte ihr Gebet erhört. Der Vater hatte Ja gesagt zu ihrem Plan eines Kinderfrühstücks. Das war doch ein Anfang! Und es würde weitergehen! Spontan schrieb sie in ihr Textheft:

„Erhört!
Du hast es wunderbar hinausgeführet!
Ja, Du hast alles, alles wohl gemacht!
Ich habe deutlich Deine Hand gespüret;
was unmöglich schien, Du hast's vollbracht.“

Eva kümmerte sich, plante und organisierte – auch bereits über den Tag hinaus und für Zeiten ihrer Abwesenheit –, sprach mit dem Küchenpersonal, beauftragte ihre „Sprachlehrerin“, das Kinderfrühstück im Dorf bekannt zu machen, und freute sich am vereinbarten Montag, eine große Zahl Jungen und Mädchen bei ihrem Frühstück im Küchenflur persönlich bedienen und ihnen eine Mehlsuppe und Brot reichen zu können. Dass sie um einiges früher aufstehen musste und dass von ihrem nicht gerade üppigen Taschengeld, das der Papa ihr gewährte, tatsächlich nicht mehr viel für die eigenen Bedürfnisse übrig blieb, focht sie nicht an. Sie war doch ohnehin schon seit Längerem zur Frühaufsteherin geworden und besaß mehr zum Leben, als ihr überhaupt nötig war. Und wenn sie demnächst auf die Reise ging, ins Rheinland zum Besuch bei Franziska und ihrer Familie, dann würde der Vater seine Schatulle schon wieder ein wenig weiter öffnen. In Sachen Reisekosten war das Familienoberhaupt immer großzügig gewesen. Hubert von Tiele-Winckler legte großen Wert darauf, dass die große, weiter wachsende, aber weit verstreute Familie eng zusammenhielt und dass sich die Geschwister immer wieder einmal auf einem der Familiengüter oder auch an anderen Orten trafen.

So kam es, dass sich Eva im Sommer 1885 unter anderem in Düsseldorf befand, auf einer Reise, die tatsächlich vom Vater finanziell reich ausgestattet war mit der ausdrücklichen Option, im nötigen Falle weitere Geldmittel nachzufordern. Auf dem Weg in die Stadt am Rhein hatte Eva mit Genehmigung der Eltern einen kurzen Halt im westfälischen Bielefeld gemacht, um von dort aus im nahen Ort Gadderbaum die Diakonissen- und Krankenanstalt „Bethel“ zu besuchen. Dabei war der Ortsname Gadderbaum im Land den wenigsten Menschen bekannt. Wer von der Anstalt des Pastors Friedrich von Bodelschwingh sprach, ersetzte den wahren Ortsnamen schon seit einiger Zeit durch den Anstaltsnamen „Bethel“. Von der an diesem Ort gelebten Liebe und dem aufopferungsvollen Einsatz der Diakonissen des dortigen Mutterhauses Sarepta für kranke Menschen jedes Alters und von dem Leiter der Anstalt hatte ihre Freundin Lisa von Zedlitz begeistert erzählt. Irgendwoher kannte Lisa diese fromme Anstalt und war mit ihr innerlich verbunden.

Eva wurde nicht enttäuscht von dem, was sie in dieser Einrichtung zu sehen bekam und in Gesprächen mit dem Leiter und mit verschiedenen Schwestern erfuhr. Sie verrichteten den schweren Dienst dort allesamt offenbar mit einer bewegenden Gelassenheit und großen Freude. Das war beste Nahrung für Evas eigene Wünsche und Vorstellungen für ihre „Heimat in Nebel und Rauch". In ihrem Herzen setzte sich dazu ein neues Verlangen fest, das sie ihrem Vater zum nächsten Geburtstag vorlegen wollte. Was der wohl zu ihrem Wunsch sagen würde, bei diesem besonders begnadeten Pastor von Bodelschwingh eine Ausbildung in Krankenpflege zu machen?

In Düsseltal in der Nähe von Düsseldorf besuchte Eva mit ihrem Schwager Hans von Berlepsch die „Kinderrettungsarbeit" des Grafen von der Recke-Vollmarstein, der ihr als der Begründer einer bethel-ähnlichen Einrichtung in Schlesien dem Namen nach bekannt war. Die junge Besucherin war sofort auch von dieser Arbeit begeistert. Die Erfahrung hier gab zusätzliche Nahrung für ihre innigen Wünsche, und sie stärkte zusätzlich ihre Überzeugung, dass in einer solchen Arbeit ihr künftiger Platz war.

Seit dieser Reise hatte Eva ein ganz konkretes Anliegen für ihre Gebete: Ein Jahr in der Anstalt des Pastors von Bodelschwingh! Unter der Obhut dieses geistlichen Mannes die Krankenpflege lernen! Oder wenigstens ein Dreivierteljahr; ein halbes wäre wohl auch schon gut! Ob Gott diesen Wunsch erfüllte? Ob er ihr auch für diese Zeit eine gleichgesinnte Gefährtin an die Seite gab? So ganz allein und nur auf sich gestellt unter lauter Menschen, die sie erst kennenlernen musste, das schien Eva ein wenig schwierig. Davor war ihr dann doch ein wenig bange.

Aber auch darum durfte sie ihren Herrn Jesus bitten. Und sie tat es von jetzt an täglich und sehr intensiv in der Überzeugung, dass der, der das Wollen gab, der Beterin das Vollbringen nicht abschlagen würde. Wie hatte sie doch kürzlich erst wieder in der Heilungsgeschichte des fallsüchtigen Knaben im Evangelium des Markus gelesen? Sie hatte sich das Wort besonders aufgeschrieben: „Alle Dinge sind möglich dem, der da glaubt!" Das hieß doch umgekehrt: „Bei Gott ist kein Ding unmöglich!" So war es der Maria, der Mutter Jesu, gesagt. Und wie hatte die geantwortet? „Siehe, ich bin des Herrn Magd." Ja, das wollte sie sein: Eva von Tiele-Winckler, des Herrn Magd! – „ancilla Domini"! Diese lateinische Bezeichnung hatte sie gelesen, und seitdem klang sie ihr auf lieblichste Weise immer wieder im Herzen.

Später, von zu Hause aus, schrieb Eva ihrer Freundin einen Brief, in dem sie Lisa von Zedlitz fragte, ob sie sich vorstellen könne, mit ihr nach Gadderbaum in die Anstalt Bethel zu gehen, wenn der Vater ihr, Eva, diesen Wunsch erfüllen würde. Lisas Antwort ließ die junge Frau jubeln: Die Freundin war bereit, gemeinsam mit ihr in Bethel Krankenpflege zu lernen. Diese Nachricht beflügelte Eva ungemein, und sie wagte es, dem Vater ihren Geburtstagswunsch vorzutragen. Es sei ihr einziger und größter Wunsch. Gern wolle sie auf jedes andere Geschenk verzichten, wenn sie seine Zustimmung zur Erfüllung dieses Wunsches bekäme.

Zu Evas großer Freude bekam sie das Einverständnis des Vaters, freilich unter der Bedingung, dass Lisa von Zedlitz tatsächlich mit nach Bethel ginge. Allerdings machte der Vater den weiteren Vorbehalt einer Bewährungszeit. Die sollte sie nutzen zur Entwicklung genauerer Vorstellungen von ihrer persönlichen Zukunft und zur Darstellung ihrer Pläne im Einzelnen, soweit sie dazu in der Lage war. Vorläufig gebe er seine Erlaubnis zur Einrichtung einer Nähstube im Schloss für bis zu acht Mädchen des Dorfes.

Eva war glücklich. Das war doch schon etwas! Sobald sie aus dem nächsten Winteraufenthalt in Berlin und von ihrem Besuch bei der Familie von Zedlitz in Posen zurück in Miechowitz war, wollte sie mit dieser Arbeit beginnen. Das tat sie dann auch mit großer Freude, hatte Gott sie doch in Posen eine ganz besondere Erfahrung machen lassen.

Dem dortigen Diakonissen-Mutterhaus fehlte für einen speziellen Einzelfall eine Nachtwache. Das wurde im Haus ihrer Freundin bekannt, und Eva wagte es nach kurzem Bedenken und innerem Gebet, sich für diesen Dienst zu melden. Tatsächlich wurde sie angenommen. Sie wurde sogar für die eine Nacht in ein Diakonissenkleid gesteckt, das sie äußerlich zur Schwester machte. Sehr gut sah sie aus, stellte Eva fest, als sie sich in einem Spiegel betrachtete. Eine solche „Dienstkleidung" für ihr Leben, das wär's doch! Die „Schwester für eine Nacht" war selig. Welch eine Erfahrung! Zum Glück merkte niemand aus dem Umfeld der Patientin, die es zu betreuen galt, dass die junge Frau nur eine verkleidete Schwester war und gar keine richtige Diakonisse.

In der Nähstube im heimatlichen Schloss gab es ebenso wenig Komplikationen. Die Mädchen, die den Vorzug hatten, diese besondere Schule zu besuchen, waren sehr lieb und anstellig. Sie lernten nicht nur den Umgang mit Stoffen, Schere, Nadel und Faden, sondern hörten während ihrer Arbeit auch eine Menge Wahrheiten aus dem Evangelium. Sie übten sich darin, einfache geistliche Lieder zu singen, und lernten, dass sie Gott jederzeit und an jedem Ort mit ihren eigenen Worten alles sagen konnten, was ihnen auf ihren jungen Mädchenherzen lag. Eva musste an das Gleichnis Jesu vom Sämann denken. Jetzt konnte sie eine Säfrau sein ...

Ihre Freizeit nutzte Eva auch immer wieder, das Schriftstück vorzubereiten, das der Vater von ihr erbeten hatte: „Wie ich mir meine Arbeit und meinen Dienst für Jesus vorstelle." Im späten Frühling 1886 hatte sie die ausführliche Darstellung ihrer Gedanken fertig auf dem Papier. Von Düsseldorf aus, wo Eva ihre älteste Schwester und deren Mann besuchte, schickte sie den Brief an ihren Vater in großer Dankbarkeit dafür, dass sie diese umfangreiche Schreibarbeit hatte tun können. Schon beim Absenden war sie gespannt darauf, wie der gestrenge Herr Vater der inzwischen weit verstreuten Großfamilie von Tiele-Winckler wohl darauf reagierte. Wie mochten andere Familienmitglieder darüber denken? Denn Evas Vorhaben hatte zweifelsohne Rückwirkungen auf die anderen Miechowitzer Tiele-Wincklers und auch auf die Familien ihrer Geschwister auf den verschiedenen Gütern und Besitztümern.

Evas älteste Schwester Franziska und ihr Mann Hans von Berlepsch waren die Ersten, die ihren Plan zur Kenntnis bekommen hatten. Eva hatte ihnen den umfangreichen Text im Zusammenhang vorgelesen:

„... Deinem neulich ausgesprochenen Wunsche gemäß lege ich hier einen kleinen Entwurf in Deine Hände, meine sehnlichsten Wünsche und Zukunftspläne betreffend. Ohne Zusammenhang schrieb ich eine Idee nach der anderen auf, obgleich ich mir bewusst bin, dass die Ausführung dieser Pläne sich nur langsam und allmählich vollziehen kann.

Es war mir eine große, große Freude, dies alles niederschreiben zu dürfen, und so sage ich Dir, mein guter Vater, von Herzen Dank dafür.

Die erste Vorbedingung zur Verwirklichung meiner Pläne ist die gründliche Erlernung und Kenntnis der Kranken- und Gemeindepflege. Sobald gilt es ein ebenfalls in diesen Gebieten erfahrenes und erprobtes Mädchen zu finden, welches sich mit mir in die Arbeit teilen kann. Ist einmal der Zeitpunkt gekommen, den Ihr, liebe Eltern, für den richtigen haltet, so würden wir beide, meine Genossin und ich, einziehen in unser neues Heim, in das Krankenhaus, welches den Mittelpunkt unseres Wirkens bilden würde. Sei es, dass dasselbe ein neu erbautes wäre, wie Du, mein guter Vater, einmal andeutetest, oder dass sich ein Abkommen mit der Gemeinde treffen ließe, wodurch uns das jetzt bestehende zur zweckentsprechenden Einrichtung und Benutzung übergeben würde. Unsere Tätigkeit ließe sich ungefähr folgendermaßen einteilen: Die eine übernimmt die Leitung des Hauses und die Verpflegung der darin befindlichen Kranken. Ihr zur Seite stehen ein bis zwei Mädchen, welche die Hausarbeit, das Kochen und Waschen zu verrichten haben und auch an den Nachtwachen teilnehmen müssen. Die andere von uns übernimmt die Gemeindepflege, die sich darauf erstrecken würde, eine genaue Kenntnis der Verhältnisse von den zur Gemeinde gehörigen Familien zu erlangen; denselben 1. in Krankheitsfällen Verpflegung in der eigenen Wohnung angedeihen zu lassen, falls sich diese dazu eignet, oder sie andernfalls dem Krankenhause zu überweisen. 2. in Fällen der Not den Arbeitsfähigen einen den Kräften angemessenen Verdienst zu verschaffen und den durch Alter und Krankheit am Arbeiten Verhinderten kleine, den Umständen entsprechende Unterstützung zu verabfolgen.

Was die ärztliche Behandlung betrifft, so könnte mit einem der Beuthener Doktoren ein Kontrakt geschlossen werden, dass derselbe, je nachdem, täglich oder an bestimmten Tagen mit dem Omnibus nach dem Krankenhaus kommt und dann, von der Gemeindepflegerin geführt, auch die auswärtigen Kranken besucht.

Der zum Krankenhaus gehörige Garten muss vor allen Dingen die Küche mit allerhand Gemüsen versorgen und könnte von Mädchen und Jungen bestellt werden, die, nachdem sie die Schule verlassen, nicht kräftig genug sind, um auf der Grube zu arbeiten, oder von solchen, die neben der Schulzeit die Freistunden benutzen müssen, um etwas Geld zu verdienen.

Sollte der Garten so groß sein, dass außer den Gemüsebeeten noch ein Raum bliebe, so würde der, von einem Zaun umgeben, ein Aufenthaltsort für noch nicht schulpflichtige Kinder werden, die, unter der Aufsicht eines größeren Mädchens, in frischer Luft spielend, in Stunden, in denen die Eltern auf Arbeit sind, dort zubringen könnten, anstatt in den heißen, engen Stuben eingeschlossen zu werden. Zu Mittag müssten die besser Situierten nach Hause zurückkehren und nur die Ärmeren dürften an dem einfachen, kräftigen Krankenessen teilnehmen.

Zweimal die Woche, zu bestimmter Stunde, könnten sich die Mädchen und Frauen um eine von uns sammeln, um unter unserer Leitung ihre eigenen alten Sachen auszubessern und neue zuzuschneiden und zu nähen. Einige alte Witwen dürften sich zugleich eine Kleinigkeit mit Stopfen und Anfertigen der zum Krankenhaus gehörigen Gegenstände an Wäsche und Kleidung verdienen. Diese Zusammenkünfte würden im Sommer draußen, im Winter in einem dazu geeigneten Raume des Hauses abgehalten werden.

Wenn es einzurichten ginge, so würde ich es gerne sehen, dass die Arbeit der im Krankenhaus beschäftigten Mädchen nur eine zeitweilige, auf die eigene spätere Häuslichkeit oder den Dienst in anderen Häusern vorbereitende wäre. Dies ließe sich ungefähr auf folgende Weise einrichten: Einem in Hausarbeit, Kochen und Waschen erfahrenen, älteren Mädchen werden zwei jüngere zur Seite gestellt, die neben Wohnung und Kost nur einen geringen Lohn beanspruchen, dafür aber ein Jahr lang in allen für ein Dienstmädchen oder eine Hausfrau notwendigen Dingen unterwiesen werden. Nach Verlauf eines Jahres werden sie dann, ordentlich ausgestattet und vorbereitet, in andere Häuser empfohlen und auch noch ferner im Auge behalten.

Was nun die Mittel zur Ausführung dieser Pläne betrifft, so spare ich im Kleinen schon jetzt darauf hin und ist es mein großer Wunsch, so viel ich irgend kann, zur Einrichtung und Erhaltung derselben beitragen zu dürfen; schließen sie doch das Höchste ein, was ich mir auf Erden von Glück und Wonne vorstellen kann.

Und nun schließe ich diese Zeilen mit einem Dank, so heiß und innig, wie ich ihn nie aussprechen kann, für Euch beide, mein geliebter, guter Vater und meine liebe, liebe Mamá, dass ihr mit solcher Liebe und Nachsicht meinen Wünschen entgegengekommen seid, als ich noch kaum den Mut hatte, sie auszusprechen.

Wenn dieser kleine Entwurf, an dem sicher viel zu verbessern und auszusetzen ist, auch nur einigermaßen mit Euren Ideen übereinstimmt, so wäre ich unbeschreiblich glücklich und würde darin ein Unterpfand sehen, dass mit Eurem Segen auch der Segen von oben nicht fehlen würde.

Düsseldorf, den 2. Juni 1886."

Die Türe öffnet sich

Für Eva begann nun eine Zeit mühsamen Wartens. Dass die Eltern den Brief erhalten hatten, erfuhr sie wohl. Wie sie wirklich darüber dachten, erfuhr sie lange nicht, und auf eine verbindlich klärende Antwort wartete sie zunächst einmal vergebens. Im engeren Kreis ihrer Geschwister und im weiteren Verwandten- und Bekanntenkreis sprachen sich ihre Gedanken und Pläne von Düsseldorf aus natürlich nach und nach herum und wurden sehr unterschiedlich aufgenommen und kommentiert. Danach erlebte Eva manches zustimmende Echo auf ihre Wünsche und Vorstellungen. Sie erhielt aber auch – vor allem aus Adelskreisen – einzelnen heftigen Widerspruch.

Den heftigsten und schmerzhaftesten erfuhr sie wohl von ihrem Lieblingsbruder Hans-Werner. Der konnte sich überhaupt nicht mit den Lebensabsichten seiner geliebten Schwester Eva anfreunden. Im Gegenteil: Er, ein Tiele-Winckler, Sohn eines der angesehensten adeligen Häuser des Deutschen Reiches, Angehöriger der preußischen Infanterie und künftiger Herr auf Gut Rothenmoor, fühlte sich von ihren Plänen sogar persönlich beleidigt. Er zeigte sich ausgesprochen empört darüber, dass sie sich als Tochter desselben adeligen Hauses mit dem armen und elenden Volk vom Rande der Gesellschaft abgeben wollte. Er ließ sie wissen, dass ein solches Leben ihrer Person, ihrem Stand und ihrer Stellung völlig unangemessen sei und sie mit ihren Plänen die gesamte Familie bloßstelle.

Dass sie übertrieben fromm geworden sei, wolle er ja noch hinnehmen, wenngleich er damit auch seine Probleme habe. So fromm wie sie müsse man nicht unbedingt sein. Als eine Tiele-Winckler gehöre sie aber mit ihrer Schönheit und Anmut und mit ihrer hohen Bildung an die Seite eines Mannes mindestens desselben Standes und in den Kreis einer Familie als Mutter eigener Kinder. Er erwarte von ihr Neffen und Nichten, aber doch bitte nicht ein Leben im Kittel einer Krankenpflegerin oder gar unter der steifen Haube einer Diakonisse. Er wolle sie doch nicht im kargen Zimmer irgendeiner Anstalt hausend und mit Putzlappen und Krankengeschirr hantierend wissen. Sie gehöre in Samt und Seide, in eine Villa oder ein Schloss und in einen Wagen, der vierspännig und mit einem Kutscher auf dem Bock zu fahren sei …

Wenn Hans-Werner vielleicht gedacht hatte, er könne mit seinen Einlassungen seine Schwester beeindrucken, dann sah er sich allerdings getäuscht. Natürlich hatte der Bruder seine Bedenken auch seinem Vater gegenüber geäußert. Der aber hatte sie abgetan mit dem Hinweis, er habe festgestellt, Eva sei es durchaus ernst mit ihrem Vorhaben, und er habe nicht die Absicht, sich ihr in den Weg zu stellen.

Eva nahm den harschen Widerspruch ihres geliebten Bruders zwar mit großem Bedauern und ein wenig traurig entgegen, ließ sich davon aber nicht weiter beeindrucken. Irgendwie hatte sie das Empfinden, Hans-Werner werde eines Tages seine Einstellung zum christlichen Glauben grundlegend ändern und ihr auf ihrem Weg der Nachfolge Christi folgen. Aber das zu bewirken war Gottes Sache. Ihr Anteil daran war das begleitende Gebet, und das übte sie fleißig. Gerade deshalb gratulierte sie ihm umso herzlicher zu seinem bestandenen Staatsexamen als Ökonom. Als stünde gar nichts zwischen ihnen, schrieb sie ihm: „Nun stärke Gott Dir Herz und Mut, und kommt die Zeit heran, so geh hinaus und kämpfe gut als echter Adelmann.“

Bis von ihren Eltern Signale kamen, wie sie sich zu Evas Zukunft stellten, widmete sich die junge Frau – wenn sie nicht irgendwo auf Reisen war – ihren Aufgaben beim Kinderfrühstück im Schloss und in der Nähstube für ihre acht Mädchen. Dabei blieb sie äußerlich recht geduldig, innerlich erfüllte sie aber immer wieder Zittern und Bangen davor, wie das elterliche Urteil letztlich aussehen würde. Von Huberts positiver Parteinahme gegenüber Hans-Werner wusste sie zu diesem Zeitpunkt noch nichts.

Hoffnung gab ihr ein Signal, das sie bei einem Besuch in Moschen von ihrem ältesten Bruder Franz-Hubert erhielt. Der Vater habe gelegentlich davon gesprochen, seiner Tochter ein eigenes Haus zu errichten, in dem sie ihre gewünschte Arbeit beginnen könne. Das Haus müsse freilich genügend Raum bieten, um einer möglichen Ausweitung der Arbeit nicht hinderlich zu sein. Und wenn es der Vater aus irgendwelchen Gründen nicht bauen könne, dann solle er, Franz-Hubert, es tun.

Nach dieser Nachricht schöpfte Eva Hoffnung, irgendwann im Frühjahr des folgenden Jahres nach Bethel reisen zu dürfen, um dort eine Ausbildung in der Kranken- und Gemeindepflege zu absolvieren. Aber diese durch ihren Bruder genährte Zuversicht steigerte nur ihre innere Unruhe und ihr Bangen davor, Franz-Hubert könne sich in dem Gespräch mit dem Vater verhört haben, oder es sei in Wirklichkeit ganz anders verlaufen, als er es wiedergegeben hatte.

Wie gut, dass es im großen Schlossgarten von Moschen die Osterinsel gab, ein mit Eichen bestandenes kleines Inselchen im Parksee, auf der sich eine winzige, dabei sehr hübsche Kapelle befand. Hierhin zog sich Eva immer wieder zurück, um mit ihrem Gott allein zu sein und mit ihm zu reden und zu ringen, dass er doch ja bitte ihre Bereitschaft zum bedingungslosen Dienst an den Menschen ihrer Heimat annehme, wenn es sein sollte, auch den Dienst an Menschen anderer Orte, wenn dieser Dienst nur echter, alles hingebender Dienst der Liebe Christi war.

Die stillen Stunden auf der Osterinsel am frühen Morgen, wenn im Schloss noch alles schlief, oder auch am Abend, während im Schloss irgendwelche kleinen Feste gefeiert wurden – von denen hielt sie sich lieber fern, wenn ihr das eben möglich war –, wurden Eva zur starken Quelle. Aus ihr schöpfte sie Mut und Kraft, ihr längst gegebenes Gelübde zu wiederholen und es erneut für ewig festzuschreiben. In der Abendsonne unter den Eichen sitzend, an die Wand der kleinen Kapelle gelehnt, schrieb sie es auf, um die Worte später zu Hause im Schloss in ihr Erinnerungsbuch zu heften:

„Ich hab gelobt, Dir ewig treu zu sein,
Dir, Herr, der mich in Ewigkeit erworben,
mein Leben ohne Rückhalt Dir zu weihn,
der uns gelebt, gelitten und gestorben.
Ich hab gelobt, für Wahrheit und für Recht
zu streiten. Mit Ihm will ich stehn und fallen!
Kampf gegen das, was niedrig ist und schlecht,
der Selbstsucht und der Lüge Kampf vor allen!
Ich hab gelobt, der Heimat Volk und Land
anzugehören, bis der Tod uns scheide;
mit Gottes Hilfe fest und unverwandt
zu ihm zu stehen treu in Glück und Leide.
Erhör mein Flehen, allmächtger, heilger Gott!

Verleih mir Kraft und gib, dass ohne Wanken
dreifachem Schwur getreu bis in den Tod
mein Leben sei!
Wie heiß will ich's Dir danken!"

Ihr Rückzug in die Einsamkeit und Ruhe der Insel wurde Eva auch zur Zeit für eine innere Vorbereitung, die Antwort der Eltern ebenso anzunehmen, wenn sie negativ ausfallen sollte. Dass es so aber nicht kommen würde, blieb allerdings die starke Hoffnung und das intensive Gebet der jungen Frau. Monate später, an ihrem zwanzigsten Geburtstag, trug sie in ihr Erinnerungsbuch ein:

„*Der Du mich hast erhalten, mein Vater und mein Hort,*
Dich lass ich ferner walten und traue auf Dein Wort.
Dir sei mein Will ergeben, er ist nicht ferner mein!
Mein Herz, mein ganzes Leben soll Dir geheiligt sein."

Weitere Monate der Ungewissheit folgten. Eva füllte sie mit mehreren Reisen zu Freunden und Verwandten in Nord- und Westdeutschland, mit ihrem Frühstückseinsatz für die Kinder von Miechowitz und mit ihrer Arbeit in der Nähstube, mit Lesen, Schreiben, Malen und mit manch anderem, das sie gerne gegen Sinnvolleres eingetauscht hätte.

Dann endlich wurde ihre Hoffnung zur ersehnten und erbetenen Gewissheit. Mamá Rose offenbarte ihrer Stieftochter Anfang März 1887 bei einem gemeinsamen Tee im kleinen Salon auf Schloss Miechowitz, sie habe nach vielen Überlegungen mit ihrem Mann während der Winterwochen in Berlin einen sehr ausführlichen Brief an Pastor Friedrich von Bodelschwingh nach Bielefeld geschrieben. Darin habe sie dem Leiter der dortigen Bethelschen Anstalten unter anderem die dringende Bitte vorgetragen, sich persönlich um seine Schülerin zu kümmern, wenn sie demnächst zur Ausbildung nach Bethel käme.

„Darf ich den Inhalt deines Briefes genauer erfahren?“, fragte Eva vorsichtig.

„Der Brief ist sehr lang, mein Kind“, antwortete die Mamá, „und ich habe die Abschrift gerade nicht zur Hand. Aber ich kann dir gerne die wichtigsten Gedanken wiedergeben, die ich auch auf Bitten deines Vaters geschrieben habe. Er hat gegen deine Pläne nichts mehr einzuwenden. Er hat sich durch deine Beharrlichkeit und Festigkeit von der Wahrheit und der Tiefe deiner Absichten überzeugen lassen.“

„Das freut mich sehr, Mamá. Das ist mir eine lang ersehnte Gebetserhörung“, antwortete Eva darauf. Dabei ging ein Strahlen über ihr feines, wie immer blasses Gesicht. Dann wiederholte sie ihre Bitte: „Ich würde diese Gedanken aber schon gerne wissen.“

„Nun gut“, gestand Rose von Tiele-Winckler ihrer Stieftochter zu. „Ich nenne dir zwei Hauptgedanken: Ich habe zum einen ganz im Sinne deines Vaters Herrn Pastor von Bodelschwingh darum gebeten, dass deine Ausbildung nicht begrenzt werden sollte auf die reine Krankenpflege. Die gibt es hier in Miechowitz und drüben in Beuthen und andernorts in unserem Land, auch wenn sie, was ich zugeben muss, sehr verbesserungswürdig ist. Was hier in deiner Heimat viel mehr gebraucht wird, ist die Ausbildung von Mädchen und Frauen zu tüchtigen Hausmüttern, die in der Lage sind, durch ihr Wesen und ihr hausfrauliches Können ihre Männer vom Schnapstrinken abzuhalten und ihre Kinder zu ordentlichen Menschen zu erziehen. Deine Ausbildung in der Anstalt Bethel sollte dich also auch dazu befähigen, erzieherisch auf die Menschen deiner Heimat einzuwirken."

„Habe ich darin nicht bereits erste gute Erfahrungen gemacht?", unterbrach Eva ihre Mamá.

„Ja, das hat du", bestätigte die Mutter. „Wir haben dich in deiner Arbeit mit den Kindern des Dorfes beim täglichen Frühstück und auch bei deiner Tätigkeit in der Nähstube und in anderen Dingen sehr genau beobachtet. Du hast den Willen, du hast Talent und du hast den Eifer."

„Danke, Mamá, dass du das so siehst wie Papa", freute sich Eva.

„Aber im Eifer liegt auch deine Schwäche, meine Liebe", griff Rose von Tiele-Winckler das letzte Stichwort wieder auf. „Du verkennst und missachtest zuweilen deine Grenzen. Du mutest dir immer wieder zu viel zu. Du bist eine zarte Erscheinung mit manchmal schwacher Kraft. Dabei nimmst du zu wenig Rücksicht auf deine Gesundheit."

„Aber ich bemühe mich doch …", versuchte Eva hier einzuhaken.

Die Mamá ließ den erwarteten Einwand der Tochter nicht zu. „Du kannst mir nicht darin widersprechen, Evchen, dass du zu übertriebener Anspannung deiner Kräfte neigst. Dass das nicht ohne Gefahr für deinen Körper ist, das musstest du bereits bitter erfahren. Wir alle mussten es erfahren. Während deiner Krankheitswochen haben wir um dein Leben gebangt. Gott sei es gedankt, dass deine selbst gewählte Askese mit dem Entzug des Schlafes und mit deinem unseligen Fasten vor zwei Jahren keinen bleibenden Herzschaden hinterlassen haben. Du hattest damals deine geliebte Teresa von Àvila wohl ein wenig missverstanden. Das solltest du nicht wieder tun."

Eva verstand den Hinweis der Mamá nicht sofort und fragte: „Wie meinst du das, Mamá?"

„Irgendwo steht der Ausspruch dieser spanischen Christin, die du gerne – wie damals deine Mutter – als Heilige verehrst: ‚Tu deinem Leib etwas Gutes, damit deine Seele Lust hat, darin zu wohnen.'"

„Den Ausspruch habe ich mir in der Tat irgendwann einmal aufgeschrieben", bestätigte Eva.

„Aber du hast ihn dann, wie gesagt, nicht so verstanden, wie er wohl gemeint ist. Eine übertriebene Askese tut dem Leib nicht gut, mein Kind, und dem Geist auch nicht. Sie schadet beiden mehr, als sie ihnen je nützen kann. In einem hinfälligen Leib mit einem schwachen Geist mag die Seele nicht gerne wohnen. Erinnere dich an die schwierigen Monate deiner Krankheit, die in deinem Verzicht auf Schlaf und Speise ihre Ursache hatte."

„Hast du Pastor von Bodelschwingh etwa davon ...?", fragte Eva ein wenig besorgt dazwischen.

„Ich musste ihm davon schreiben, mein Evchen. Das ist das andere, das ich dir sagen wollte. Ich habe den Herrn Pastor darum gebeten, deine Begeisterung für deine Sache und für dein christliches Verständnis von Dienst nicht noch zu fördern, sondern eher dämpfend auf dich einzuwirken und dir eine gesunde Nüchternheit ans Herz zu legen. Die brauchst du, um fest mit beiden Füßen in deinem weiteren Leben auf gutem Grund stehen zu können. Was du vorhast, ist kein Teetrinken und Bonbonlutschen am Salontisch und kein Ferienvergnügen in deinem geliebten Engadin. Die starken mystischen Züge in deinem Glauben in Ehren, aber eine Heilige musst du nicht werden."

„Neige ich denn wirklich dazu?“, fragte Eva ein wenig erschrocken.

„Du neigst tatsächlich dazu, mein Liebes“, bestätigte die Mamá. „Du spürst das vielleicht gar nicht selbst, aber es ist deinem Leben unschwer abzuspüren. Es ist die große Sorge deines Vaters, die ich übrigens in allen Punkten teile, dass die katholischen Heiligen wie eben jene Teresa von Àvila oder Franz von Assisi oder der Mystiker Johann Tauler deinen Glauben, dein Denken und Handeln zu sehr beeinflussen könnten. Du weißt, dass ich sehr kritisch zur katholischen Kirche stehe. So wie ich es sehe, verliert sie sich in der Form der selbst gegebenen liturgischen Ordnung. Sie bietet der kranken und verlorenen Seele keine Nahrung, die sie gesund und heil machen könnte. Sie legt zu wenig Wert auf die Predigt, aus der nach dem Apostel Paulus der Glaube kommt. Sie redet zu wenig von Jesus, dem Heiland und Erlöser, und schiebt dafür Maria und die Heiligen vor. Die sollen es richten.

Nein, Evchen, verfall bitte nicht in solches Denken und Glauben. Vergiss nicht, mein Liebes, du bist zwar nach dem Ritus der katholischen Kirche getauft, aber du bist auf die lutherischen Bekenntnisse konfirmiert. Das heißt, dort ist neben deiner Bindung an die Wahrheit der Bibel dein Glaube befestigt. Erinnere dich an die vier ‚Allein‘ Martin Luthers, die du gründlich gelernt und auch öffentlich vor der Gemeinde bekannt hast. Auch in dieser Richtung habe ich Pastor von Bodelschwingh gebeten, auf dich achtzuhaben.“

Eva atmete nach dieser langen, ernsten Rede der Mutter zunächst ein paar Mal tief durch. Innerlich musste sie Mamá recht geben. Sie kannte sich ja auch selbst und ihren Hang zum Mystischen, wie es der Katholizismus pflegte. Dann ergriff die Zwanzigjährige über den kleinen Teetisch hinweg für einen Moment die Hände der Mamá, blickte ihr fest in die Augen und sagte: „Ich werde mich bemühen, eure Wünsche und Bitten zu beachten, Mamá. Und ich werde auf die Weisungen von Pastor von Bodelschwingh hören. Ich verspreche, auch selbst auf mich zu achten, um die gesunde Nüchternheit zu gewinnen, wie du das genannt hast. Und dann, denke ich, wird alles gut werden. Gott wird im Heiland Jesus Christus mit mir sein." Nach einem Moment der Überlegung fragte sie: „Wann darf ich reisen?"

Rose kannte den Termin, aber ehe sie ihn nannte, wies sie die Tochter auf eine weitere Bitte hin, die sie Pastor von Bodelschwingh vorgetragen hatte. Diese Bitte bezog sich darauf, Eva nur in der Pflege bei Frauen, Mädchen und Kindern einzusetzen, nicht aber bei Männern. „Ich hoffe, du kannst mit dieser besonderen Einschränkung deines Dienstes leben, Evchen."

Eva huschte nach diesen Worten der Mutter eine leichte Röte übers Gesicht. Sie atmete dabei hörbar durch, als nähme die Bemerkung eine gewisse Spannung von ihr. „Ich kann sehr gut damit leben, Mamá", bestätigte sie. „Bettlägerige Männer zu pflegen und zu versorgen, würde mich eine große Überwindung kosten. Zu einer solchen Aufgabe bin ich wohl eher nicht geschaffen. Danke, dass ihr so für mich gesorgt habt."

„Bedank dich bei deinem künftigen Pastor und Lehrer, wenn er die Bitte in seinem Ausbildungsplan für dich beachtet", gab die Mutter zurück und griff das Stichwort von eben wieder auf: „Du kannst dich ab sofort auf die Reise vorbereiten. Du solltest zunächst für ein paar Tage nach Berlin reisen. Von dort magst du einen Abstecher nach Posen machen, um mit Lisa von Zedlitz die nächsten Monate zu besprechen. Dann fährst du weiter ins Rheinland. Wenn du deinem Düsseldorfer Schwager Hans am 30. März zum Geburtstag gratuliert hast, fährst du von dort weiter nach Bielefeld. Pastor von Bodelschwingh erwartet dich in den ersten Apriltagen. – Ist das gut so?"

Evas Antwort kam prompt und begeistert: „Das ist besser als gut, Mamá! Wie ich mich freue! Danke, Mamá, danke für deine, für eure Bereitschaft, mich ziehen zu lassen. Ihr werdet sehen, mit Gottes Hilfe wird alles wunderbar."

„Davon bin ich überzeugt, mein Liebes", gab die Vierzigjährige freudig zurück und fügte dann mit einem ein wenig hintergründigen Lächeln hinzu: „Wenn du später aus Bethel zurückkommst und wir uns wahrscheinlich in Berlin wiedertreffen, wird es übrigens einen weiteren Tiele-Winckler geben."

Diese überraschende Bemerkung ließ Eva von ihrem Stuhl aufspringen. „Du bist doch nicht etwa …?"

„Doch, ich bin … Sprich es ruhig aus, Evchen", ermunterte die Mamá. „Ich weiß es seit ein paar Tagen."

„Das ist ja wunderbar, Mamá!", begeisterte sich Eva. „Du bist schwanger! Ich bekomme noch ein Geschwisterchen! Deshalb die Blässe in deinem Gesicht in den letzten Wochen. Wissen Papa und die Geschwister schon davon? Wie lustig: Das Baby wird als Tante oder Onkel jünger sein als einige seiner Nichten und Neffen!"

Rose von Tiele-Winckler stutzte bei dieser Feststellung. „Du hast recht, Kind. So weit habe ich die Dinge noch gar nicht berechnet", meinte sie lachend und fuhr fort: „Deinem Vater habe ich die Neuigkeit selbstverständlich schon mitgeteilt. Er freut sich riesig. Deine Geschwister werde ich in den nächsten Tagen benachrichtigen. Du bist die Erste, der ich es offenbart habe."

„O wie mich das freut, Mamá. Danke für dein Vertrauen. Und ich wünsche dir von Herzen, dass es dir gut geht in den nächsten Monaten und ich einen gesunden Bruder oder eine gesunde Schwester bekomme."

„Was ich dazu tun kann, will ich gerne tun", versprach die werdende Mutter, „auch wenn die morgendliche Übelkeit mir ein wenig Mühe macht."

„Wie gut, dass wir diese Dinge alle in Gottes Hände legen können", freute sich Eva und nahm ihre Mamá liebevoll in die Arme, „deine Schwangerschaft ebenso wie meine Ausbildung in Bethel. Und jetzt lass mich bitte gehen. Ich möchte mit der Reiseplanung beginnen."

„Tu das, meine Liebe. Tu es in der festen Gewissheit des Psalmisten: ‚Der Herr denkt an uns und segnet uns!'"

„Amen!", bestätigte Eva und verließ beschwingten Fußes den Salon. Eine bedeutsame Teestunde der beiden Frauen war zu einem guten Ende gekommen.

Am 30. März 1887 traf Eva von Tiele-Winckler in Bielefeld ein und fand ihre erste Bleibe im Haus der von Bodelschwinghs selbst. Dass Lisa von Zedlitz inzwischen doch eigene Wege gegangen war, stand diesem Beginn in Bethel nicht im Wege und tat auch der weiteren Freundschaft der beiden jungen Frauen keinen Abbruch. Allerdings hatte Eva als angehende Schwesternschülerin mit ihrem Reisedatum ihren Vater zunächst doch noch einmal verärgert. Sie war nämlich entgegen der Vereinbarung vor dem Geburtstag ihres Schwagers Hans von Berlepsch aus Düsseldorf abgereist. Damit handelte sie sich eine scharfe briefliche Rüge ihres Vaters ein, die sie tief beschämte.

Sie musste ihm ja recht geben. Tatsächlich hatte sie eigenmächtig über ihren Reisetermin entschieden und damit gegen seine Weisung gehandelt. Das aber war der jungen, noch nicht volljährigen Frau aus dem Hause Tiele-Winckler einfach nicht erlaubt.

Eva gestand postwendend ihr Versäumnis ein und zeigte sich bereit, die Konsequenzen zu tragen, wenn der Vater wegen ihres Ungehorsams seine Zustimmung zu ihrer Ausbildung in der Anstalt Bethel widerrufen sollte. Wiederum postwendend schrieb ihr der Vater zurück, er nehme ihr Eingeständnis als ernst gemeinte und demütige Entschuldigung an. Sie dürfe bleiben!

Eva atmete auf. Das war noch einmal gut gegangen, Gott sei Dank! Die Schwesternschülerin durfte sich nun endlich und ohne irgendwelche Bedenken in Arbeiten stürzen, die ihr bisher als Tochter aus adeligem Haus völlig fremd gewesen waren. Wann hatte sie jemals im Haus oder draußen mit Schrubber und Putzlappen oder Harke und Besen gearbeitet? Wann war sie mit Aufgaben der Pflege und Versorgung junger und alter Menschen in ihren Krankenbetten betraut worden mit allem, was an unangenehmen Dingen dazugehörte? Wann hatte sie kleine und größere Heimkinder betreut mit all den pädagogischen Erfordernissen, die dazu nötig waren? Wann hatte sie je Feld-, Wiesen- oder Stallarbeit verrichtet und sogar eine Kuh gemolken?

Alle diese Arbeiten waren jeweils inmitten verschieden großer Gruppen von Schwestern zu verrichten, die sich ganz dem Dienst für ihren Gott und Herrn hingegeben hatten wie Bräute ihrem geliebten Bräutigam und die deshalb die Tracht der Diakonissen trugen. In diesem Heer junger und älterer Frauen unter weißen Hauben war sie,

Eva, mittendrin – ebenfalls unter einer Haube, die freilich nur die kleine Haube einer Lernschwester war. Aber immerhin, auch die kleine Haube war ein äußeres Zeichen der aufopferungsvollen Hingabe und des unbedingten Dienstes für Christus.

Eva war glücklich! Sie war nach ihren eigenen Worten in „ihrem Element" und badete förmlich darin. Inmitten der großen Diakonissenschar im Mutter- und Krankenhaus Sarepta und unter den kleineren Schwesterngruppen an ihren anderen Einsatz- und Lernorten Bethels fühlte sie sich zuweilen aufgenommen wie in einen Kreis lauter Heiliger. Das alles erschien Eva immer wieder wie ein Wunder Gottes, dessen sie doch noch gar nicht würdig war.

Dieses Empfinden veranlasste sie deshalb auch bald wieder zu Handlungen, von denen sie meinte, sie verschafften ihr mehr Würde, sich unter diesen „Heiligen" aufhalten zu dürfen. Sie entzog sich den geselligen und musischen Zusammenkünften der Schwesternschaft, die sie für sich selbst als „weltlich" und deshalb als unwürdig empfand. Sie arbeitete länger und mehr, als sie eigentlich musste. Sie schlief immer wieder auf dem blanken Fußboden und fegte zuweilen die Wege und Stege um das Mutterhaus, ohne dabei Schuhe zu tragen. Sie meinte, damit besondere Opfer der Heiligung zu bringen.

Gut, dass es Herrn und Frau Pastor von Bodelschwingh gab und aufmerksame leitende Schwestern, die die junge Frau unter ihrer Obhut und Beobachtung hatten und sie in ihrem übertriebenen Arbeitseifer bremsten. Sie alle lebten ihr gesunde Nüchternheit vor und legten ihr ans Herz, das zu üben, was Pastor von Bodelschwingh nach der entsprechenden griechischen Vokabel „besonnenes Maßhalten" nannte. Diese Vorbilder waren unbedingt nötig, die übereifrige junge Schwester daran zu hindern, die doch engen Grenzen ihrer Leistungsfähigkeit zu überschreiten. So aber wurde sie bewahrt vor einem tieferen Rückfall in ihre mit mystischer Sehnsucht begründete Lebensweise. Kurze Reisen an freien Tagen nach Bonn, nach Düsseldorf, nach Gelsenkirchen und an andere Orte zum Besuch von Verwandten und Freunden – von den besorgten Eltern aus der Entfernung angeordnet – taten das Ihre dazu, Eva auf dem Boden des wirklichen Lebens zu halten.

Anfang Dezember rief der Vater seine Tochter nach Berlin zurück. Damit ging für Eva von Tiele-Winckler eine Zeit zu Ende, die die junge Frau sehr bereichert hatte. Was hatte sie nicht alles gelernt an umfassender Krankenpflege, an Hauswirtschaft und Erziehungslehre?! Was hatte sie doch für schöne, ja wunderbare Begegnungen gehabt mit jungen und älteren Schwestern, mit Menschen jeden Alters auf den Krankenstationen und in den Häusern für Epileptiker, mit Kindern aus allen möglichen Gesellschaftsschichten in den Kinderhorten …

Unter den Diakonissen hatte sie Freundinnen gewonnen, und selbst mit Schwester Emilie Heuser, der betagten Oberin des Mutterhauses, hatte sich trotz des Altersunterschiedes ein herzliches Verhältnis ergeben. Der Anstaltsleiter selbst war ihr zu einem väterlichen Freund geworden, dem seine junge Schülerin sehr ans Herz gewachsen war. Friedrich von Bodelschwingh der Ältere war gegenüber den Eltern von Tiele-Winckler voll des Lobes über die äußerst begabte, lernfähige und lernbereite junge Frau, die er liebend gerne in seiner Nähe behalten hätte und die er „meine innig geliebte Tochter“ nannte. Seine Ehefrau Ida urteilte sogar – mit einem vielleicht prophetischen

Blick –, von Schwester Eva von Tiele-Winckler werde man noch hören und wohl auch einmal in Büchern lesen.

Eva selbst mochte solche Urteile überhaupt nicht hören. Sie wehrte sich dagegen, einen Namen zu bekommen und damit einen Ruhm, der ihr als „ancilla Domini", als Magd ihres Herrn, nicht zustand. Wenn im Berliner Zusammensein der Familie oder auch an Orten, die Eva von hier aus besuchte, jemand auf ihre Leistungen und Beurteilungen zu sprechen kam, dann verwies sie in demütiger Bestimmtheit auf den ersten Vers des Psalms 115, in dem gesagt war: „Nicht uns, Herr, nicht uns, sondern deinem Namen gib Ehre um deiner Gnade und Treue willen!" Nein, nichts anderes als das „Soli Deo Gloria" des von ihr verehrten großen Musikers und Verkündigers Johann Sebastian Bach wollte sie für sich beanspruchen. Sie bemühte sich, ja, sie kämpfte darum, diesem Anspruch jederzeit gerecht zu werden. Deshalb hielt sie sich im Familienkreis auch sehr zurück mit Berichten aus ihrer Lernzeit in den verschiedenen Einrichtungen Bethels.

Das Hauptthema der Gespräche im Familienkreis war zum Glück ohnehin der kleine Bruder Raban, der am 28. Oktober hier in Berlin geboren war und der als Onkel der ersten Kinder seiner „großen" Brüder Franz-Hubert und Walter jünger war als seine drei Nichten Jelka, Ilona und Valeska.

Eva sprach über ihre Betheler Monate nur auf besondere Bitte und dann auch nur von Erlebnissen und Erfahrungen, an denen sie selbst nicht aktiv beteiligt war. Andere mochten Leistungen vollbringen, sie, die junge Schwester wieder ohne Haube und Kleid, hatte sich lediglich in selbstverständlichem Dienst christlicher Liebe geübt. Nein, der großen Versuchung der Selbstdarstellung wollte sie nicht unterliegen. Sie war überzeugt von der Aussage, die sie in Bethel aufgenommen hatte, Selbstgefälligkeit überdecke die eigenen Schwächen und hindere sie daran, sie zu erkennen und anzunehmen. Denn Christi Kraft war nach der Aussage der Bibel nur in den Schwachen mächtig. Nein, nicht selbstgefällig, sondern demütig wollte sie sein und bleiben, wie es sich für eine ernsthafte Jüngerin Jesu gehörte.

In dieser Demut schaute sie in Berlin gerne zurück auf die vergangenen Monate und gespannt nach vorn in die Arbeit, von der sie freilich immer noch nicht wusste, wie und wo sie weitergehen sollte. Noch hatte sich der gute Vater nicht geäußert, und er schien es auch noch nicht tun zu wollen. Ihre Familie akzeptierte dafür ihren Weg inzwischen durchaus mit Anerkennung und Hochachtung. Kritik daran war kaum noch zu hören, auch nicht von Hans-Werner, und wenn doch, dann nur sehr leise als vorsichtige Anfrage. Evas tiefe Überzeugung und treue Beharrlichkeit hatte sie wohl alle miteinander überzeugt.

Und so nahm die Familie auf, was Eva in den ersten Tagen nach ihrer Rückkehr von Bethel in ihrem Berliner Zimmer unter der Überschrift „Erhört" zum zweiten Mal in die bekenntnishafte Verse gefasst hatte:

„Du hast es wunderbar hinausgeführet!
Ja, Du hast alles, alles wohlgemacht!
Ich habe deutlich Deine Hand gespüret;
was fast unmöglich schien, Du hast's vollbracht! ..."

Hubert von Tiele-Winckler ließ seine Tochter warten bis in die ersten Tage des Februars 1888. Der Tag ihrer Abreise in die Heimat nach Miechowitz stand bereits fest, als er die junge Frau in sein Berliner Arbeitszimmer rief. „Komm, mein Kind, setz dich für ein paar Minuten zu mir“, begann der Vater und faltete dabei seine Zeitung zusammen. Er wartete einen Moment, bis Eva einen Stuhl herangezogen und Platz genommen hatte. Dann schaute er sie liebevoll an und sagte: „Ich bin geneigt, mich vor dir zu verbeugen, mein liebes Evchen, auch wenn ein Vater das vor seiner Tochter nicht tut.“

„Das würde ich auch nicht wollen, Papa“, wies Eva diesen Gedanken des Mannes leise, aber bestimmt und mit gesenkten Augen zurück. Dann erhob sie ihren Blick: „Aber was lässt einen solchen Gedanken in dir aufkommen?“

„Deine unerschütterliche Überzeugung und dein geduldiges und treues Beharren auf deinen Vorstellungen von einem Leben und Dienen, wie es ein ernster Christ praktizieren sollte nach einer besonderen Berufung, wie du sie offenbar erfahren hast. Ich wiederhole mich: Ich bewundere dich und gebe zu, dass ich sogar ein wenig stolz bin darauf, wie du das innere Erbe deiner Eltern unter freiwilligem Verzicht auf die Annehmlichkeiten des gehobenen Lebens unserer Familie und Kreise in besondere Bahnen lenkst. Du vereinigst die tiefe Frömmigkeit und Gottergebenheit und das gütige Wesen deiner lieben Mutter Valeska mit der ungewöhnlichen Willenskraft und der entschlossenen Tatkraft der Tieles. Verzeih, wenn ich das, was ich meine, auf diese Formel bringe. Aber ich denke, es ist so.“

„Ich habe Gott schon oft gedankt für die Mischung der Temperamente und Anlagen, die ihr Eltern mir mitgegeben habt, Vater“, bestätigte Eva und bat mit ihren Blicken darum, doch zur eigentlichen Sache zu kommen. Äußerlich saß die junge Frau dabei sehr ruhig an ihrem Platz, innerlich jagten sich dagegen die Empfindungen. Was würde der geliebte Vater ihr jetzt sagen? Würde er die Worte von Franz-Hubert zu einem eigenen Haus für Krankenpflege in Miechowitz bestätigen? Würde er ihr andere Möglichkeiten nennen, ihre Ausbildung auch in Taten umzusetzen? „Nun rede schon, Vater!“, ging es ihr durch den Sinn, und sie hätte es wohl am liebsten laut ausgesprochen.

Hubert von Tiele-Winckler spannte seine Tochter nun aber nicht länger auf die Folter. Er kam zu seinem eigentlichen Anliegen, das er befehlsähnlich in preußischer Knappheit formulierte: „Evchen, mein Kind, wenn du in den nächsten Tagen nach Miechowitz zurückkehrst, kannst du deine Arbeit im Dorf anfangen. Der Dienst, den deine Mutter einst über die Frau Rittmeister getan hat, wird nun dein Dienst sein. Ich habe die Anweisung gegeben, für dich den Raum neben der Nähstube auf der Seite zur Terrasse hin zum Verbandsraum herzurichten. Die finanziellen Vorgaben gelten weiter wie bisher.“

Eva verschlug es beim Hören dieser Sätze die Sprache. Für einen Moment verkrampfte sich alles in ihr, um sich dann in einem Jubelruf Platz zu schaffen. Sie sprang von ihrem Stuhl auf und wusste wohl für einen Moment nicht, wie sie sich verhalten sollte. Sie wandte sich zum Fenster, als wollte sie die Menschen draußen auf der Regentenstraße in ihr Glück und in ihre Begeisterung einbeziehen. Oder wollte sie ihre Freudentränen vor dem Vater verbergen, nach dem alten Motto: Eine Tiele-Winckler weint nicht!? Auch nicht vor Freude!?

Jedenfalls brach es dann regelrecht aus ihr heraus: „Nein! Ja! Herrlich! Großer Gott! Vater, mein guter Vater erlaubt mir, ins Dorf zu gehen?! Das Grenztor ist offen?!

Vater, wie bin ich dir dankbar – und wie danke ich Gott! Ich darf den Armen und Elenden von Miechowitz Liebe bringen, Zuwendung, Rat und Hilfe! Ich wage es kaum zu fassen."

Hubert von Tiele-Winckler hatte sich während dieses Gefühlsausbruchs seiner Tochter ebenfalls von seinem Platz erhoben. Er trat neben sein Evchen, nahm sie in den Arm und drückte sie an sich. „Du musst sehr gelitten haben unter der Ungewissheit, wie es für dich weitergehen soll. Verzeih, mein Kind. Ich hielt die Prüfungszeit aber für nötig. Ich musste zunächst ganz sicher sein. Jetzt, wo ich es bin, gebe ich dich frei für das, was du als deine Aufgabe siehst. Ich gebe dir meinen Segen für alles, was du tun wirst, und erbitte für dich von Herzen den Segen Gottes. Du kannst in allem, was kommt, auf mich rechnen."

Eva wusste in diesen Momenten kaum, wie ihr geschah. Sie wandte sich ihrem Vater zu, umarmte ihn und küsste ihn auf beide Wangen. „Danke, Papa, danke!", brachte sie nur hervor und: „Gott wird dir deine Großmut vergelten!" Dann war der Gefühlsausbruch so plötzlich vorbei, wie er gekommen war, und die junge Frau hatte sich wieder in der Gewalt. „Darf ich in mein Zimmer gehen, Papa?", fragte sie. „Ich muss mir Gedanken über meine Heimreise machen. Hier in Berlin werde ich noch einiges einkaufen müssen, was ich für meine Arbeit benötige und was es in der Heimat nicht zu kaufen gibt."

„Geh du, mein Kind", war der Vater einverstanden. „Freu dich und stell dich auf das ein, was in Miechowitz auf dich zukommt."

Am Abend des 23. Februar 1887 versah Eva von Tiele-Winckler ihr Erinnerungsbuch mit dem wohl wichtigsten Eintrag ihres jungen Lebens. Mit großen, kunstvoll in Rot geschriebenen Buchstaben notierte sie: „Erster Gang ins Dorf“. Darunter trug sie mit einem blauen Stift ein: „Armen- und Krankenbesuche, Nähstunde, Frühstücksverteilung.“ Dann folgte wieder in Rot der Eintrag: „Eva-Heim“ und darunter die Namen der Leute, die sie an diesem Tag besucht hatte: „Merkla, Bujarka, Swierz, Bochol, Landlerka, Johann Kacz, Cieslik, Josef Lubarszczyk.“ Welch ein Tag in Evas jungem Leben! Welch eine Erfüllung ihrer Träume und Sehnsüchte! Welch ein Gnadengeschenk ihres Gottes!

Freilich war der Tag in anderer Reihenfolge abgelaufen. Zuerst hatte Eva wie schon so oft im unteren Flur des Schlosses das Frühstück für mehr als dreißig hungrige Kinder aus Miechowitz vorbereitet und ausgeteilt. Dann hatte sie die restliche Suppe in eine große Blechkanne gefüllt, hatte ihren Henkelkorb mit Medikamenten, Verbandszeug und allerhand Hausmitteln gefüllt und war dann mit der Namensliste, die sie mit der Hilfe ihrer Nähkinder aufgestellt hatte, in den Ort gegangen.

Welch ein Ereignis für Miechowitz! Die vornehme Tochter der Schlossherrschaft tauschte die Kleidung eines adeligen Mädchens gegen schlichte Gewänder, wie sie von den Frauen im Dorf getragen wurden, verließ den Luxus und die Geborgenheit ihres abgeschlossenen Heims und Lebens und kam nach draußen zu den Menschen in Elend und Armut, um sich ihnen in großer Liebe zuzuwenden, ja sich zu ihnen hinunterzubeugen und ihnen zu dienen mit den Gaben, die ihr zur Verfügung standen. Die Hohe, Unerreichbare machte sich gemein mit den Niedrigen, die bisher niemand erreicht hatte, weil sie wohl auch niemand erreichen wollte. Das war gelebte Liebe des Heilandes Jesus Christus, von dem Eva natürlich immer sprach, wenn sich die Gelegenheit bot. Leibsorge und Seelsorge für die Menschen ihres Dorfes wollte sie geben.

Wie hatte sie es vor ein paar Jahren bei Jesaja gelesen? „Brich dem Hungrigen dein Brot, und die im Elend ohne Obdach sind, führe ins Haus! Wenn du einen nackt siehst, so kleide ihn, und entzieh dich nicht deinem Fleisch und Blut." Und hatte es nicht Jesus im Gleichnis vom Weltgericht nach Matthäus 25 selbst formuliert: „Was ihr getan habt einem unter diesen meinen geringsten Brüdern, das habt ihr mir getan." An diesem 23. Februar 1888 konnte Eva von Tiele-Winckler endlich diese Weisungen in Taten umsetzen. Und dieser Tag war nur der erste von vielen Tagen des hingebungsvollen Dienstes, die noch kommen sollten.

Ein eigenes Haus

Dem bedeutsamen Februartag folgten Monate, in denen sich Eva von Tiele-Winckler über fehlende Arbeit nicht zu beklagen brauchte. Im Gegenteil! Die Arbeit wurde rasch immer mehr. Es sprach sich in Windeseile herum, dass an mehreren Tagen der Woche ein „Engel der Armen" im Dorf unterwegs war, um zu helfen, wo Hilfe nötig war. Und wenn dieser „Engel" nicht unterwegs war, dann empfing er im „Eva-Heim" die Hilfesuchenden, die sich trauten, das Herrschaftsgelände und das Schlossgebäude zu betreten, dem adeligen Fräulein ihre Nöte vorzutragen und ihre inneren und äußeren Wunden von ihr behandeln zu lassen.

Manchen Abend sank Eva völlig erschöpft in ihre Kissen – und war doch überaus glücklich und dankbar. Dass durch den erweiterten Dienst zusätzliche Kosten entstanden und von ihrem geringen Taschengeld nun noch weniger für sie selbst blieb, störte sie nicht. Diese vom Vater aufrechterhaltene Bedingung ihres Dienstes nahm sie gerne hin. Die junge Frau spürte es doch, dass Gott ihre Arbeit im Blick hatte. Sie erlebte doch, dass er sie nach außen und innen bestätigte dadurch, dass nach und nach in einzelnen Wohnungen des Dorfes erste Veränderungen sichtbar wurden. Es wurde sauberer in den Stuben, weil die Frauen begannen, Ordnung zu halten. Es wurde stiller in den Familien, weil weniger gestritten und geschimpft wurde. Es wurde gesitteter im Zusammenleben der Leute, weil weniger geschlagen und geflucht wurde.

Hier und da erkannte ein rauer Bergmann oder auch ein harter Hüttenarbeiter, dass er mehr an seine Familie denken sollte und nicht am Zahltag bereits den größten Teil seines Lohnes in die „Arrende“ oder „Skarotka“ tragen durfte. Das waren Pflänzchen aus liebevoller Saat, die aus hartem Boden ihre ersten grünen Spitzen aufwachsen ließen!

Das beständige und ruhelose „Säen“ ging natürlich stark an Evas Kräfte. Die junge Frau hätte eigentlich immer wieder einmal einen Ruhetag einlegen müssen, wenigstens einen halben. Aber konnte sie Hilfe suchende Menschen zurückweisen? Eva brachte es einfach nicht fertig, ihren Tag in gesunder Nüchternheit und besonnenem Maßhalten zu gestalten. Dieses Talent fehlte ihr einfach.

Da musste halt von außen eingegriffen werden, um die Katastrophe eines körperlichen Zusammenbruchs rechtzeitig abzuwenden. Die Eltern verordneten der Tochter immer wieder Reisen, die sie aus ihrem anstrengenden Alltag herausnahmen. Zum Familiengut Moschen war es nicht weit, und die Kutsche stand Eva nach wie vor zur Verfügung. Bruder Franz-Hubert hatte jederzeit ein offenes Haus für seine Schwester, und die nahe Osterinsel hatte ihren Reiz und ihre Wirkung auf Evas Seelen- und Glaubensleben nicht eingebüßt. Einladungen kamen auch wiederholt von den anderen Geschwistern, die inzwischen in allen möglichen Gegenden des Deutschen Reiches lebten. Und Freunde gab es ebenfalls genug im Land, die sich über Evas Besuch freuten. Anlässe für kurze oder längere Reisen mussten nicht künstlich geschaffen werden, es gab sie ständig.

So sorgten Hubert und Rose von Tiele-Winckler immer wieder offen oder versteckt für eine gesunde Abwechslung im arbeitsreichen Alltag ihrer Tochter. Sie sorgten auch für den Fortgang von Evas Arbeit im Volk ihrer „Heimat in Nebel und Rauch“. Dabei taten sie gelegentlich recht geheimnisvoll. Eva hätte zuweilen gerne gewusst, welche Papiere schnell vom Tisch verschwanden oder blitzartig abgedeckt wurden, wenn sie in Miechowitz oder auch in Moschen einmal ohne besondere Voranmeldung in Vaters Büro kam. Irgendetwas spielte sich im Geheimen ab. Da war sich Eva ganz sicher.

Ihre innere Spannung wuchs mit jedem weiteren Tag der Adventszeit, die die Tiele-Wincklers in diesem Jahr nicht in Berlin, sondern in Miechowitz verbrachten. Die Räume des großen Schlosses füllten sich mehr und mehr mit den Geschwistern und ihren Familien, und da gab es immer wieder etwas zu tuscheln, was ihr, der Schwester, Schwägerin und Tante, verborgen blieb. Was mochte das nur sein? Schenkte man ihr zu Weihnachten eine eigene

Hausapotheke? Oder einen Verbandsschrank? Oder etwa medizinisches Kleingerät? Einen neuen Satz Magnete für ihre besondere Therapie, die sie gerne anwendete? Wenn doch nur bald der Tag der Bescherung käme! Der würde das Geheimnis wohl lüften.

Dann kam das Weihnachtsfest 1888. Endlich! Am Heiligen Abend war es das Familienoberhaupt selbst, das nach der besinnlichen Feier in der Kapelle mit geistlichen Texten und Liedern, wie es bei den Bewohnern des Schlosses hier in Miechowitz schon immer Tradition war, das gut gehütete Geheimnis lüftete. Vater Hubert führte seine Tochter persönlich vor allen anderen zu ihrem Gabentisch und war wohl selbst gespannt auf Evas Reaktion auf das, was sich ihr dort bot.

Er erlebte dann mit der großen Familie, wie die Zwanzigjährige völlig überwältigt, ungläubig und zitternd vor freudigem Entsetzen vor ihren Geschenken stand. Es war aber nicht der aparte neue Hut, der ihren Blick fesselte und den Atem raubte, nicht das herrliche große russische Umschlagtuch. Es war nicht das edle Porzellan und auch nicht die anderen hübschen Dinge, die an ihrem Geschenkeplatz aufgebaut waren. Es war ein großer Bogen helles Papier voller dicker und dünner Linien und Maßangaben, offensichtlich ein Bauplan, der Eva in seinen Bann zog und den sie fasziniert betrachtete. Die junge Frau vergaß für Momente alle und alles um sich her in der großen, weihnachtlich erleuchteten Orangerie mit dem traditionell großen Christbaum. Sie merkte gar nicht, dass jedermann voller Spannung auf sie schaute und wohl auf ihre Reaktion auf dieses besondere Geschenk wartete. Sie hatte nur diesen Papierbogen im Blick und ihre Gedanken zu den Zeichnungen im Kopf.

Als sie schließlich erkannt hatte, worum es sich dabei handelte, konnte sie es schier nicht fassen: Vor ihr lag die ausführliche Zeichnung des Hauses, von dem Franz-Hubert einmal gesprochen hatte. Nein, das konnte nicht wahr sein! Sie sollte tatsächlich ein eigenes Haus bekommen, ein eigenes „Eva-Heim" mit mehreren Stockwerken, mit vielen Räumen und sogar mit einer Kapelle für Andachten und Gottesdienste, wie sie beim Überblick über den großen Bogen erkannte. Eva glaubte zu träumen. Welch ein Geschenk ihrer geliebten Eltern zu diesem Christfest!

Als sie nach ihrem freudigen Erschrecken und der damit verbundenen Starre endlich „aufwachte", musste sie sich sehr beherrschen, um nicht laut aufzujubeln. Das hätte sich wohl an diesem besonderen Heiligen Abend vor ihrer versammelten Familie auch nicht geschickt. Sie hätte doch die feierliche Stille im Raum in unangemessener Weise gestört. Oder hatte diese Stille mit ihr zu tun?

Sie hatte mit ihr zu tun! Erst jetzt merkte Eva, dass bisher niemand an seinen eigenen Gabentisch getreten war. Jeder hatte offenbar ihre Reaktion auf das besondere Geschenk abwarten wollen, weil sie alle in die Überraschung eingeweiht waren.

Der Beifall, der jetzt von allen Seiten aufbrach, weckte Eva vollends auf und ließ sie merken, wo sie eigentlich war und was sich hier gerade ereignete. Jetzt brach es doch aus ihr heraus, wenngleich gesittet und gedämpft, wie es sich gehörte. „Ein eigenes Eva-Heim! Ich weiß nicht, wie ich euch dafür danken soll!", sagte sie nur und wandte sich den Eltern zu, um zuerst der Mutter und dann dem Vater um den Hals zu fallen und sich mit Tränen in den Augen für diese große Weihnachtsgabe zu bedanken. Währenddessen löste sich auch für alle anderen Großen und Kleinen die Spannung, und jeder befasste sich mit seinem Gabentisch. Dabei wurde es zunehmend laut und mehr und mehr sogar recht ausgelassen. Es wurde gefeiert!

Am meisten feierte dabei wohl Evas tief bewegtes Herz. Welch ein Geschenk wurde ihr da zuteil! Sie musste immer wieder den Bauplan ihres Eva-Heims anschauen und studieren, und musste sich dann doch auch davon lösen, um ihren Geschwistern, deren Ehepartnern und Kindern ein gesegnetes Christfest zu wünschen und ihre Geschenke gebührend zu bewundern. Dabei bekam sie ehrliche Mitfreude zu spüren.

Eva registrierte es dankbar, dass ihre Familie nun doch hinter ihren so völlig außergewöhnlichen Lebensplänen stand. Besonders freute sie sich über die guten Wünsche, die Hans-Werner ihr entgegenbrachte, am meisten über den Satz: „Ich bewundere dich für deinen Glauben, Schwesterchen Butterkeller, auch wenn ich ihm nicht folgen kann."

„Wer weiß, du Eiskeller-Bruder, es ist noch lange nicht aller Tage Abend. Meine Gebete werden dich immer begleiten, auch wenn du demnächst nach England gehst. Die Wasser des Kanals werden sie nicht aufhalten."

„Tu es, Evchen, wenn du es nicht lassen kannst. Ob es nützt, wird sich zeigen." Damit wandte sich Hans-Werner anderem zu, und Eva suchte den Vater, um ihn nach ein paar Details zum Bauplan zu fragen.

„Was ist mit diesem Zimmer, Papa?", fragte sie und zeigte auf einen kleinen Raum, der neben einem großen eingezeichnet war und keine weitere Bezeichnung trug.

„Das könnte dein Schlafraum sein, wenn hier im Schloss einmal niemand von uns sein sollte und du hier allein sein müsstest", erklärte der Vater und ergänzte: „Du kennst unsere Absicht, unsere Hauptwohnung nach Moschen zu verlegen. Eines Tages werden wir vielleicht ganz nach dort übersiedeln und das Schloss der Gesellschaft der Preußengrube überlassen. Es genügt doch, wenn du als Vorstandsdame tagsüber in deinem Haus bist und die Dinge ordnest, überwachst und leitest. Zur Nacht kommst du jeweils wieder herüber. Du brauchst dringend den täglichen, besser nächtlichen Abstand und deine Ruhe."

„Hast du ‚Vorstandsdame' gesagt, Papa?", hakte Eva nach.

„Bist du das denn nicht in dem Werk, das du begonnen hast?", fragte der Vater zurück.

„Ich möchte es nicht sein, Papa", antwortete Eva mit deutlicher Entschiedenheit. „Vorstandsdame?! Ich bin Dienerin Christi. Ancilla Domini! Und ich möchte den Schutzbefohlenen und den Mitarbeiterinnen, die ich einmal haben werde, nichts anderes sein als Schwester, Magd, Mutter, zumindest so etwas Ähnliches. Kannst du das verstehen, Papa?"

„Noch nicht, mein Kind", wurde der Vater plötzlich sehr knapp. „Werde es, wie es wolle. Es wird sich ergeben. – Schau, Franz-Hubert winkt mich zu sich herüber." Damit war das kurze Gespräch beendet, und Eva ahnte, dass es wohl noch weiterer Überzeugungsarbeit brauchte, um das kleine Zimmer im künftigen Eva-Heim zu ihrem eigenen Zimmer werden zu lassen. Aber blieb es nicht so, wie es sich bereits mehrfach erwiesen hatte? Das Markuswort hatte ewigen Bestand: „Alle Dinge sind möglich dem, der da glaubt!" Im Herzen betete Eva wieder das Gebet jenes Vaters: „Ich glaube; hilf meinem Unglauben!"

Es dauerte bis in den September 1890, bis das neue Haus im Park von Schloss Miechowitz fertig war und eingeweiht werden konnte. Die vielen Monate der Bauzeit, die für Eva von Tiele-Winckler zugleich Monate langer Wartezeit waren, nutzte sie zu ihrer weiteren und vertiefenden Ausbildung. Sie ging mit väterlicher Zustimmung noch einmal für eine längere Zeit nach Bethel und in dessen Außenstation Salzuflen, in der zumeist Kinder gepflegt und betreut wurden. Bei der Arbeit in den verschiedenen Häusern gewann sie weitere Kenntnisse und Fertigkeiten in der Organisation und Führung eines großen Haushalts, in der allgemeinen und speziellen Krankenpflege und in der Kinderbetreuung. Eine gute und für die Zukunft hilfreiche Zeit – hier wieder unter einer richtigen Haube –, in der sich „Jungschwester" Eva in der Schwesternschaft der Einrichtung bewegen konnte, als gehörte sie schon ewig dazu. Das ihr entgegengebrachte Vertrauen, das sie immer wieder empfand, beschämte sie. Wer war sie denn? Sie war doch nichts Besonderes. Sie wollte doch auch gar nichts Besonderes sein! Nur lernen wollte sie, nur dienen und sich üben in der tätigen Nachfolge Christi.

Die Zeit der Fortbildung vertiefte auch die Beziehungen zu Pastor Friedrich von Bodelschwingh und seiner Mutterhaus-Oberin deutlich. Emilie Heuser hielt große Stücke auf die adelige junge oberschlesische Schwester und hätte sie ebenso gern für ihre Diakonissen-Gemeinschaft gewonnen wie ihr Anstalts-Pastor. Aber wie er musste auch sie anerkennen, dass die Wege der Zweiundzwanzigjährigen offenbar anders gelenkt waren und unbedingt wieder nach Miechowitz führten.

Dorthin kehrte Schwester Eva im Juni 1889 in großer Eile zurück, nachdem sie erfahren hatte, dass in ihrem

Heimatdorf Scharlach und Diphtherie ausgebrochen waren, und zwar in epidemischen Ausmaßen. Die Nachrichten besagten, die ersten Kinder seien bereits an diesen tückischen Krankheiten gestorben. Der Dorfarzt habe aus Furcht, seine eigenen Kinder könnten betroffen werden, den Ort verlassen. Der Arzt aus Beuthen käme nur einmal in der Woche zu Krankenbehandlungen herüber und könne kaum etwas ausrichten. Es sei im Grunde niemand da, der sich um das Elend kümmere und den betroffenen Menschen beistehe.

Beim Erhalt der schlimmen Nachricht wurde Schwester Eva sofort klar, dass sie sich kümmern musste! Wer denn sonst?! Da gab es überhaupt keine lange Überlegung. Sie musste reisen! Es gelang ihr, ihre Freundin Lisa von Zedlitz, die in dieser Zeit auch in Bethel war, zur Begleitung in ihre Heimat und zur Mitarbeit bei der Pflege und Fürsorge für die betroffenen Menschen zu gewinnen. So reisten die beiden jungen Frauen auf schnellstem Wege nach Oberschlesien, um sich umgehend in die umfangreiche Arbeit zu stürzen.

In Miechowitz gab es kaum ein Haus, in dem nicht die Not der schlimmen Krankheiten herrschte und wo keine Hilfe nötig gewesen wäre. Mehr als zweihundert Kinder waren inzwischen betroffen. Etliche waren tatsächlich bereits gestorben, vielen schaute der Tod aus den Augen. Der Jammer und das Elend in den Wohnungen der Berg- und Hüttenarbeiter waren unbeschreiblich, und die Arbeit war schier unermesslich. Gut, dass es neben Lisa noch Thekla gab, ein anstelliges, fähiges Mädchen aus dem Dorf, das Eva aus der Nähstube kannte und dessen freundliches und hilfsbereites Wesen sie bereits schätzen gelernt hatte.

Zu dritt waren sie wochenlang unterwegs im Dorf von

Haus zu Haus, bei schlimmstem Regenwetter auf schlammigen, schlüpfrigen Wegen, um mit ihren kargen Mitteln zu helfen, so gut sie es konnten, um weinenden Müttern Zuspruch zu geben, jammernde Kinder zu trösten, eher stumm trauernde Väter aufzurichten und allen durch ein gutes Wort und ein kurzes Gebet Kraft zuzusprechen. Nachts nähten die drei Gefährtinnen Totenhemden, die am nächsten Abend bereits wieder aufgebraucht waren. Der Tod hielt unter den Kindern von Miechowitz und Karf, der kleinen Nachbarsiedlung des Dorfes, eine grausame Ernte. Zweiundsiebzig Mal griff er insgesamt zu.

Dieses Leid mitzutragen und zugleich dem Tod manches Leben noch zu entreißen, zehrte erheblich an den Kräften der drei jungen Frauen. Die kurzen Nächte reichten nicht zu echter Erholung. Für die eigene Leib- und Seelenpflege gab es kaum ein paar freie Minuten. Regelmäßige Mahlzeiten wurden zum seltenen Ereignis. Das Tagesprogramm der drei jungen Frauen ließ keinen Spielraum zur Gestaltung ihrer Zeit, die Situation zwang sie zum Einsatz bis zur Selbstaufgabe.

Dann musste Lisa plötzlich abreisen, und nur Thekla blieb Eva als Hilfe. Zum Glück war das Dorfmädchen mit einer robusten Natur beschenkt. Die beiden mussten noch eine gute Weile durchhalten. Dann geriet schließlich auch Eva an die Grenzen ihrer Kräfte und Möglichkeiten. Als die Epidemie nach vielen Wochen endlich abebbte und die Hilfe nicht mehr wie bisher erforderlich war, brach die junge Frau zusammen.

Gerade jetzt, wo sie sich endlich um den Bau ihres „Eva-Heims“ hätte kümmern können. Wie gerne hätte sie das zwischendurch immer einmal getan. Stattdessen hatte sie nur im Vorbeigehen kurze Blicke auf die Baustelle werfen und dabei feststellen können, dass das erste Stockwerk inzwischen errichtet war und am zweiten gebaut wurde. Sich kümmern und den Arbeitern auch einmal ein gutes Wort sagen, das mussten weiterhin andere tun. Zum Glück hatte der Vater einen tüchtigen Baumeister mit der Überwachung und Ausführung der Arbeiten beauftragt. Das zu wissen, war beruhigend für die künftige Hausherrin.

Sie, Eva von Tiele-Winckler, der „Engel der Armen“, brauchte zunächst dringend für sich selbst Hilfe und gute Worte. Sie brauchte unbedingt Orte der Ruhe und Zeit für eine gründliche Erholung. Die Eltern – sie befanden sich zu dieser Zeit auf einer Reise in Norddeutschland – waren entsetzt, als sie vom Zustand ihrer Tochter erfuhren. Sofort beorderten sie sie für etliche Wochen nach Schwerin in das Haus und in die Familie ihrer Schwester Hildegard von Kalckstein. Eine Anweisung, die Eva gerne als Angebot annahm. Hier im Mecklenburgischen gewann sie Abstand. Hier fand sie Ruhe und Erholung und auch Zeit, ihre wunde Seele zu pflegen.

In Hildegards Bücherschrank standen – von der Mutter übernommen – Predigten von Johann Tauler. Eva war das wie ein besonderes Geschenk des Himmels. Johann Taulers Worte wieder einmal zu lesen tat ihr gut! Thekla arbeitete in Miechowitz derweil allein weiter mit den Fertigkeiten, die sie bei ihrer Lehrmeisterin gelernt hatte.

Auch die anschließende Zeit in Moschen unter der Obhut von Franz-Hubert und seiner Jelka half Eva, ihre Kräfte zurückzugewinnen. Im Schlosspark konnte sie unbeschwert Zeit mit ihren beiden Nichten verbringen, der kleinen Jelka und ihrem Schwesterchen Huberta. Hier konnte sie auch immer wieder einmal stille, für die Seele erquickende Stunden auf ihrer geliebten Osterinsel genießen.

In Moschen feierte sie dann dankbar und mit neu erwachenden Kräften ihren 23. Geburtstag. Es wurde ein besonderer Tag mit einem weiteren großen Geschenk ihres Vaters: Hubert von Tiele-Winckler legte seiner Tochter die erste finanzielle Zuwendung für ihre Arbeit in die Hände: 200 Mark! Welch eine Summe für Eva! Welch eine Entlastung für ihre private Miechowitzer „Taschengeld-Pflegekasse"!

Für die Weihnachtszeit und die Jahreswende versammelte sich dieses Mal die Familie wieder in Berlin. Auch die Tage in der großen Gemeinschaft ihrer Lieben waren für Eva neuer Balsam für Leib und Seele. Im Frühjahr 1890 ging sie dann zu einer Kur ins bayerische Moorbad Kohlgrub. Wochen, die zur weiteren äußeren und inneren Genesung dienten – und die ihr die Begegnung mit Martha Magnus brachte, einer Pastorentochter, die sich sehr offen für Evas Gedanken und Pläne ihres künftigen Miechowitzer Liebeswerks zeigte.

Dass ihre Aufgaben in der Heimat währenddessen beinahe brachlagen und nur in reduziertem Umfang von Thekla und anderen Leuten ihres Vertrauens weitergeführt wurden, bekümmerte Eva schon, aber sie vertraute ihrem Gott, dass er auch die Arbeit anderer so segnete wie ihre eigene. Sie würde ja wiederkommen und dann mit neuen Kräften weitermachen, notfalls neu einsteigen und das bald ja auch im eigenen Haus, das im September zur Einweihung fertig sein sollte. Eva sehnte diesen Tag herbei, wie sie in den vergangenen Jahren andere Tage herbeigesehnt hatte. Und sie hatte den tiefen Wunsch, ihre neue Freundin Martha

Magnus möge sich für Miechowitz entscheiden. Aber hatte nicht Gott auch diese Dinge wieder in seinen guten Händen? Ja, er hatte, und er machte es recht!

Endlich kam der 29. September 1890, der lang ersehnte Tag der Einweihung des neuen „Eva-Heims". Das mit roten Ziegelsteinen zweckmäßig gebaute schlichte zweistöckige Haus stand fertig und bereit, seine Bestimmung zu empfangen, die der Bauherr Hubert von Tiele-Winckler großzügig mit einem Jahres-Salär von 3000 Mark abgesichert hatte. Dabei war die „Herrin" dieses Hauses erst dreiundzwanzig Jahre alt und unverheiratet, hatte nur die Lebenserfahrung aus ihrer Arbeit im „Eva-Heim" des Schlosses und aus den Ausbildungszeiten in den Häusern der Bethelschen Anstalten. Und doch wurde sie von den Leuten des Dorfes hinter vorgehaltener Hand inzwischen bereits „Mutterliczka", „Mütterchen", genannt. Ob das alles gut gehen konnte, was dieses junge Mütterchen Eva hier in ihre Hände nahm?

Eine große Schar von Menschen aus Miechowitz versammelte sich gegen Mittag dieses Tages vor dem mit grünen Girlanden und bunten Herbstblumen geschmückten Haupteingang, wo der Schlossherr darauf wartete, seiner Tochter den Schlüssel zu diesem besonderen Haus zu überreichen. Das Haus sollte nun aber doch nicht „Eva-Heim" heißen. Eva wollte es lieber „Hort des Friedens" – „Friedenshort" genannt wissen. Unter diesem Namen sollte es dann auch seiner Aufgabe gewidmet und die junge Schwester Eva zu seiner Leiterin, eben zur „Mutter Eva" eingesegnet werden. Welch ein Tag!

„Gehen wir jetzt zu deiner Hochzeit, Schwester Evchen?", fragte der kleine Halbbruder Raban, als die beiden Hand in Hand vom Schloss hinüber zum neuen Haus schritten, wo sie längst erwartet wurden. Der Kleine hatte darauf bestanden, auf seine große Schwester zu warten.

Eva musste lächeln bei dieser kindlichen Frage. „Manche Leute nennen das so, mein kleiner Bruder“, gab sie zurück.

„Hast du auch einen Mann?“, wollte der wissen. „Und gibt es auch Hochzeitskuchen?“

Gut, dass die zweite Frage unmittelbar nach der ersten gestellt wurde. So brauchte Eva die nach dem Mann nicht zu beantworten. Was hätte sie dem Jungen dazu sagen sollen, das der dann auch begriffen hätte? Dass sie sich mit dem Herrn Jesus vermählte und ihr Leben an den Heiland binden würde, unverbrüchlich und bis dass der Tod sie schied? Das wäre zwar richtig und was die Scheidung anging, doch auch wieder nicht. Jedenfalls würde Raban eine solche Antwort nicht verstehen können. Also beantwortete sie nur den zweiten Teil seiner Frage: „Kuchen gibt es leider nicht, du kleines Leckermäulchen. Aber es gibt ein großes Festmahl. Gutes Fleisch vom Schwein und vom Kalb und Sauerkraut, Backobst und Klöße. Das wird dir auch schmecken.“

Das schien aber eher nicht der Fall zu sein, denn Raban gab zurück: „Ich mag aber lieber Kuchen, Schwester Evchen“, und er fragte sofort weiter: „Sind da viele Leute?“

„Vielleicht neunzig oder hundert, wenn du schon weißt, wie viele das sind.“

„Wer ist das?“

„Es sind alles meine Freunde aus dem Dorf, Menschen, die arm sind und wenig haben, alte Menschen, Krüppel, Blinde und Lahme, Witwen und Waisen, um die sich sonst keiner kümmert.“

Ob Raban diese Antwort verstanden hatte? Wohl eher nicht. Ihm war auch jetzt anderes wichtiger: „Ist mein guter Papa und meine liebe Mama auch da?"

„Natürlich, mein Lieber", konnte Eva ihren kleinen Begleiter beruhigen. „Schau, dort bei den vielen Menschen vor der Haustüre warten sie auf uns. Papa will mir doch gleich den Schlüssel für das Haus überreichen."

„Das wird eine schöne Hochzeit", bemerkte der Kleine, riss sich von Evas Hand los und sprang ihr voraus.

Dann hatte auch die Hauptperson dieses denkwürdigen Tages das Ziel ihres kurzen Weges erreicht. Anstelle eines würdigen „Hochzeitskleides" oder einer Schwesterntracht mit Haube, die ihr am liebsten gewesen wäre, die der Vater aber abgelehnt hatte, trug sie übrigens für diesen Festtag ein schlichtes, einfarbiges blaugraues Kleid mit kleinem weißen Kragen.

Am neuen Haus kam ihr der Vater ein paar Schritte entgegen, um sie unter großem Beifall der vielen Umstehenden zu umarmen und ihr dann den Schlüssel zu überreichen. „Erst schau hinauf, mein Kind."

Eva folgte der Aufforderung ihres Vaters und blickte nach oben. An der Hauswand las sie den frisch aufgebrachten Spruch:

„Dieses Haus ist gegründet zu Deiner Ehr,
o segne und schirme es, treuer Herr.
Zu Deinem Dienst mach uns all bereit
und sei uns gnädig in Ewigkeit."

„Oh, sehr schön, Vater. Das ist ein guter Spruch, ganz in meinem Sinn, und ein gutes Gebet für jeden, der hier ein- und aus- oder auch nur vorübergeht."

„Ich wusste, dass ich dir damit eine Freude mache“, gab der Vater zurück und fuhr fort: „Und nun komm, dass ich dir den Schlüssel deines Hauses vor allen Leuten überreiche.“

Vater und Tochter stellten sich nun vor die Haustür, und Hubert von Tiele-Winckler übergab seinem Evchen den großen Bartschlüssel mit den Worten: „Im Namen des dreieinigen Gottes, mein Kind, übergebe ich dir dieses dein Haus. Öffne es und nimm es in Besitz. Gottes Segen sei über diesem Tag, über diesem Haus, über dir, über allem, was hier an Arbeit getan wird, und über allen, die jemals durch diese Türe gehen!“

Mit großer innerer Bewegung nahm Eva den Schlüssel in die Hand, trat vor die Tür und steckte ihn ins Schloss. Sie schloss aber noch nicht auf, als müsse sie sich zu dieser Handlung zunächst besonders sammeln. Es wurde still auf dem Platz. Diese Stille tat Eva gut. Sie schloss für einen Moment die Augen wie zu einem kurzen, stillen Gebet. Dann sprach sie eines, das sie eigens für diesen Augenblick vorbereitet hatte. Laut sprach sie es aus, damit jeder auf dem Platz es hören und aufnehmen konnte:

„Lass Deine Augen offen stehen
ob diesem Hause Tag und Nacht!
Zu Dir richt ich mein heißes Flehen,
o Gott, hab gnädig darauf acht!
Nicht mein ist's. Dir sei's übergeben,
so lang ein Stein am andern hält.
Sei Du des Hauses Grund und Leben,
sein Schutz und Schirm im Kampf der Welt!
Zu Deines heilgen Namens Ehre,
zu Deinem Dienste sei's geweiht.

Kein andres Los ich je begehre
für dieses Haus in Ewigkeit."

Nach diesem Gebet drehte Eva den Schlüssel im Schloss herum, öffnete die Tür und betrat unter dem großen Beifall der versammelten Menschen den Flur. Ein warmer, wohliger Schauer lief ihr dabei über den Rücken. Sie hatte gerade ihr Haus betreten! Welch ein Moment! Dann stieg sie die Treppe hinauf in die Kapelle des Hauses. Die Eltern und die Gäste, die zum eigentlichen Einweihungsgottesdienst geladen waren, folgten ihr – die Hauskapelle fasste ja längst nicht alle Menschen, die an diesem besonderen Ereignis teilnahmen –, um die geistliche Einweihung der Kapelle, die schlichte und doch sehr feierliche Indienststellung des Hauses und die besondere Segnung seiner jungen Besitzerin mitzuerleben.

Vor dem kleinen Altar kniend wurde Eva von Tiele-Winckler nach einer kurzen Ansprache durch den Superintendenten der Kirchenregion und lutherischen Pfarrer aus Beuthen zur Vorsteherin ihres „Friedenshortes", zur „Mutter Eva" bestimmt. Unter Handauflegung erhielt sie als persönliches Segenswort auf eigenen Wunsch den siebten Vers aus Jesaja 58, jenes Wort, das ihr bei ihrer Berufung so bedeutsam geworden war: „Brich dem Hungrigen dein Brot, und die im Elend ohne Obdach sind, führe ins Haus! Wenn du einen nackt siehst, so kleide ihn, und entzieh dich nicht deinem Fleisch und Blut."

Auch das Lied von Nikolaus Ludwig Graf von Zinzendorf hatte sie sich gewünscht, das anschließend gesungen wurde und ihr in diesen Momenten ein wichtiges musikalisches Gebet war:

„Jesu, geh voran
auf der Lebensbahn!
Und wir wollen nicht verweilen,
dir getreulich nachzueilen;
führ uns an der Hand
bis ins Vaterland.

Soll's uns hart ergehn,
lass uns feste stehn
und auch in den schwersten Tagen
niemals über Lasten klagen;
denn durch Trübsal hier
geht der Weg zu dir.

Rühret eigner Schmerz
irgend unser Herz,
kümmert uns ein fremdes Leiden,
o so gib Geduld zu beiden;
richte unsern Sinn
auf das Ende hin.

Ordne unsern Gang,
Jesu, lebenslang.
Führst du uns durch raue Wege,
gib uns auch die nötge Pflege;
tu uns nach dem Lauf
deine Türe auf.“

Bei dem anschließenden „Hochzeitsmahl“, zu dem sich im gegenüberliegenden großen Saal und Arbeitsraum inzwischen die geladenen etwa neunzig Menschen des Dorfes versammelt hatten, um sich von Bediensteten der Schlossherrschaft das Essen reichen zu lassen, ging es heiter und fröhlich zu. Dass mancher Gast unter seinem großen Tuch oder unter seiner Jacke ein Gefäß mitgebracht hatte, um sich auch eine nächste Mahlzeit zu Hause zu sichern, übersahen die adeligen Gastgeber mit einem verständnisvollen Schmunzeln. „Euer Überfluss diene ihrem Mangel“, mag es Hubert und Rose von Tiele-Winckler nach den Worten des Apostels Paulus durch den Sinn gegangen sein, wohl wissend, dass diese Menschen nie in einen Überfluss kommen würden, aus dem sie anderer Leute Mangel ausgleichen könnten.

Gegen Abschluss des gemeinsamen Essens erhob sich ein altes Weiblein von seinem Stuhl. „Etwas ich möchte sagen“, rief die Frau in den fröhlichen Lärm hinein und zog damit sofort die Aufmerksamkeit der großen Tischgemeinschaft auf sich. Als die nötige Stille eingetreten war, hielt das Weiblein eine kurze, bewegende Rede. Ob die schlichte Frau jemals vor so vielen Leuten gesprochen hatte? Und dann auch noch in ungeübtem Deutsch statt auf Polnisch? Wohl eher nicht. „Nun red schon!“, rief ihr jemand zu, dem die Pause zu lang wurde, in der sie wohl noch nach Worten suchte.

„Also“, begann sie, „danke ich dem Fräuleinchen Eva aus dem Schloss unserer verehrten Herrschaft von tiefstem Herzen für ihre Wohltaten, welche sie hat getan an uns Menschen von Miechowitz und Karf. Danke ich ihr für uns alle. Denke ich, dass unsere Schwester Eva von heute an nicht mehr heißt in unserer Sprache ‚Freliczka‘ oder in deutsche Sprache Fräulein, sondern heißt in Zukunft ‚Mutterliczka‘. Ist sie ab jetzt unser, wie das in deutsche Sprache heißt, Mütterchen. Ihr alle seid einverstanden?!“

Der Beifall, der nach dieser Frage den Saal füllte, machte deutlich, dass die anwesenden Dorfbewohner allesamt sehr einverstanden waren mit der Umbenennung ihrer Wohltäterin. Es war eine berührende Szene für „Mutter Eva“, die die junge Frau ab diesem Tag für ihr weiteres Leben sein sollte, und auch für ihre Eltern und die anderen deutschen Gäste.

Dann begann ein anderes polnisches Mütterchen zu singen, und viele der Frauen und auch ein paar Männer stimmten ein.

„Sie singen den 91. Psalm“, flüsterte Eva ihrem Vater zu. Sie kannte ja inzwischen die Sprache der Leute. Leise sprach sie den deutschen Text mit: „Kto mieszka pod osłoną Najwyższego … – Wer unter dem Schirm des Höchsten sitzt und unter dem Schatten des Allmächtigen bleibt, der spricht zu dem Herrn: Meine Zuversicht und meine Burg, mein Gott, auf den ich hoffe.“ Und dann kam es noch besser. Nach dem letzten Ton des Psalmliedes stand eine Frau auf und sprach Worte des Gebets. Dann stand ein alter Mann auf, dann noch einer und dann wieder eine Frau. Sie alle beteten um Segen für den „Friedenshort“ – den Namen des neuen Hauses hatten sie schnell aufgefasst – und für ihre verehrte Mutterliczka.

Der schnürte es für Momente den Hals zu, und sie begann vor Rührung ein wenig zu zittern. So hatte sie die Anteilnahme ihrer Alten und Elenden aus dem Dorf nicht erwartet. Ihren Eltern ging es wohl nicht anders. Vater Hubert hielt von der einen Seite, Mamá Rose von der anderen ihrem Kind die fahrigen Hände und raunten ihr zu: „So wird alles gut! Gottes Segen ist dir gewiss!“

Dann begann irgendjemand, das Vaterunser zu sprechen: „Ojcze nasz, któryś jest w niebie …“, und sofort fielen alle ein und endeten gemeinsam mit einem lauten „Amen!“ Es war ans Herz gehende polnische Frömmigkeit. Nach dem Amen erhoben sich die Dorfleute. Für sie war dieser schöne und bedeutsame Mittag zu Ende, und jeder ging bald still seines Weges, nachdem er sich persönlich mit Knicks und Verbeugung von der Mutterliczka verabschiedet hatte. Dass jeder dabei ein gefülltes Gefäß zu verbergen suchte, registrierte ihre verehrte „Mutter Eva" mit verständnisvollem Lächeln.

Schließlich verabschiedeten sich auch die Eltern von ihrer Tochter. Der Vater tat es mit den Worten: „Ich erwarte dich später zum Tee im Schloss, Evchen." Dann stand die Tochter allein im Saal ihres neuen Hauses, in dem ein paar Bedienstete des Schlosses mit dem Ab- und Aufräumen begannen. Die an diesem Tag gekürte „Mutter Eva" ging noch einmal hinüber in die Kapelle, um für einen Moment betend vor dem Altar zu verharren. Dann warf sie einen wehmütigen Blick in den Raum, der eigentlich ihr Zimmer werden sollte. Wie gerne würde sie hier einziehen, wenn der Raum auch nicht einladend wirkte. Es stand ja nur ein blankes hölzernes Bettgestell ohne Matratze oder Kissen und Zudecke darin. Kein Schrank, kein Tisch, keine Gardinen am Fenster, kein Bild an der Wand. Wenn doch der liebe gute Vater auch hierin seine ablehnende Haltung zu ihrem Einzug in das neue Haus ändern würde, ging es der jungen „Mutter" durch den Sinn. Aber auch das würde wohl wie alle bisherigen Dinge seine Weile brauchen.

Also schaute sie, ehe sie hinüber ins Schloss zurückging, noch in die Räume hinein, die vorbereitet waren, um in den nächsten Tagen die ersten Bewohner aufzunehmen. Wer das wohl sein würde? Sie wusste nur von der bewährten Thekla, dass sie gerne als Gehilfin im Friedenshort mitarbeiten wollte. Ob sie auch einziehen würde, musste sich zeigen.

Mutter Eva hatte bei sich selbst beschlossen, die Zuweisung ihrer Hausgäste Gott zu überlassen. Der würde ihr schon die Richtigen schicken. Aber viele durften das gar nicht sein. Der Vater hatte die genehmigte Bettenzahl auf vier begrenzt. Eins davon war bereits für das kleine blinde, durch Kinderlähmung stark verwachsene Mariannchen aus Rokittnitz reserviert. Sie sollte als Erstes die Annehmlichkeiten des Friedenshortes genießen können. Das hatte Eva im guten Einvernehmen mit ihrem Gott bereits beschlossen und zugesagt. Es blieben also nur drei Betten für andere Personen. Thekla müsste, wenn sie ständig im Haus bleiben wollte, leider auf dem Fußboden schlafen. Ob sie dazu bereit war? Das konnte alles sehr spannend werden …

Später saßen die Eltern wie vom Vater erbeten noch für eine Weile bei Tee und Gebäck mit ihrer Tochter zusammen. Dabei unterhielten sie sich über den Verlauf des Tages und über alle möglichen anderen Dinge, während der kleine Raban zu ihren Füßen mit vielen Klötzen ein großes Haus baute. „Das ist der Friedenshort“, erklärte er. „Da drin wohnt jetzt meine Evchen-Schwester.“

Bei dieser Bemerkung ging es der jungen Frau wie ein Stich durchs Herz. Sie zuckte für einen Moment zusammen und verzog ein wenig ihr Gesicht, als habe sie ein tatsächlicher Schmerz getroffen.

„Ist dir nicht gut?“, fragte Mamá Rose, die diese Reaktion bemerkt hatte.

Auch Vater Hubert schaute seine Tochter jetzt fragend an. „Was ist mit dir, Evchen? Hast du nicht Grund, voller Freude zu sein? Warum schaust du so bekümmert drein?“

Die junge Frau blickte zwischen den Eltern ein paar Mal hin und her. „Wollt ihr es wirklich wissen, was mich an diesem schönen Tag dennoch bedrückt?“

„Hätte ich sonst gefragt", gab der Vater mit leichter Ungeduld in der Stimme zurück.

„Nun gut", Eva nahm ihren ganzen Mut zusammen, holte tief Luft und sagte dann: „Sie nennen mich im Dorf Mutterliczka oder auch Mutter Eva. Gehört eine Mutter nicht ins Haus zu ihren Kindern? Kann ich eine gute Mutter sein, wenn ich abends aus dem Haus gehe und die Kinder für die Nacht sich selbst überlasse?"

Diese Frage traf. Jetzt war es der Vater, der ein wenig zusammenzuckte. Er hatte richtig gehört: Seine Tochter erbat den Auszug aus dem Schloss und den Umzug in den Friedenshort. In Hubert von Tiele-Winckler jagten sich die Gedanken und die Empfindungen. Alle seine Kinder hatte er ziehen lassen. Durfte er seine Zweitjüngste festhalten, die Letzte, die noch im Haus war, nachdem er selbst ihr das Haus gebaut hatte, für das sie leben wollte und wohl auch sollte? Der Mann suchte mit seinen Augen Hilfe bei seiner Frau. Die nickte ihm aufmunternd zu, als wollte sie sagen: Mein geliebter Mann, du musst den Weg, den du bisher mitgegangen bist, nun auch zu Ende gehen! Du musst sie ziehen lassen!

Als müsste er diesen unausgesprochenen Satz aufnehmen, sagte er: „Du hast Recht, meine liebe Rose. Niemand kann zwei Herren dienen." Dann wandte er sich Eva zu, die den inneren Kampf des Vaters sehr wohl registriert und im Herzen darum gebetet hatte, er möge die richtige Antwort auf ihre Frage geben. Was würde sie jetzt zu hören bekommen? Es tat ihr weh, mit welch wehmütigem Blick der Vater sie anschaute. Die Antwort, an der er offenbar überlegte, musste ihm sehr schwerfallen. Dann war es ein einziges Wort, das er seiner Tochter sagte und mit dem er seinen inneren Kampf beendete: „Geh!"

Das war die Antwort, um die Eva gebetet hatte. Sie sprang von ihrem Platz auf, nahm erst Mamá Rose, dann den Vater mit einem knappen „Danke, Papa!" heftig und innig in die Arme, lief mit schnellen Schritten aus dem Raum und sprang immer mehrere Stufen zugleich nehmend hinauf in ihr eigenes Zimmer. Dort raffte sie eilig ihr Bettzeug zusammen, rief aus dem Treppenhaus ein kurzes französisches „Adieu!" und lief dann mit dem Bündel in den Armen hinüber in den Friedenshort in ihr Stübchen. Wer sie dabei beobachtete, konnte meinen, sie sei auf der Flucht vor irgendjemandem oder irgendetwas. Nein, auf der Flucht war sie nicht. Die Befürchtung, der Vater könne sein „Geh!" zurücknehmen, hatte sie auch nicht. Es war die Freude, die übergroße Freude, dass der Vater sich selbst überwunden hatte, dass er sie endgültig freigegeben hatte für ihren Dienst, für Gott und für die Armen, denen sie ab jetzt wirklich „Mutter Eva" sein durfte.

„Mein lieber, guter Papa, Gott segne dich dafür!", ging es der jungen Frau immer wieder durch den Sinn, als sie sich müde von diesem herrlichen Tag auf ihrem harten Lager ausgestreckt hatte und doch lange keinen Schlaf fand. Am Vollmond, der ungehindert ins Stübchen leuchtete, lag das nicht. Es lag daran, dass die freudig aufgewühlte Seele lange brauchte, um zur Ruhe zu kommen. Zu gewaltig und einschneidend waren die Eindrücke dieses Tages mit der Einweihung des Hauses und der Einsetzung seiner Besitzerin in ihre neue Aufgabe. Zu groß war die Erwartung, was der erste Arbeitstag als Mutter Eva bringen würde. Schließlich gegen Morgen, als der Mond längst weitergezogen war und die frühen Vögel sich im Park schon hören ließen, fiel sie in einen kurzen, tiefen, erquickenden Schlaf.

Arbeit, Arbeit, Arbeit

Am frühen Morgen des 30. Septembers begann für Mutter Eva die Arbeit im Friedenshort so, wie sie es sich gewünscht und erbeten hatte. Thekla kam schon früh. Das war gut! Das Mädchen konnte helfen, das Kinderfrühstück zu richten, das ab heute im neuen Haus ausgegeben werden sollte. Am Vormittag würde Eva einige Kranke im Dorf besuchen. Für die Nähstube der schulentlassenen Mädchen, die immer nachmittags stattfand und auch von heute an nach hier verlegt war, mussten noch einige Utensilien aus dem Eva-Heim im Schloss herübergeholt werden. Und dann sollte auch Mariannchen als erste hilfsbedürftige Bewohnerin hierhergeholt werden. Das war für den ersten Tag bereits ein volles Programm für die neue Hausherrin und ihre Hilfe.

Eins sollte auch ab dem ersten Tag zur Regel werden: wenigstens eine halbe Stunde gemeinsam für Gott, für sein Wort und für das Gespräch mit ihm. Ob am Vormittag oder am Abend, das musste sich zeigen. Und wer jeweils dabei war, musste sich in der kommenden Zeit auch ergeben. Für sich persönlich diese Zeit einzurichten, sollte Mutter Eva kein Problem sein. Sie war das frühe Aufstehen gewohnt und das späte Schlafengehen auch. Bei ihrem Gedanken um regelmäßige Andachtszeiten ging es ihr eher um die geistliche Betreuung der künftigen Mitarbeiterinnen und Hausbewohner.

Mutter Eva hatte auch seit Längerem immer wieder im Kopf, ob sie für die wenigen evangelischen Menschen des Ortes, die bisher keine eigene Kirche hatten, regelmäßige Versammlungszeiten einrichten konnte. Ihr Vater hatte früher bereits davon gesprochen, nach ihrer Fertigstellung die Kapelle des Hauses für Gottesdienste zu öffnen, zu denen der lutherische Pastor von Beuthen jeweils herüberkommen könnte. Nun war die Kapelle ja fertig und auch bereits in Dienst gestellt. Nur hatte ein Gespräch mit dem Geistlichen zu dieser Frage bisher nicht stattgefunden und war auch am Vortag nicht möglich gewesen. Auch darum galt es also, sich möglichst bald zu kümmern. Arbeit über Arbeit!

Der Friedenshort füllte sich in den nächsten Wochen schneller mit Menschen, als es Mutter Eva und Thekla lieb war. Es hatte sich rasch in der Region herumgesprochen, dass es im Schlosspark von Miechowitz den Friedenshort gab, der nicht nur ein Hort des Friedens war, sondern auch einer des Erbarmens und der Fürsorge für kleine und größere Kinder und für junge und alte Frauen in allen möglichen Lebenslagen.

Auch wurde bald bekannt, dass der Friedenshort ein guter Arbeits- und Lernort für junge Mädchen war, die tüchtig werden wollten für ihr späteres Leben als Frauen und Mütter. Alle diese Menschen brauchten Platz im Haus, wenn sie mit der Bitte um Aufnahme vor der Tür standen und nicht abgewiesen wurden, weil sie nicht abgewiesen werden konnten oder weil sie sich einfach nicht abweisen ließen.

Mutter Eva stand dabei immer wieder vor schwierigen Entscheidungen. Sollte sie die beiden Kinder aufnehmen, deren Eltern gemeinsam für einige Zeit ins Gefängnis mussten? Sollte sie dem alten Mütterchen Obdach gewähren, das seine Tochter offenbar loswerden wollte, weil ihr die Fürsorge und Pflege zu mühsam erschien? Konnte sie den Säugling seinem Schicksal überlassen, den seine Mutter nicht haben und versorgen wollte, weil er ihr lästig war? Wie groß durfte die Kindergruppe werden, die nachmittags auf dem Spielhof neben dem Haus beschäftigt und betreut werden wollte? Konnte sie jedes Mädchen aufnehmen, das um Arbeit ersuchte? Und wer war da, der die unerfahrenen Mädchen anleitete, damit ihr Aufenthalt im Haus und ihr Mittun auch sinnvoll waren?

Dazu beanspruchten die Alten und Armen im Ort auch ihre „angestammten Rechte“ der Speisung und Betreuung. Viele von ihnen waren allerdings bereit, Gegenleistungen zu bringen – in Form von Arbeiten im Garten und auf Feldern am Ortsrand, die dem Friedenshort aus dem Tiele-Wincklerschen Familienbesitz zur Verfügung gestellt worden waren. Die beinahe täglich wachsende Hauswirtschaft brauchte Arbeitskräfte, um die zunehmenden Anforderungen des jungen Friedenshortes zu befriedigen.

Mutter Eva wusste zuweilen nicht, wo ihr der Kopf stand. Ihr fehlten an vielen Stellen einfach die Erfahrung und die notwendige eigene Anleitung für dieses und jenes. Immer wieder Rat beim Vater holen? Oder bei der Mutter, wenn sie im Schloss zum Abendessen drüben war? Dort wurde dann über alles Mögliche miteinander geredet, nur nicht über den Friedenshort. Es schien Eva, als interessiere die Eltern ihre Arbeit gar nicht. Das war schon merkwürdig. Aber von sich aus das Gespräch über die Arbeit dort zu beginnen, das ging nicht, hatte die Tochter doch die väterliche Vorgabe der vier Betten bereits wenige Tage nach der Öffnung des Hauses überschritten. Der gute Papa würde ihr wahrscheinlich … Nein, irgendwann würde der von selbst darauf kommen, nach dem Fortgang der Arbeit im Friedenshort zu fragen. Dann war es immer noch früh genug, ihm von den täglichen Sorgen zu berichten, die es nun einmal gab und die sich künftig eigentlich nur vergrößern konnten. Bisher hatte ja auch das Geld gut gereicht, das für die Bewältigung der Kosten zur Verfügung stand. Wenn es nicht mehr reichte, musste Gott sorgen. Dass er es tun würde, daran zweifelte Mutter Eva keinen Moment.

Dann kam Martha Magnus ins Haus. Jetzt gab es wenigstens eine gläubige und in allem geistlich gesinnte und sehr praktisch veranlagte Mitstreiterin, mit der die Hausmutter alles Mögliche besprechen konnte. Mit Martha konnte sie vor allen Dingen auch darum beten, immer das Richtige zu tun, damit das Miteinander der vielen unterschiedlichen jungen, älteren und alten Leute vom Säugling bis zur Greisin funktionierte und damit die Arbeit niemandem über den Kopf wuchs.

Irgendwann an einem sonnigen Sommertag im Jahre 1891, wenige Wochen vor Mutter Evas fünfundzwanzigstem Geburtstag, kam Hubert von Tiele-Winckler wieder einmal von Moschen – dorthin war inzwischen der Hauptwohnsitz der Familie verlegt worden – nach Miechowitz, um da nach dem Rechten zu sehen. Gleich nach seiner Ankunft lud er seine Tochter zu einem Spaziergang durch seine Wälder ein. Das hatte doch einen Grund, ging es der jungen Frau durch den Sinn, und sie stellte sich darauf ein, dass sie dem Vater wohl auf ein paar peinliche Fragen antworten musste. Hoffentlich ging das gut aus. Da musste Gott selbst dabei sein und die Empfindungen, Gedanken und Worte lenken. Und Martha, oder wen sie sich zur Unterstützung nahm, musste derweil um einen guten Verlauf der Begegnung beten.

„Ich mache mir Sorgen um dich, Evchen“, kam der Vater unterwegs zur Sache.

„Gibt es dafür einen Grund, Papa?“, fragte Eva nach.

„Du siehst in letzter Zeit wieder sehr blass und krank aus, mein Kind, und du scheinst seit unserer letzten Begegnung schmaler geworden – und nicht nur im Gesicht“, war die Antwort.

„Du magst recht haben, Papa. Mir selbst fällt das nicht auf. Ich schaue selten in einen Spiegel“, gab Eva zu.

Jetzt wurde der Vater direkter: „Erinnerst du dich daran, wie viele Betten ich deiner Arbeit im vergangenen Herbst zugestanden habe?“

Eva wurde es bei der Frage heiß und wieder kalt. Gut, dass sie links neben ihrem Vater ging und sein Blick durch ein Wild abgelenkt wurde, das rechter Hand durch das Unterholz brach. Ein Rehbock, wie sie selbst feststellte. Aber sie musste antworten. „Es waren damals fünf.“

„Einschließlich deinem eigenen, mein Kind“, erinnerte der Vater und fragte weiter: „Wie viele Betten sind in deinem Haus inzwischen belegt? Es müssen weit mehr sein.“

Eva antwortete wahrheitsgemäß: „Es sind mehr als vierzig, Papa.“ Sie hielt die Luft an. Was würde jetzt kommen? Eine Rüge? Gar Zurechtweisung? Anerkennung? Oder gar Hochachtung?

Die Reaktion des Vaters ließ einige Momente auf sich warten. Er schaute wohl immer noch dem Rehbock nach, oder er suchte nach den richtigen Worten. Er hatte auch zunächst noch eine weitere Frage: „Wie viele Kinder sind nach ihrer Schule an den Nachmittagen bei dir?“

Wahrheitsgemäß antwortete Eva: „Die Zahl wechselt. Aber es sind tageweise mehr als hundert. Sie werden von älteren Mädchen des Ortes beaufsichtigt.“ Diesen Nachsatz fügte die junge Frau hinzu, um der Aussage ein wenig ihr Gewicht zu nehmen.

„Und die bekommen alle eine Mahlzeit?"

„Sie bekommen eine, Papa. Ich kann sie nicht hungrig nach Hause schicken, wo Schmalhans Küchenmeister ist."

Hubert von Tiele-Winckler nahm diese Aussagen auf, ohne sie zu kommentieren. Dann blieb er plötzlich stehen, wandte sich seiner Tochter zu, nahm sie mit beiden Händen bei den Schultern und blickte ihr tief in die Augen. „Du siehst müde aus, mein Evchen. Du arbeitest zu viel. Dir geht die gesunde Nüchternheit schon wieder verloren. Du brauchst dringlich eine Zeit der Erholung. Ich denke, du kommst demnächst für ein paar Tage herüber nach Moschen."

Also keine Schelte, ging es Eva durch den Sinn. Aber auch keine Anerkennung. Was mochte der Vater denken? Wie sollte sie reagieren? Sie überlegte kurz und entschied sich für eine Art Vorwärtsverteidigung: „Ich weiß, Papa. An meinem Platz gesunde Nüchternheit zu leben ist schwer. Aber die Zeit wird kommen, dass ich die Arbeit so weit geordnet habe, dass sie eine Weile ohne mich weitergehen kann. Ich bin dabei, meine gute Freundin und Mitschwester Martha Magnus darauf vorzubereiten. Sie ist bei meinen kleinen und großen Leutchen anerkannt und beliebt. Und sie weiß bereits, was auf sie zukommt. Ich werde zu Mutters zweiundfünfzigsten Geburtstag, das heißt zum Geburtstagsgedenken, demnächst nach Moschen kommen."

„Das hört sich gut an, mein Kind", freute sich der Vater und setzte sich wieder in Bewegung. „Ich wünsche, dass du dieses Vorhaben tatsächlich verwirklichst. Du brauchst die Erholung! Einige deiner Geschwister werden auch da sein." Das war mit dem Nachdruck gesprochen, von dem die Tochter wusste, dass der Vater keine Ausflucht oder Entschuldigung zuließ. Sie musste also ihre geäußerte Absicht unbedingt ausführen.

„Was möchtest du noch über meine Arbeit wissen?", hakte sie jetzt nach.

„Gut gefragt, mein Kind. Du kennst mich. Erst frage ich lange nicht, und dann möchte ich alles wissen", lachte der Vater kurz auf und kam zur Sache: „Hast du dem Friedenshort eine Ordnung gegeben? Wo so viele Menschen auf engem Raum leben und wo so viele arbeiten, braucht es eine Ordnung, an die sich jeder hält."

Eva seufzte leicht auf. „Die Bedingungen haben mich in der Tat dazu gezwungen, dem Haus eine Ordnung zu geben."

„Nenn mir ein paar Beispiele", forderte der Vater.

„Nun, es darf im Haus nicht gelaufen und getobt werden. Es darf auch nicht gerauft werden. Die Ruhezeiten sind unbedingt einzuhalten. Niemand hält sich ohne besondere Erlaubnis im Zimmer des anderen auf. Niemand treibt sich ohne Erlaubnis draußen herum. Anweisungen von leitenden Personen darf nicht widersprochen werden. Jeder sorgt nach Vermögen selbst für Sauberkeit und Ordnung an seinem Wohn- und Schlafplatz. Beim Essen muss es gesittet zugehen." Eva lachte kurz auf. „Ich musste nach der Satzung selbst schon stehend essen, weil ich aus Ungeschick meinen Suppenbecher umgestoßen hatte."

„Du hältst dich also selbst auch an die Ordnung?"

„Selbstverständlich, Vater."

„Und, war dir das schlimm, vor den anderen ...?"

„Warum sollte mir das schlimm gewesen sein? Erstens habe ich das Gehorchen schon früh gelernt, wie du sicher weißt. Und zweitens bin ich eine von ihnen. Nicht mehr und nicht weniger. Ich bin nicht die mächtige Vorsteherin, für die irgendwelche Sonderregeln gelten. Was ich von anderen erwarte, muss ich selbst zu leisten bereit sein, entsprechend der goldenen Regel Jesu, die bereits in der Heiligen Schrift nachzulesen ist: ‚Alles nun, was ihr wollt, dass euch die Leute tun sollen, das tut ihnen auch. Das ist das Gesetz und die Propheten.'"

„Gut, mein Liebes, so steht es in der Bergpredigt. Dann eine andere Frage. Wie kommst du mit dem Geld zurecht? 3000 Mark scheinen mir für deine Arbeit nach dem, was ich davon inzwischen weiß, nicht sehr viel."

„Es hat bisher gereicht, Papa. Wir wirtschaften sparsam. Wir drehen jeden Pfennig zweimal um, ehe wir ihn ausgeben. Martha Magnus hat sich gut in die Buchführung eingearbeitet, von der ich überhaupt keine Ahnung habe. Sie beachtet jede einzelne Ausgabe und beanstandet jede, die ihr unnötig erscheint. Aber ich gebe zu, wenn die Arbeit so weiterwächst, kann es bald knapp werden mit dem Geld."

„Dazu habe ich dann eine gute Nachricht für dich, mein Kind."

Der Hinweis ließ Eva gespannt aufhorchen. „Und die wäre?"

„Du wirst demnächst fünfundzwanzig", stellte der Vater fest, „und mit diesem Datum erhältst du das Genussrecht an deinem Anteil vom Erbe deiner lieben Mutter."

Jetzt war es Eva, die stehen blieb. „Was bedeutet das?", fragte sie erregt.

„Das bedeutet, dass du nach dem 31. Oktober jährlich einen Betrag von 12.000 Mark für deine Arbeit zur Verfügung hast."

Eva verschlug es die Sprache. 12.000 Mark?! Sie erschrak regelrecht vor dieser Summe. Augenblicklich wurde sie noch blasser, als sie ohnehin schon war. Dann fühlte sie einen heißen Schauer über ihr Gesicht und durch ihren Körper gehen. Welch eine Gnade Gottes!, ging ihr spontan durch den Kopf. Der Vater schien sehr milde, und die Nachricht, die er brachte, einfach nicht zu fassen. „Und du wirst mir das Geld …?“

„Du bekommst es. Es steht dir zu“, bestätigte der Vater. „Valeska würde gegen seine Verwendung wohl keine Einwände haben.“

„Und du hast auch keine!? Das ist ja einfach herrlich, Papa!“, freute sich Eva und fiel ihrem Vater um den Hals.

„Vorsicht, mein Liebes“, bremste der den Gefühlsausbruch seiner Tochter, „erstens entspricht der Betrag nur den Zinsen deines Erbteils. Und zweitens habe ich eine kleine Bedingung.“

„Nur den Zinsen? Und eine kleine Bedingung?“ Eva trat wieder einen Schritt zurück. Ihr schwindelte bei diesen Dingen. „Zinsen wovon? Und welche Bedingung hast du?“

Hubert von Tiele-Winckler war gerne bereit, weiter zu erklären: „Du musst wissen, dass das eigentliche Erbe unangetastet bleibt. Es steckt ja in den Gruben, Hütten und Fabriken, in den Landgütern und in den zahlreichen Gebäuden hier in Oberschlesien, in Mecklenburg und anderswo. Also 12.000 Mark Zinsen für deinen Anteil. Davon bleiben 2000 Mark jährlich reserviert für deine eigene Erholung. Das ist meine kleine Bedingung. Darauf bestehe ich!“

Das war nun wieder vom Vater in der Art gesprochen, die keinen Widerspruch zuließ. Aber Eva dachte auch gar nicht daran zu widersprechen. Was sollte sie mit Besitzanteilen an Gruben, Hüttenwerken und Landgütern? Sie bekam ja 10.000 Mark für den Friedenshort. Das war mehr als das Dreifache von dem, was ihr jetzt zur Verfügung stand. Was konnte sie mit dem Betrag nicht alles bewerkstelligen, neu anschaffen, ausweiten, verbessern?

„O Gnade Gottes wunderbar“, zitierte sie den Anfang eines Liedes. „Wie bin ich so dankbar, dass Gott unsere Familie so reich mit irdischen Gütern gesegnet hat, Papa. Und dafür, dass du mir vertraust, Papa. Danke! Vielen, vielen Dank.“ Eva nahm ihren Vater noch einmal in die Arme und gab ihm einen Kuss auf jede Wange. „Aber jetzt sollten wir bitte umkehren, Papa. Ich muss die gute Nachricht dieses Tages unbedingt an Martha und Thekla weitergeben.“

Später im Friedenshort ging sie zunächst allein in der Kapelle auf die Knie. Vor dem Altar unter dem Kreuz ihres Heilandes, das flankiert wurde von einem Bergmann und einem Hüttenarbeiter, dankte sie für den Reichtum, der ihr, nein, nicht ihr, der ihrer Arbeit zuteilgeworden war durch das Erbe der verstorbenen Mutter. Dann bat sie Gott innigst darum, ihr Herz und ihr Handeln nie, aber auch wirklich nie von Reichtum und von materiellen Werten abhängig sein zu lassen. Lediglich Verwalterin dessen wollte sie sein, was ihr demnächst und irgendwann später in die Hände gegeben wurde.

Am Abend ging sie dann noch einmal mit ihren beiden engsten Gefährtinnen in die Kapelle. Dort las sie mit den beiden den Abschnitt aus dem 18. Kapitel des Lukasevangeliums von Jesu Gespräch mit dem sogenannten reichen Jüngling. Nachdem sie die Worte gelesen hatte: „Wie schwer kommen die Reichen in das Reich Gottes! Denn es ist leichter, dass ein Kamel durch ein Nadelöhr gehe, als dass ein Reicher in das Reich Gottes komme", erzählte sie ihnen von der großen Neuigkeit und davon, was sie von Gott vorhin erbeten hatte. Dann legten die drei die finanzielle Zukunft des Werkes Friedenshort noch einmal in die Hände des Gebers aller guten Gaben und widmeten sich selbst erneut der freiwilligen Armut, freilich auch getröstet und vergewissert durch das abschließende Wort Jesu in dem Textabschnitt: „Was bei den Menschen unmöglich ist, das ist bei Gott möglich."

Natürlich freuten sie sich auch noch einmal über die mit dem Erbe verbundene Bedingung. Der Vater hatte ja nicht gesagt, ob oder dass Eva ihre Erholungsreisen immer alleine machen sollte. Vielleicht ergab sich ja die Möglichkeit einer gemeinsamen Reise, wenn die Arbeit im Friedenshort sich weiter gefestigt hatte und wenn die Vertretung geregelt war. In den nächsten Monaten war ohnehin an ein solches Unternehmen noch nicht zu denken. Dafür mussten zunächst die Ordnungen und Arbeitsschwerpunkte des weiter wachsenden Werkes klarer und fester werden. Das brauchte Zeit, Geduld und Gebet und immer wieder neues verändertes Denken, Planen und Handeln.

Zu dem berechtigten Ansinnen ihres Vaters wegen der Beachtung der gesunden Nüchternheit in aller Arbeit bat Mutter Eva freilich ihre Gefährtinnen um Hilfe und Entlastung und darum, sie zu erinnern, wenn sie diese Nüchternheit für sich selbst und auch für sie aus den Augen verlieren sollte.

Dieses besonnene Maßhalten, wie Pastor von Bodelschwingh das genannt hatte, war ja auch damit verbunden, weise zu sein und zu lernen, Nein zu sagen, was – zugegeben – sehr schwer war. Die Beherrschung dieser

Kunst musste ihnen Gott schenken und die Freiheit, sie auch anzuwenden. Da waren sich die drei jungen Frauen einig. Sie mussten einfach künftig genauer darauf achten, wer welche Hilfe in welchem Maße wirklich brauchte und wer als angestellte Hilfskraft der Arbeit wirklich eine Hilfe war oder doch eher eine Belastung. Von Menschen, die ihre Hilfsbedürftigkeit nur vorgaben, und von solchen, die sich nicht mit allen Kräften in die aufgetragenen Pflichten schickten und die sogar gelegentlich Aufmüpfigkeit zeigten, mussten sie sich dann leider schweren Herzens trennen, zur eigenen Entlastung und zur Entlastung der treuen und willigen Mitarbeiterinnen.

Am Ende ihres Gesprächs und gemeinsamen Gebetes reichten sich Mutter Eva und ihre beiden treuen Mitstreiterinnen die Hände. Sie sangen miteinander die Strophen der Anbetung und Hingabe, wie Gerhard Tersteegen sie vor rund hundertfünfzig Jahren bereits gesungen hatte:

„Nun sich der Tag geendet,
mein Herz sich zu Dir wendet
und danket inniglich;
Dein holdes Angesichte
zum Segen auf mich richte,
erleuchte und entzünde mich …“

Die Tage um den 26. August verbrachte Eva dann tatsächlich in Moschen mit den Eltern und unter den Geschwistern, die auch zum Geburtstagsgedenken ihrer Mutter Valeska hierhergekommen waren. Eva gelang es sogar, sich dem fröhlichen Miteinander ihrer Verwandten hinzugeben und die Arbeit im Friedenshort für eine Weile zu vergessen. Sie wusste sie bei Martha in besten Händen. Und so konnte sie die kurze Zeit der Erholung im Schloss, im Park und auf ihrer geliebten Osterinsel sogar richtig genießen.

Eine längere Zeit der Erholung – vielleicht wieder einmal in den Bergen des Schweizer Engadin – nahm sie sich für den folgenden Sommer vor. Eigentlich sollte das dann auch gelingen. Gott mochte es schenken! Nach innen und außen durch die Moschener Tage gestärkt, kehrte Eva nach Miechowitz zurück und stürzte sich sogleich wieder in ihre umfangreiche Arbeit.

Im Frühjahr 1892 bekam der Friedenshort „hohen" Besuch. Pastor Friedrich von Bodelschwingh kam nach Oberschlesien, um die Arbeit seiner „innig geliebten Tochter Eva" und ihren Friedenshort kennenzulernen. Er war begeistert von dem, was er zu sehen bekam. Freilich musste auch er wieder das „besonnene Maßhalten" anmahnen. Die Fülle der Arbeit und die Menge der unterschiedlichen Anforderungen mache sie, Mutter Eva, sonst kaputt. Und das könne ja wohl nicht ihr Ziel sein.

Sie möge sich doch bitte Gedanken darüber machen, ob sie nicht – auch zu ihrer eigenen Entlastung – eine richtige kleine Schwesternschaft gründen sollte. Das verteile die Arbeit auf mehrere verantwortliche Schultern. Das Vorbild Bethel habe sie ja vor Augen. Einige ihrer Helferinnen machten auf ihn den Eindruck, dass sie sich zu Schwestern berufen ließen. Er sei ihr auch gerne bei der Gründung und Organisation eines Mutterhauses behilflich. So groß wie Sarepta müsse das ja nicht werden.

Wenn sie nach reiflicher Überlegung und intensivem Gebet zu einer positiven Entscheidung käme, dürfe sie gerne im Mai nach Bethel kommen, an der vorbereitenden Rüstzeit teilnehmen und sich dann selbst zur ersten Diakonisse ihrer eigenen Einrichtung berufen und einsegnen lassen. Er werde sie damit natürlich nicht an sein eigenes Mutterhaus binden, sondern eine Formulierung verwenden, die sie freigebe für den Weg, den Gott mit ihr habe.

Pastor von Bodelschwinghs Gedanke ließ Eva nicht mehr los. Eine eigene Schwesternschaft mit ihr als Mutter oder gar Oberin, wie die leitenden Schwestern in den verschiedenen Häusern jeweils hießen, die sie auch bereits kennengelernt hatte? Schwestern unter einer Miechowitzer Haube? Ein Gedanke, der sie begeisterte! Aber ihn zu Ende zu denken und zur Ausführung zu bringen, war Mutter Eva dann doch zu schwer. Gott selbst musste ihr einen Wink geben, welche Entscheidung sie in dieser Frage treffen sollte.

Leider ließ Gott sich wieder einmal viel Zeit mit seiner erbetenen Antwort. Für ihn schien die Sache nicht unbedingt dringend zu sein.

Nach Wochen des Nachdenkens und Betens übertrug Mutter Eva schließlich Martha die Verantwortung für die weiter gewachsene Arbeit und reiste nach Moschen, um dort den neunundsechzigsten Geburtstag ihres Vaters mitzufeiern. Zugleich wollte sie die Gelegenheit nutzen, die Ansicht ihrer Familie zu ihrer Frage zu hören.

Zu Marthas Verantwortung gehörte diesmal übrigens auch die, auf die restlichen Bauarbeiten an den beiden neuen Häusern zu achten, die mit finanziellen Mitteln aus dem mütterlichen Erbe und zusätzlicher Hilfe der Tiele-Wincklerschen Unternehmen im Bau waren und die bis Ende September bezugsfertig sein sollten. Die beiden Häuser wurden dringend benötigt, um Platz zu schaffen und die Arbeitsbereiche Kranken-, Alten- und Kinderpflege deutlicher voneinander zu trennen.

In Moschen zog sich Eva zunächst für ein paar Stunden zur Besinnung, zum Gebet und zur Ordnung ihrer Gedanken in die Stille der Osterinsel zurück. Am Vorabend von Vaters Geburtstag suchte sie dann das Gespräch mit der versammelten Familie, um ihre Fragen zur möglichen Gründung einer Schwesternschaft in Miechowitz vorzutragen und mit ihren Lieben gemeinsam zu bedenken. Es wurde ein lebhafter Gedankenaustausch mit Argumenten hin und her. Schließlich erhob sich der Vater, trat vor seine Tochter und legte seine Hände auf ihr mit einer schlichten Knotenfrisur bedecktes Haupt: „Mein liebes Evchen, Mutter Eva, wie man dich nennt, ich sehe seit Langem, dass Gottes Segen auf allem liegt, was du tust. Der himmlische Vater segne dich auch weiterhin. Nein, richtiger, ich bin überzeugt, er segnet dich auch weiterhin! Und so gebe auch ich dir meinen Segen zu allem deinem weiteren Tun."

Der Tochter lief es wie ein warmer Schauer über den Rücken. Der Moment bekam für sie etwas Heiliges, als habe Gott selbst durch ihren Vater gesprochen. Ja, Vaters Segensworte erschienen ihr wie Gottes persönliche Antwort auf ihre Frage. Dass von ihren anwesenden Geschwistern und deren Ehepartnern niemand widersprach, sondern beinahe jeder zustimmend nickte oder bestätigende Bemerkungen machte, war für Eva eine zusätzliche Bestätigung für die Entscheidung: Ja, sie würde sofort nach ihrer Heimkehr an Pastor Bodelschwingh schreiben und sich für die Frühjahrsrüste 1893 anmelden. Ihrem Vater antwortete sie mit einem warmen: „Danke, mein lieber Vater. Danke! Ich bin glücklich, dass du und dass ihr alle hinter meiner Arbeit steht. Gott segne euch alle dafür!"

Am Tag nach dem Geburtstag reiste Eva erleichtert und froh nach Miechowitz zurück. Die schwere Entscheidung war gefallen! Kaum angekommen, setzte sie sich in ihrem Stübchen hin und schrieb nach Bethel, dass sie fristgerecht zu ihrer Einsegnung zur Diakonisse dorthin käme. Danach nahm sie aus ihrer Truhe ein weißes Tuch, in der Form ähnlich denen, die ihre alten Miechowitzer Frauen in der Regel trugen. Schon länger hatte dieses Tuch dort gelegen und auf seine Verwendung gewartet. Jetzt, nachdem die grundsätzliche Entscheidung für eine Miechowitzer Schwesternschaft gefallen war, konnte und sollte es verwendet werden.

Die junge Frau legte sich das Tuch vor dem Spiegel auf ihr Haupt, sodass die Stirn frei blieb und ihr Haar vorne noch ein wenig herausschaute. Dann band sie es unter dem Kinn zusammen. Das Tuch war groß genug, dass sein Saum nach hinten und auch vorne noch über die Schultern fiel. Hübsch sah es aus!

Mutter Eva gefiel sich mit diesem Tuch. Es passte auch gut zu ihrem dunkelblauen Kattunkleid mit dem kleinen weißen Kragen, das sie allerdings nur zu besonderen Anlässen trug. Ja, das war die richtige „Haube" für eine künftige Miechowitzer Schwesternschaft. Die starren Hauben mit vielen Falten und einer großen Schleife, wie viele Mutterhäuser sie verwendeten, mochte sie weniger. Diese Hauben waren zwar auch hübsch, aber schwierig zu pflegen und in Form zu halten. Sie mussten nach jeder Wäsche wieder neu gestärkt und sorgfältig gebügelt werden, damit sie richtig saßen.

Nein, nicht diese Mühe und diesen Aufwand! Das schlichte Tuch, im Schnittmuster ähnlich der Hälfte eines Kreises und ohne Abnäher, das war es! So, wie sie sich selbst im Spiegel sah, so sollte die neue Schwesterntracht werden, die sie künftig tragen wollte und die später alle

Frauen tragen sollten, die bereit waren, sich in ihre Diakonissen-Gemeinschaft aufnehmen zu lassen. Pastor Bodelschwingh würde diese Tracht sicher akzeptieren als Kleidung ihrer neuen Schwesternschaft, der „Gemeinschaft der Miechowitzer Friedensschwestern“, wie sie dann wohl heißen würde.

Martha Magnus und die beiden jungen Helferinnen Auguste und Else waren die Ersten, die die künftige Schwesterntracht zu sehen bekamen.

„Gut sieht das aus, Eva“, zeigte Martha sich begeistert. „Das Kleid ist freilich ein wenig dunkel. Ich würde ein helles, freundliches Grau vorziehen. Was meinst du? Und was meint ihr beide? Ein helleres Kleid mit einem solchen Tuch würde ich lieber tragen.“

„Warum nicht, meine liebe Martha?“, freute sich die Hausmutter, „wenn du dich der Schwesternschaft anschließen möchtest, die es zu gründen gilt, dann wirst du ein solches Kleid und dieses Tuch tragen. Ob das Kleid dann dunkel ist wie mein Kattunkleid oder doch heller, wird sich ergeben. Das schlichte weiße Tuch als Zeichen der Bescheidenheit und der Reinheit im Wort und Werk und allem Wesen ist mir wichtig. Und dann hoffe ich, dass viele Mädchen und Frauen sich von Gott rufen lassen und diese Tracht annehmen.

Bis es dahin kommt, ihr drei, ist es freilich erforderlich, dass ich mich zuvor zur Diakonisse einsegnen lasse. Das wird im Frühjahr nächsten Jahres durch Pastor von Bodelschwingh in Bethel geschehen.“

„Das ist ja wunderbar“, geriet Martha regelrecht ins Schwärmen. „Ich bin davon überzeugt, es werden im Laufe der nächsten Jahre viele junge Frauen sein, Eva, die unsere Tracht tragen wollen. Ich freue mich schon jetzt auf den Tag, an dem du eingekleidet und eingesegnet aus Bethel zurückkommst. Danach wirst du auch für mich ‚Mutter Eva' sein und ich werde deine erste richtige Diakonissen-Schwester sein."

„Darf ich noch etwas fragen?", meldete sich Auguste zu Wort, ohne diese begeisterte Bemerkung zu beachten.

„Bitte, frag, was du wissen möchtest."

„Werden die Miechowitzer Schwestern einen Ring tragen, wie das in anderen Mutterhäusern so ist?"

Eva dachte einen Moment nach. Dann meinte sie ein wenig versonnen: „Sie werden sicher keinen Diamanten am Finger tragen oder einen anderen Schmuckring. Aber einen Ring als äußeres Zeichen ihrer Bindung an Christus, also so etwas wie einen ‚Verlobungsring' oder auch ‚Ehering', könnte ich mir schon vorstellen."

„In Gold oder in Silber?", hakte Else nach.

„Doch nicht in Gold, ihr Schwestern, wenn ihr denn welche werden wollt", wies Eva diese Frage mit gespielter Empörung zurück. „In bescheidenem Silber. Ich denke, das wäre ein gutes weiteres äußeres Zeichen einer Schwesternschaft. Zufrieden, ihr drei?"

„Sehr zufrieden, Eva, danke!", beschloss Auguste zugleich für die beiden anderen das Gespräch, das Eva dann endgültig mit einem Gebet beendete.

Bis zu Evas Reise nach Bethel war es nun noch eine Weile hin. Im Sommer des Jahres war die Arbeit im Friedenshort so weit in Bahnen gefügt und für ihren Fortgang organisiert, dass Mutter Eva gemäß der Weisung ihres Vaters endlich eine längere Erholungsreise antreten konnte. Dabei wusste sie freilich nicht, wie sie den vorgesehenen Geldbetrag alleine ausgeben sollte; selbst dann nicht, wenn sie sich eine Reisebegleitung mitnähme. Sie stiege ja auch nie und nimmer in einer Herberge ab, die viel Geld kostete. Das würde ihrer Haltung von einem Leben in entschiedener Bescheidenheit, ja persönlicher Armut widersprechen. Um also nicht alleine reisen zu müssen, nahm sie Auguste und Else mit und dazu die vierzehnjährige Rosallka, ein zartes, asthmakrankes Mädchen aus dem Dorf, das die Höhenluft des Engadin besonders nötig hatte.

Mit den dreien wurden die Wochen des gemeinsamen Urlaubs in St. Moritz zum großen Erlebnis, mit Wanderungen in den Bergen, mit viel Bibellesen, Beten und Singen, mit Schreiben und Handarbeiten und interessanten Begegnungen mit Menschen von hier und anderswo. Hubert von Tiele-Winckler konnte mit dem Erfolg der Erholungsreise seiner Tochter zufrieden sein. Die verordneten 2000 Mark wurden gut verwendet.

Nach der Rückkehr der vier – Martha hatte während dieser Zeit die Arbeit im Haus „Friedenshort" ausgezeichnet verwaltet – folgte bald die Einweihung des Hauses, das als Alten- und Pflegeheim nach der verstorbenen Mutter den Namen „Valeskastift" bekam. Und auch das „Schwalbennest" konnte am selben Tag seiner Bestimmung als Kinderheim zugeführt werden, auf den Tag genau zwei Jahre nach der Einweihung des ersten Hauses, des „Friedenshortes". Dieser Name galt von diesem Tag an nicht mehr nur für das erste Haus der Arbeit von Mutter Eva, sondern für die Arbeit in ihrer Gesamtheit – und er sollte der Name für ein Werk werden, an dessen Ausmaße seine Gründerin in ihren kühnsten Träumen niemals gedacht hatte.

Eine weitere Besonderheit hatte dieser Tag: Martha,

Auguste und Else bekundeten als erste junge Frauen vor der kleinen Friedenshort-Gemeinde ihre Bereitschaft, der künftigen Schwesternschaft beizutreten, und sie ließen sich als Probeschwestern einkleiden – übrigens in einem nicht gerade hellen, aber dennoch freundlichen Grau. Mutter Eva, kaum älter als die drei, bekam dadurch eine Verantwortung mit einem ganz neuen Gewicht. Sie musste ihnen in ganz anderer, viel tieferer Weise ihren Weg der bedingungslosen Nachfolge Christi nahebringen und vorleben als bisher. Denn sie trug für diese drei jetzt auch die geistliche Verantwortung.

Als ihr das am frühen Morgen dieses Tages bewusst wurde, überfielen sie eine jähe Angst und ein starkes inneres Zittern. Eva zweifelte plötzlich an sich selbst, an ihrem Glauben, ihrer Berufung und an ihrer Fähigkeit, ihre Arbeit fortzuführen. Sie zweifelte an ihrer Vollmacht, anderen ein Vorbild sein und ihnen geistliche Wegweisung geben zu können.

Eva von Tiele-Winckler hatte an diesem herbstlichen Sonntag das starke Empfinden, es würde mit der aufgehenden Sonne nicht morgenhell, sondern eher nachtdunkel. Sie eilte voll innerer Unruhe hinüber in die Kapelle, ging dort auf die Knie und betete um Licht und Erleuchtung, um Befreiung von dem Druck des Selbstzweifels, um Klarheit ihres Weges und Bestätigung ihrer Berufung. Nachdem sie eine Weile am Altar gekniet hatte, erfüllte sie während des Gebetes das starke Empfinden, eine Stimme fordere sie auf, Gottes Antwort zu empfangen, indem sie sich ein Wort aus dem Spruchkästchen im Schwesternzimmer zog. Dieser inneren Stimme kam sie umgehend nach – und hielt Momente später das Wort in der Hand, das Gott einst dem Josua zugesagt hatte, als der mit der Führung seines Volkes eine für ihn schier unlösbare große Aufgabe übernehmen sollte: „Siehe, ich habe dir geboten, dass du getrost und unverzagt seist. Lass dir nicht grauen und entsetze dich nicht; denn der Herr, dein Gott, ist mit dir in allem, was du tun wirst."

Mutter Eva fiel es wie ein ganzes Gebirge von der Seele. Sie atmete tief auf. Wie konnte sie nur so schwarzsehen und so sehr zweifeln?! Gott hatte sich doch nicht verändert! Gott war doch in ihrer Zeit derselbe wie damals in der Zeit Josuas! Der in ihr den Glauben angefangen hatte, würde ihn auch vollenden, und seine Berufung blieb dieselbe. „Siehe, ich habe dir geboten ..." Die junge Hausmutter des heute erweiterten Friedenshortes nahm das Kärtchen an sich, küsste es dankbar, steckte es in die Tasche ihres Kleides und ging gestärkt und freudig in diesen besonderen Tag, der zu einem großen Fest für das junge Werk des Friedenshortes wurde.

Gemeinschaft der Friedensschwestern

Im Frühjahr 1893 reiste Mutter Eva wie geplant nach Bethel. Dabei war ihr das Herz zunächst alles andere als frei und fröhlich, musste sie auf ihrer Reise doch den Sarg des tüchtigen Miechowitzer Müllers Begemann und dessen schwangere Witwe ins lippische Land begleiten. Der junge Mann war bei einer Reparaturarbeit hoch oben auf den Windmühlenflügeln in deren Speichen geraten und dabei zu Tode gekommen. Welch eine Tragik!

Mutter Eva musste durch diese traurige Geschichte wieder einmal erfahren, dass Gottes Wege zuweilen sehr unergründlich sind. Ihr starkes Gebet in diesen Tagen war, dass die Witwe mit der Situation zurechtkam und dass sie ihrem noch ungeborenen Kind eines Tages einfühlsam begreiflich machen würde, warum es seinen Vater nicht kennenlernen konnte. „Gott, dein Weg ist heilig …“

Die Leiterin des Friedenshortes durfte aber auch wieder erfahren, dass Gott in dieser Situation schon vorgesorgt hatte: Der Bruder des Verunglückten erklärte sich bereit, die Stelle des Müllers in Miechowitz zu übernehmen. Diese Nachricht ließ Mutter Eva dann doch getrost und erwartungsvoll nach Bethel weiterreisen.

Dort nahm sie im Mutterhaus Sarepta lernbegierig und offen für alles geistlich Neue gemeinsam mit den künftigen neuen Bethel-Diakonissen an der Vorbereitungsrüste zu ihrer Einsegnung teil. Am Sonntag nach Ostern legte Pastor von Bodelschwingh ihr dann die Hände zum Segen auf. Der väterliche Freund hatte die Formel gefunden, die für sie die richtige war und die sie in den Stand versetzte, ihren Dienst da zu tun, wo sich ihre Aufgabe jeweils ergab. Er segnete sie ein „zum Dienst in der Gemeinde Jesu“, und gab ihr das Mut machende Wort aus Römer 8,38-39 mit auf den Weg: „Ich bin gewiss, dass weder Tod noch Leben, weder Engel noch Mächte noch Gewalten, weder Gegenwärtiges noch Zukünftiges, weder Hohes noch Tiefes noch eine andere Kreatur uns scheiden kann von der Liebe Gottes, die in Christus Jesus ist, unserm Herrn.“

Ihre Heimreise musste Mutter Eva dann wegen einer unerwarteten Krankheits- und Genesungszeit um einige Wochen verschieben. Pastor von Bodelschwingh bestand darauf, dass sie sich von ihrer Erschöpfung zunächst völlig erholen müsse. Deshalb verordnete er ihr eine längere Erholungszeit im Haus Salem, das zu seiner Anstalt gehörte und das Eva von Tiele-Winckler bereits kennengelernt hatte. Die junge Diakonisse wagte keinen Widerspruch gegenüber ihrem geistlichen „Vater“, wie sie ihn nannte, und schickte sich in die Lage. Die mochte ja auch ihr Gutes haben. So hatte Eva Zeit, sich gründlich und eingehend mit der Ordnung zu beschäftigen, die sie der Miechowitzer Schwesternschaft geben wollte. Ihr väterlicher Freund war gerne bereit, sie dabei zu beraten.

Als Eva endlich wieder in ihrer Heimat angekommen war, konnte sie als die erste „offizielle“ Miechowitzer Schwester ihren Mitschwestern die „Regeln für die Gemeinschaft der Friedensschwestern“ vorlegen. Bereits an einem ihrer ersten Abende zu Hause machte sie ihre drei Probeschwestern mit dem Text bekannt:

„1. In die Gemeinschaft der Friedensschwestern können nur Jungfrauen aufgenommen werden, die sich mit Leib und Seele gänzlich dem Dienst ihres Herrn und Heilandes hingeben wollen. – 2. Sie haben ein Leben der Arbeit, der Armut und des Gehorsams zu erwarten und müssen freiwillig und völlig allem entsagen, was sich mit ihrem Beruf nicht vereinigen lässt. – 3. Sie sollen mit ernster Treue nach bestem Können und Vermögen die Regeln ihrer Gemeinschaft befolgen, sollen sich aber stets bewusst sein, dass sie sich dadurch keinerlei Verdienst vor Gott oder Menschen erwerben und keine besondere Heiligkeit damit erlangen können, sondern dass ihnen diese Regeln nur gegeben sind, um ihnen eine Hilfe zu sein im täglichen Kampf der Selbstverleugnung in der Nachfolge ihres Herrn. – 4. Ihre einzige Hoffnung im Leben und im Sterben sei allein das vollgültige Verdienst Jesu Christi in der Kraft seines Todes, und die

Liebe zu ihm, der uns erst geliebt hat, sei die Triebfeder aller ihrer Handlungen. – 5. Nach dem Worte des Herrn: Wer nicht absagt allem, das er hat, der kann nicht mein Jünger sein, verzichten sie auf jedes persönliche Eigentum und beanspruchen nichts, als was sie zur Nahrung und Notdurft ihres Leibes und Lebens bedürfen. – 6. Es steht den Schwestern frei, sich vor ihrem Eintritt ihres Besitzes zu entäußern oder denselben, so weit er geeignet und ihrem Stande entsprechend ist, in die Gemeinschaft hineinzubringen, doch fällt er in diesem Falle dem gemeinschaftlichen Besitz der Schwesternschaft zu. Apostelgesch. 4,32. – 7. Ausgenommen hiervon ist der Bedarf an Wäsche, Reinigungsgegenständen, Näh- und Schreibutensilien und Büchern. – 8. Die vorgeschriebene Kleidung erhalten die Schwestern vom Hause. Sie haben dieselbe sorgsam und ordentlich instand zu halten und dürfen sich keine Abweichungen oder Veränderungen darin gestatten."

Nachdem Martha, Auguste und Else den Text zur Kenntnis genommen hatten, blickte Mutter Eva sie eine Weile an, abwartend, ob eine Reaktion käme. Martha Magnus war es dann, die sich als Erste zu Wort meldete: „Du legst uns sehr freie und offene Regeln vor, Mutter Eva. Ich wundere mich über ihre Leichtigkeit und Großzügigkeit. Ich weiß von anderen Mutterhaus-Ordnungen, dass sie viel enger und strenger sind. Ich habe keine Bedenken, diese acht Regeln bedingungslos anzuerkennen. Was denkt ihr, Auguste und Else?"

„Mir wären deutlichere Maßgaben lieber", meinte Else. „Ich kenne mich und meinen Hang zur Oberflächlichkeit. Ich mag es lieber enger und eindeutiger geregelt. Mit zu vielen Freiheiten könnte ich meine Schwierigkeiten bekommen."

„Mach dir da nicht zu viele Gedanken, Schwester Else", tröstete Mutter Eva die Probeschwester. „Eine funktionierende Gemeinschaft gleichgesinnter Schwestern wird dich vor dir selbst und deinen Unarten bewahren. Und was denkst du, Schwester Auguste?"

„Ich vermisse eine Beschreibung deiner besonderen Stellung als unserer Oberin, Mutter Eva", bemerkte die.

Die so Angesprochene schaute ihre drei Probeschwestern nacheinander an. „Meine lieben Mitschwestern, unsere Regeln brauchen keine solche Beschreibung. Ich möchte nicht eure Oberin sein. Ich bin eure Mitschwester, mehr nicht. Ich stehe nicht und ihr müsstet knien. Ich pfeife nicht und ihr müsstet tanzen. Ich befehle nicht und ihr müsstet gehorchen. Jede von uns vieren heute und jede künftige Miechowitzer Friedensschwester wird ihre Aufgabe haben und wird sie in großer Freiheit vor Gott selbstverantwortlich ausführen. Es soll für alle Miechowitzer Friedensschwestern die biblische Wahrheit gelten: ‚Es ist kein Ansehen der Person vor Gott!' Und die Mahnung des Paulus an die Philipper gilt: ‚In Demut achte einer den anderen höher als sich selbst!' Und sollte einmal jemand von mir als eurer Mutter verlangen, mich als Oberin aufzuspielen, dann werde ich zu widerstehen wissen. Und sollte ich mich doch einmal überheben und meine eigene Regel vergessen, dann hat jede von euch das Recht, mich in die Schranken zu weisen. Siehe, ich bin des Herrn Magd, nicht mehr, ‚ancilla Domini'! Und jede von euch ist es auch, nicht weniger.

Lasst uns jetzt darum beten, dass unser Herr und Gott uns immer wieder neu dazu befähigt, die uns jetzt gegebenen Regeln allezeit zu leben."

Damit war der Weg markiert, den die Gemeinschaft

der Miechowitzer Friedensschwestern künftig gehen sollte und gehen wollte. Hunderte von Schwestern aus den Regionen deutscher Sprache und aus allen möglichen anderen Nationen beschritten in den folgenden Jahrzehnten gerne diesen Weg und gingen ihn unter großem Segen, freilich nicht immer ohne Kampf.

Mutter Eva selbst hatte in der Folgezeit viel Anlass zu kämpfen. Zunächst gegen die tiefe Trauer, die sie erfüllte, als im Herbst desselben Jahres ihr geliebter Vater fern seiner Heimat plötzlich verstarb und ihre Mamá als Witwe nach seiner Heimführung und Beerdigung Moschen verließ und auf das Landgut Schorsow in Mecklenburg zog. Für die Tochter war das sehr weit weg!

Eva hatte zu kämpfen gegen die völlig andere Denkweise ihres als männlichen Werksleiter berufenen Pastors Johannes Ebeling. Der stellte sich hin und andere mussten knien. Der pfiff und andere mussten tanzen. Der ordnete an und andere mussten gehorchen. Nein, das war nicht die Art, die sie eingeführt hatte und die sie ihren Schwestern selbst vorlebte. Die zwangsläufig auftretenden Differenzen zwischen Pastor Ebeling und ihr machten Mutter Eva zunehmend Mühe, und sie wurde schließlich körperlich und seelisch krank. In dieser Situation folgte sie gerne einer Einladung ihrer Mamá nach Schorsow, wo sie zur Ruhe kommen wollte – und doch lange Zeit in Unruhe blieb.

Was ihr in der Stille ihres mecklenburgischen Exils besondere innere Unruhe machte, war die durch ihre derzeitige Depression wiedererwachte Neigung zu katholisch-mystischem Denken und ihre erneute Sehnsucht nach einem Leben in der Geborgenheit von Klostermauern. Ein solches Leben in der Abgeschiedenheit würde sie bewahren vor der Einbindung in die sündige Welt, die ihr Angst machte. Es würde ihr helfen, durch tiefere Hingabe an Gott und ein reicheres Gebetsleben in der persönlich gewünschten Heiligung zu wachsen. Dabei wusste Eva sehr genau, dass ihre Vorstellung von Schwesternschaft in den Freiheiten der Miechowitzer Regeln diesem Hang zum eigenen Leben in klösterlichen Ordnungen krass entgegenstand.

Sie ging in ihren verzweifelten Gedanken so weit, dass sie ihren Mitschwestern in der oberschlesischen Heimat nach häufigem Briefwechsel über den geistlichen Zuspruch und die biblische Wegweisung hinaus schließlich anbot, sich gemeinsam mit Pastor Ebeling aus ihrer Mitte oder von irgendwoher eine neue Leiterin zu berufen. Jede andere Person würde dieser Aufgabe besser gerecht als sie. Sie, Mutter Eva, wolle gerne zufrieden sein mit einem kleinen bescheidenen Arbeitsbereich inmitten der Schwesternschaft. Dieses Ansinnen an ihre Mitschwestern machte deutlich: Mutter Eva steckte in einer echten Lebens- und Glaubenskrise.

In ihrer Not wandte sie sich an ihren geistlichen Vater Pastor Friedrich von Bodelschwingh und führte mit ihm eine umfangreiche Korrespondenz. Am Ende des langen schriftlichen Gedankenaustauschs und des Ringens um Klarheit gelang es dem Betheler Anstaltsleiter schließlich, seine „geliebte Tochter“ mit liebevollen und zugleich deutlichen Hinweisen auf die einzige Notwendigkeit der Bindung an den auferstandenen und lebendigen Christus auf dem evangelischen Weg zu halten. Allein Christus! Als „Zeugin“ für seinen Rat zitierte er die von Mutter Eva so sehr geliebte Teresa von Ávila mit ihrem Ausspruch: „Nichts verwirre dich, nichts erschrecke dich, alles geht vorüber, Gott ändert sich nicht! Die Geduld erreicht alles.

Wer Gott besitzt, dem mangelt nichts. Gott allein genügt!" Ausschlaggebend für Mutter Evas „Umkehr" war wohl auch seine dringende Bitte, sich mit einem Lied des Greifswalder Pietisten Jakob Gabriel Wolf auseinanderzusetzen und die Strophen gründlich zu buchstabieren. Den Text hatte er seinem Brief beigelegt:

„Seele, was ermüdst du dich
in den Dingen dieser Erden,
die doch bald verzehren sich
und zu Staub und Asche werden?
Suche Jesum und sein Licht,
alles andre hilft dir nicht! …

Du verlangst oft süße Ruh,
dein betrübtes Herz zu laben:
eil zum Lebensquell hinzu,
da kannst du sie reichlich haben.
Suche Jesu und sein Licht,
alles andre hilft dir nicht! …"

Mutter Eva buchstabierte den Text und fand zurück in die alte Spur. Sie war allerdings von ihrem inneren Kampf so sehr geschwächt, dass an eine Rückkehr nach Oberschlesien zunächst nicht zu denken war. Heilung und Kräftigung brachte ihr dann ein längerer Aufenthalt in Palästina. Hier, angesichts der Lebens- und Wirkungsstätten ihres Herrn und Heilandes Jesus Christus orientierte sie sich wieder ganz neu nach vorne und begann, sich wieder auf ihre Arbeit für die Armen und Elenden ihrer Heimat zu freuen.

Dennoch sollte es noch lange dauern, bis es wieder zu

dieser Arbeit kam. Pastor von Bodelschwingh hatte andere Pläne mit der von ihm eingesegneten Diakonisse und dachte dabei in längeren Fristen. Er kannte ihr Denken und ihr umkämpftes Glaubensleben inzwischen wie kein anderer. Er wusste um ihre gesundheitliche Anfälligkeit und er wollte seinen guten Einfluss auf die besondere Schülerin auch im Blick auf deren „besonnenes Maßhalten“ nicht über die große Entfernung nach Oberschlesien ausüben müssen. Nein, Friedrich von Bodelschwingh wollte „seine“ Diakonisse in Reich- und Rufweite wissen. Deshalb beorderte er die neunundzwanzigjährige Friedenshort-Mutter zunächst in eine Arbeit in Bremen und holte sie später nach Bethel zurück.

Zwischenzeitlich hatte sich Mutter Eva eine kurze Zeit in ihrer Heimat aufgehalten zur Teilnahme an der Überführung der Särge ihrer Eltern aus der Gruft der Kreuz-Kirche Miechowitz nach Moschen.

In Bethel machte Bodelschwingh Eva zunächst zur Gehilfin von Oberin Emilie Heuser und dann gemäß dem einstimmigen Votum seiner Schwesternschaft zu deren würdigen Nachfolgerin.

Nun war Mutter Eva also doch Oberin geworden, was sie nie hatte werden wollen. Aber sie nahm die Berufung durch ihren „Vater“ und seine Schwesternschaft in gewohntem Gehorsam aus Gottes Händen, und sie füllte ihr Amt zu aller Zufriedenheit aus. Gerne war sie damit einverstanden, dass im Gegenzug eine Anzahl Betheler Diakonissen nach Miechowitz entsandt wurde, um die Arbeit der dortigen Gemeinschaft der Friedensschwestern zu unterstützen. Die Arbeit im Friedenshort ging derweil ohne Eva weiter, und sie wuchs auch ohne die Anwesenheit ihrer Gründerin von Jahr zu Jahr. Dass Mutter Eva mit

„ihren“ Schwestern in enger Verbindung blieb, war selbstverständlich. Es gab ja die Post, und Zeit für einen Brief musste immer wieder sein, und wenn er in tiefster Nacht bei Kerzenschein geschrieben wurde.

Nach dem Tod ihres Vaters 1893 hatte Eva von Tiele-Winckler ein zweites Erbe erhalten, wesentlich umfangreicher als das erste. Um den Versuchungen dieses neuen persönlichen Reichtums nicht zu unterliegen, gründete sie – nicht zuletzt auf Anraten von Pastor von Bodelschwingh – eine Stiftung, die ihren irdischen Besitz künftig verwaltete und dafür sorgte, dass das Geld in guter Weise der Fürsorge für notleidende Menschen zugutekam. Natürlich bekam auch der Friedenshort in Miechowitz Anteil an den Zuwendungen dieser Stiftung. Er erhielt eine eigene große neugotische Kirche, denn die evangelische Gemeinde Miechowitz war durch den Zuzug vieler Menschen aufgrund der wirtschaftlichen Entwicklung in der Region inzwischen auf mehr als zweihundert Personen gewachsen, die dringend ein eigenes Gotteshaus brauchten. Für Pastor Ebeling, der bis 1897 zugleich Anstaltspfarrer und Gemeindehirte war, gab es ein eigenes Pfarrhaus. In diesen Jahren wurde auch die „Zionsstille“ gebaut, ein großes, schönes Schwesternhaus. Die langsam, aber stetig wachsende Schwesternschaft brauchte eine eigene Bleibe. Der Verwaltungsrat der Stiftung, dem übrigens auch Pastor von Bodelschwingh angehörte, leistete gute, hilfreiche Arbeit bei der Vergrößerung des Gesamt-Friedenshortes, der mit den zugehörigen gärtnerischen und landwirtschaftlichen Außenanlagen inzwischen einen großen Bereich des ehemaligen Schlossparks in Anspruch nahm. Der hatte als Schlosspark inzwischen ohnehin ausgedient, da das Schloss nicht mehr von den Tiele-Wincklers genutzt wurde.

Die Jahrhundertwende war für Mutter Eva wieder ein Jahr schwerer Krankheit und langer Zeiten der Genesung und Erholung im Schwarzwald, in der Schweiz und an anderen Orten. Es war zugleich das Jahr, in dem sich andeutete, dass ihre Zeit als Oberin der Betheler Schwesternschaft zu Ende ging. Im Herbst 1901 gab Pastor von Bodelschwingh Eva als seine „Leihgabe" an den Friedenshort nach Oberschlesien zurück. Etwa zur selben Zeit holte er seine Schwestern wieder aus Miechowitz nach Bethel, sodass Mutter Eva die Leitung der Schwesternschaft und ihrer Arbeit wieder in ihre Hände nehmen musste. – Bis zu ihrem Tod sollte sie diese Aufgabe nicht wieder abgeben.

Sie leitete das wachsende Werk künftig von ihrem kleinen Holzhaus aus, das sie sich bauen ließ und das die Leute schlicht „Häuschen" nannten. Über dem Eingang ließ sie die Aufschrift anbringen: „Eigentum Jesu Christi". Das war nicht nur auf das hübsche Häuschen gemünzt, sondern auch auf seine Bewohnerin. Wer diesen Satz vielleicht nicht richtig zugeordnet hatte, wurde dann im Flur eindeutig über Mutter Eva belehrt. Auf Holz gemalt konnte er lesen:

„Der Dienst Jesu ist der Beruf meines Lebens,
der Wille Jesu ist das Gesetz meines Lebens,
die Gegenwart Jesu ist die Freude meines Lebens,
der Ruhm Jesu ist die Krone meines Lebens!"

Welcher Segen unter dieser Maßgabe in den folgenden Jahren und Jahrzehnten von diesem „Häuschen" ausgegangen ist, kann wohl kein Mensch ermessen. Die Zahl der Schwesternbriefe, die persönliche Post an Angehörige, Freunde und Gönner, auch solche an niedrige und hohe Behörden hat niemand gezählt. Die Zahl der Gedichte, die Mutter Eva bei allen möglichen Anlässen nur so aus der Feder flossen, ging in die Hunderte. Die langen und kurzen schriftlichen Auseinandersetzungen mit geistlichen und theologischen Fragen und ihre Überlegungen zu pädagogischen Themen füllten Bücher. Die Gründerin und Mutter der Friedenshort-Arbeit musste zuweilen selbst den Eindruck haben, ihr Tag habe mehr als vierundzwanzig Stunden.

Nur: Wie lange mochte das gut gehen, ohne dass es wieder zu einem Zusammenbruch kam? Denn bei aller Freude an ihrer Arbeit war Mutter Eva innerlich doch nicht zufrieden. Irgendetwas fehlte in der geistlichen Prägung des Werkes. Sie wusste aber lange nicht, was das war, trotz ihres intensiven Suchens. Sie erfuhr es schließlich, als sie 1905 mit einigen Freunden nach England und Wales reiste, um sich dort über die geistliche Erweckung zu informieren, über die überall in den frommen Kreisen auf dem Festland so viel geredet wurde. Was sie dann in London, in Cardiff und Neath erlebte, veränderte noch einmal ihr eigenes Leben und nach ihrer Rückkehr auch das Zusammenleben in der Dienstgemeinschaft, die inzwischen auf vierzig Schwestern angewachsen war.

Von der Insel jenseits des Kanals brachte Mutter Eva einige Erkenntnisse mit, die sich für sie sehr segensreich auswirken sollten. Da hatte sie ein paar Sätze einer frommen Londoner Heimleiterin im Ohr: „Um keinen Preis widerstehen Sie jemals dem Willen Gottes, zweifeln Sie niemals an seiner Weisheit und Liebe!“ Auch den Satz einer anderen

Londoner Christin hatte sie im Gedächtnis: „Das Kreuz, an dem Christus für uns starb, ist zugleich die Gerichtsstätte für unser natürliches Ichleben." Vor Augen hatte sie auch drei aufs Modernste gekleidete junge Frauen, die vor mehreren Hundert Menschen ihren Glauben auf eine Weise bekannten, wie Mutter Eva das nie erlebt hatte. In offenbar bisher falsch verstandener Demut und Zurückhaltung und wohl auch aus einer bisher nicht erkannten Selbstgerechtigkeit heraus hatte sie selbst das nie getan. Bisher hatte sie ihren Glauben nur nach innen gelebt, ihn aber nicht zeugnishaft bekannt. In jener Versammlung hatte sie innerlich deutlich den besonderen Anruf ihres Herrn gehört.

Zurück in ihrem Quartier ging die junge Frau voll innerer Unruhe auf die Knie und betete lange um die rechte Antwort. Während ihres Gebets wurde ihr plötzlich deutlich, dass sie Jesus Christus bisher nur als Gegenüber gesehen und geliebt hatte. Dass sie vor allem Regeln des Glaubens gefolgt war. Nun entdeckte sie die Nähe des lebendigen Jesus. Ihr ging auf, was Jesus nach Johannes 3 in seinem Nachtgespräch mit Nikodemus mit „neuer Geburt" gemeint hatte. Mutter Eva wurde sich bewusst, dass sie seit jenem Anfang in Berlin in den Glauben hineingewachsen war. Eine Neugeburt hatte sie nie erlebt. Die aber erfuhr sie in diesen denkwürdigen Augenblicken, und als sie sich endlich von ihren Knien erhob, hieß es für sie: „Christus in mir! Ein neues Ich, ein neues Leben."

Mit neuer, tiefer Freude kehrte sie nach Hause zurück, freilich auf Umwegen. Sie wollte in den Häusern ihrer Verwandten und Freunde von ihrer veränderten Sicht des Glaubens und ihrer neuen Jesus-Beziehung, von ihrer Wiedergeburt berichten. Und so bezeugte sie die Liebe Jesu in ähnlicher Weise, wie sie es bei den jungen, modernen

Frauen gesehen hatte. Wie leicht war ihr dabei ums Herz, wenn sie davon sprach, dass der Glaube und die persönliche Hingabe an den Gottessohn notwendig sei zum Leben und zum Sterben.

Wie glücklich war Mutter Eva, dass sie ihren neugewonnenen Glauben nun auch mit ihrem geliebten Bruder Hans-Werner teilen konnte. Der war inzwischen zu diesem Glauben gekommen. Er hatte sein Gut Rothenmoor zu einem Zentrum gemacht, in dem das Evangelium gelebt und verkündet wurde und von wo aus es weit ins umliegende Land strahlte. „Ist jemand in Christus, so ist er eine neue Kreatur …"

Mutter Evas Veränderung blieb in Miechowitz nicht ohne Folgen. Bis zu ihrer Reise nach Wales war es eine eher formale Frömmigkeit gewesen, wie sie es jetzt nachträglich empfand. Aus selbst gewählten Regeln hatte sie zu einer falsch verstandenen Demut vor ihren Mitschwestern geneigt. Ihr fröhliches Zeugnis von der Erneuerung ihres Herzens setzte unter den Frauen mit den weißen Tuchhauben eine gründliche Erweckung in Gang und eine grundlegende geistliche Neuorientierung. Evangelisations- und Bibeltage, die es im Friedenshort so bisher nicht gegeben hatte, taten das Ihre dazu, das gesamte Werk von innen her zu erneuern.

Die Oktobertage 1905 waren – so schrieb Mutter Eva im Rückblick später in ihr Tagebuch – „wie eine Wiedergeburt unseres Werkes und unserer Schwesternschaft. Von der Zeit an begann das Wachstum nach innen und nach außen, und schon im folgenden Jahr führte uns Gott ebenso viele Schwestern zu, wie in den vorhergehenden fünfzehn Jahren im Ganzen eingetreten waren."

Gott führte ihnen allerdings auch immer mehr Hilfsbedürftige zu, sodass der Friedenshort durch viele Neuaufnahmen vor allem von verwaisten und heimatlosen Kindern mehr und mehr an seine räumlichen und noch mehr an seine finanziellen Grenzen kam. Die Männer des Verwaltungsrats der Stiftung mahnten ernsthaft, die Türen der Friedenshort-Häuser vor neuem Elend zu verschließen. Mit dem Kassenstand ginge es rapide abwärts. Außerdem gebe es doch auch gar keinen Platz mehr in den Häusern.

Aber Mutter Eva verweigerte sich allen Mahnungen. Die Türen vor neuem Elend verschließen? Nein, das konnte Gott nicht wollen! Auch die Ankündigung des Vorstandes, dann eben die restlichen Gelder für das Werk zu sperren, konnte die Sicht ihres Auftrags für den Friedenshort nicht beeinflussen. Die Denkschrift, die sie eigens dazu verfasste, vermochte andererseits die Herren des Vorstandes nicht zu überzeugen. Sie waren nicht länger bereit, Mutter Evas Einstellung mit zu verantworten. Die Folge war, dass der Verwaltungsrat sich auflöste. Ein ganz neuer musste gebildet werden. Mutter Eva nutzte die gewonnene Freiheit, dieses Gremium nach ihren Wünschen zu besetzen. Sie fand in der eigenen Familie und in ihrer Freundschaft auch Männer genug, die zur Arbeit und zur Mitverantwortung bereit waren. Das änderte natürlich nichts daran, dass das Geld einfach nicht mehr vorhanden war, das die weiter wachsende Arbeit benötigte.

Mutter Eva erinnerte sich in diesen Tagen an das Werk August Hermann Franckes in Halle wie an das von Georg Müller in Bristol und daran, mit welch großem Gottvertrauen diese Männer ihre Einrichtungen führten. Sie verließen sich drauf, dass Gott ihnen von Tag zu Tag die Mittel in die Hände gab, die sie jeweils benötigten. Besonders aber erinnerte sie sich an Hudson Taylor, den Gründer der China-Inland-Mission, dem sie bei einem ihrer Aufenthalte in Davos begegnet war und der sie mit seiner Sicht der unbedingten Abhängigkeit von Gott tief bewegt hatte. Das schlichte Motto seines Lebens, nach Markus 11,22 aus vier Wörtern bestehend, hatte sie sehr bewegt: „Habt Glauben an Gott!“ Dieser Mann hatte mit einer privaten Bankeinlage von zehn Pfund sein Werk begonnen – für mögliche Geber musste ja ein Konto zur Verfügung stehen – und war dann in tiefem Vertrauen auf die Wahrheit der Zusagen Jesu in Matthäus 6,33 an die Arbeit gegangen: „Trachtet zuerst nach dem Reich Gottes und nach seiner Gerechtigkeit, so wird euch das alles zufallen.“ Ohne Werbung für seine Mission und ohne Kollektenaufrufe wurde sein Glaube zwar häufig an seine Grenze geführt, aber der Mann hatte nie Mangel in seiner Missionskasse. Wahrlich beispielhaft, fand Mutter Eva.

Für sie wurde dieser gesegnete Mann zum Vorbild, und es gelang ihr mit viel Gebet und in vielen Gesprächen, den neuen Stiftungsrat und auch ihre weiter gewachsene Schwesternschaft davon zu überzeugen, dass die Friedenshort-Arbeit nur auf der Basis des unbedingten Gottvertrauens weitergeführt werden konnte. „Trachtet am Ersten nach dem Reich Gottes und nach seiner Gerechtigkeit, so wird euch alles andere zufallen“, wie es im Luthertext in einer älteren Fassung deutlicher hieß. Die Einmütigkeit unter den Verantwortlichen und Betroffenen, allein auf dieser Basis des Glaubens und Vertrauens in Gottes Handeln die Arbeit fröhlich fortzusetzen und nach den sich ergebenden kommenden Erfordernissen auch auszuweiten, war überwältigend. Mutter Eva erblickte darin die Frucht der Erweckung und Erneuerung und ein deutliches Zeichen dafür, dass Gott sich zu ihrer Arbeit bekannte.

Die Mühen dieser Wochen und Monate brachten die Leiterin des Werkes allerdings wieder einmal an ihre gesundheitlichen Grenzen. Sie brach erneut zusammen und brauchte Monate, bis sie so weit hergestellt war, dass sie ihre Arbeit wieder aufnehmen konnte. Die Wochen im Herrenhaus ihres Bruders in Rothenmoor und der anschließende Aufenthalt in Estoril an der portugiesischen Atlantikküste – hier stand ihr unter anderen ihre Schwester Helene zur Seite – ließen ihre Kräfte langsam wieder zurückkehren.

In diesen Zeiten der Erholung entwickelte sie auch ihre Gedanken zur Ausweitung der Arbeit mit Kindern. Kinder lagen ihr doch schon immer besonders am Herzen, die, die ihr Leben noch vor sich hatten und schon in ihren jüngsten Jahren vom Schicksal gebeutelt kaum eine Zukunft vor sich hatten. Seit jene Mutter ihre fünf Kinder im Friedenshort abgeliefert hatte mit den Worten: „Wenn ich mich nicht vor dem Jüngsten Gericht fürchtete, würde ich sie alle fünf ersäufen“, ließ der Gedanke Mutter Eva nicht mehr los, sich mehr und intensiver um solche armen, ungeliebten und verlassenen Wesen zu kümmern.

Sie stellte sich dabei keine Einrichtungen vor im Stile von Waisenhäusern, wie es sie bereits vielerorts gab. Sie dachte in einer bahnbrechenden Vision eher an „Kinderheimaten“ in einzelnen Häusern, in denen sie jeweils zehn oder zwölf kleine und große Kinder vom Säugling bis zum Jungen oder Mädchen im vierzehnten Lebensjahr in gemischten „Familien“ sammelte, die anheimelnde Tier- oder Pflanzennamen bekommen sollten. Jeder „Familie“

sollte zur Leitung ein „Mütterchen“ gegeben werden, dazu ein oder zwei jüngere „Tanten“ als deren Gehilfinnen und wenn nötig, weiteres Personal für die Pflege und Versorgung des jeweiligen Hauses, für die Landwirtschaft und Gartenarbeit. Die „Mütterchen“ sollten gründlich ausgebildete Erzieherinnen oder auch Kinderpflegerinnen sein. Für die „Tanten“ genügte es, dass sie einfache Schwestern waren, Schülerinnen oder auch Praktikantinnen einer entsprechenden Bildungseinrichtung. Die „Mütterchen“ und ihre „Tanten“ sollten das Zusammenleben in ihren „Familien“ auf der Basis des unbedingten Gottvertrauens nach Matthäus 6,33 selbstverantwortlich organisieren. Sie sollten als Hausgemeinschaften versorgungsmäßig möglichst selbstständig und vom Gesamtwerk des Friedenshortes weitgehend unabhängig sein. Wahrlich ein fortschrittliches Konzept, das im gesamten Deutschen Reich und darüber hinaus seinesgleichen suchte, das freilich mit den Friedenshort-Kindern im „Schwalbennest“ und im „Binsenkorb“ in Ansätzen schon verwirklicht worden war.

Eine erste Kinderheimat nach diesem Konzept wollte Mutter Eva am liebsten in der Nähe von Breslau beginnen. Aus dieser Oderstadt kamen nämlich die meisten Anfragen um Aufnahme von eltern- und heimatlosen Kindern. Da erschien es ihr nur sinnvoll, dort im Niederschlesischen ein Haus zu erbitten für eine gute Kinderfürsorge nach ihren Vorstellungen.

Zum Jahresanfang 1910 fasste Mutter Eva ihre Sicht in ein langes Gedicht in der Absicht, mit dem Text Herzen zu bewegen und Hände für ihre Vision zu öffnen:

„… Kennt ihr die Kleinen mit dem trüben Blick?
Im Auge liegt es wie ein stilles Fragen.

Sie wissen nichts vom frohen Kinderglück,
ihr Leben ist ein Dulden und Entsagen.

So manch ein Kind tritt ein in diese Welt
und trägt den Fluch von seiner Eltern Sünden.
Wisst ihr, was einem solchen Kinde fehlt?
Ach, es kann nirgends eine Heimat finden …

Habt ihr noch niemals Jesu Wort gehört:
‚Wer solch ein Kind aufnimmt in meinem Namen,
der nimmt mich auf!‘ O tut, was er begehrt!
Groß ist der Lohn, denn er spricht selbst das Amen …

Die Not der Kinder ist mir auferlegt
wie eine Last aufs Herz, und ich will flehen,
bis mein Gebet der Allmacht Arm bewegt
und meine Augen die Erhörung sehen,

bis vor den Toren jener großen Stadt,
abseits vom Lärm der lauten, bunten Gassen,
ein Haus entsteht, das Raum für Kinder hat,
die arm und hilflos, elend und verlassen.

Ein großes Haus, erbaut von Gottes Hand,
im Garten Vogelsang und Duft der Rose,
und hoch am Giebel leuchtet weit ins Land
das goldne Wort: Heimat für Heimatlose! …

O wen die Liebe Christi treibt und drängt,
der bete, dass Gott selbst dies Werk vollende.
Er, der in Christo alles uns geschenkt,
er füllt auch Seiner Magd die leeren Hände! …“

Der Text des Gedichtes war noch nicht fertig, als Mutter Eva auf ihrem Schreibtisch fünf Mark liegen fand mit einem Zettel dabei: „Zur Ausbreitung unserer Kinderarbeit." Für die Empfängerin schien das bereits der Anfang einer Kette von Gebetserhörungen zu sein. In großer Dankbarkeit ging sie auf die Knie und stellte dieses Geld unter eine besondere Weihe zugunsten ihrer künftigen Kinderheimaten. Dann bat sie Gott darum, diese Erstlingsgabe für ihr Projekt hunderttausendfach zu vermehren. Welch eine Kühnheit des Glaubens, vor der die Beterin selbst für einen Moment erschrak! Dann aber wusste sie, dass Gott dieses Gebet erhören würde. In dieser Gewissheit schrieb sie die restlichen Strophen, die im Kopf bereits formuliert waren.

Den vollständigen Text trug Mutter Eva am 4. Januar 1910 ihrer Hausgemeinde vor – und erlebte ein überwältigendes Echo. Spontan legten die alten und jungen Hörer in teils kleinen, teils größeren Beträgen Geld zusammen, um den finanziellen Grundstein für das neue Projekt zu legen, und nach wenigen Tagen lagen bereits mehr als 2000 Mark in der entsprechenden Kasse. Selbst die Kinder beteiligten sich in anrührender Weise an der Sammlung, indem sie Spielgeld in den Beutel einlegten. Für Mutter Eva ein eindeutiges Zeichen dafür, dass sie diese neue Aufgabe angreifen sollte, ja angreifen musste, und zwar bald.

Das Gedicht „Heimat für Heimatlose" wirkte tatsächlich landauf, landab wie ein Türöffner für eine längst überfällige Sache. Das christliche Blatt „Heilig dem Herrn" des Blankenburger Pastors Ernst Modersohn druckte es ab, andere christliche Blätter übernahmen den Text – und die Spenden aus dem Land begannen zu fließen!

Mutter Eva freilich brauchte zunächst wieder einmal eine

Auszeit, um einem erneuten gesundheitlichen Zusammenbruch zuvorzukommen. Wieder machte ihr eine gewisse Herzschwäche Probleme und dazu die Lunge. Da deutete sich doch wohl keine aufkommende Tuberkulose an?

Eva erholte sich während sechs Wochen im Haus von Hans-Werner und seiner Dorothea in Rothenmoor und reiste nach ihrer Genesung über Bethel nach Hause zurück. Ihren früheren Wirkungsort erreichte sie gerade rechtzeitig, um noch an der Beerdigung ihres verehrten „Vaters" Pastor von Bodelschwingh teilzunehmen, der bis zu seinem Tode dem Friedenshort und seiner Gründerin freundschaftlich verbunden geblieben war.

Kaum wieder zu Hause, bekam Mutter Eva eine interessante Einladung nach Breslau. Dort hatte sie vor ihrer Erkrankung bei einer überregionalen größeren Glaubenskonferenz die Gelegenheit gehabt, ihr Gedicht vorzutragen und mit ihm ihr Projekt „Kinderheimaten" vorzustellen. Der Text war danach an einen Großkaufmann aus der Brauereibranche gelangt, der nach der interessierten Lektüre das starke Empfinden hatte, er solle dem Friedenshort sein Landgut „Warteberg" mit dem leer stehenden Herrenhaus anbieten. Dieses Anwesen befinde sich auf einem Berg des Katzengebirges nördlich von Breslau an der Oder zwischen Riemberg und Obernigk unweit der Bahnlinie Breslau-Posen. Es eigne sich mit seinen sechsundzwanzig zum Teil großen Zimmern und mit der zugehörigen Land- und Gartenwirtschaft gut zur Einrichtung einer Heimat für Heimatlose. Deshalb seine herzliche Einladung zu Gesprächen und zur Besichtigung.

Am 18. April 1910 saßen Mutter Eva und der Friedenshort-Pastor Adolf Arps mit dem Großkaufmann Kißling in dessen Breslauer Kontor zusammen, um sein

Angebot zu bedenken und zu bereden. Nach den üblichen Begrüßungsworten kam der Gastgeber zur Sache. Mit einer leichten Verbeugung sagte er: „Ich habe mit großem Interesse und starker Bewegung Ihr Gedicht gelesen, gnädige Frau. Ich habe hohe Achtung vor dem, was Sie vorhaben."

„Armut und Elend in unserm Land nehmen überhand, Herr Kißling ...", antwortete Mutter Eva.

„... Und die Leidtragenden sind die Kinder", ergänzte Pastor Arps. „Sie sind leider die schwächsten Glieder der Gesellschaft."

„Ich weiß", bestätigte der Kaufmann. „Kaum jemand kümmert sich, und was der Kinderschutzverein und die Ämter tun, ist so viel wie gar nichts. Ein Tropfen auf den heißen Stein."

„Wohl deshalb hat es Gott mir auf die Seele gebunden, dass der Friedenshort sich kümmert und sich darum bemüht, wenigstens einigen von den Ärmsten Heimat und Liebe zu bieten. Wir haben auch bereits etliche Breslauer Kinder in unseren Häusern."

„Wozu ich ergänzen möchte, dass unsere Kapazitäten in Miechowitz hoffnungslos erschöpft sind. Wir haben nicht einmal mehr den Platz für ein einziges zusätzliches Kind", nahm Pastor Arps mit deutlichem Bedauern die Bemerkung auf, überließ dann aber wieder Mutter Eva das Wort.

„Deshalb möchten wir versuchen, nicht gerade in Ihrer Stadt, aber doch in ihrer Nähe eine Kinderheimat zu gründen, wie wir diese Häuser nennen. Dabei möchten wir allerdings möglichst nicht irgendwo zur Miete sein. Eigener Besitz bewohnt sich leichter als fremder. Wo Kinder sind, geht es zuweilen turbulent und laut zu. Sie verstehen, was ich meine, Herr Kißling. Auch wegen der Menschen drum herum."

„Und sicher auch wegen der guten Landluft und dem freien Auslauf in die Natur möchten Sie die Kinderheimat lieber vor der Stadt wissen", mutmaßte der Gastgeber und ergänzte: „Auch vielleicht wegen der Möglichkeit der Beschäftigung in Haus, Garten und Feld wenigstens der älteren Kinder?"

„So ist es, Herr Kißling", bestätigte die Diakonisse. „Ich denke, unter diesen drei Gesichtspunkten haben Sie uns etwas anzubieten."

„Richtig, Mutter Eva – ich erlaube mir, auch Mutter Eva zu sagen – und Herr Pastor Arps. Ich zeige Ihnen ein Bild." Der Mann griff hinter sich, nahm eine Fotografie von seinem Schreibtisch und legte sie den beiden Gästen vor.

„Ein herrliches Gebäude!", entfuhr es den beiden beinahe gleichzeitig.

„Das ist mein geliebter Warteberg, meine Herrschaften. Ich bin bereit, ihn abzugeben und zur Verfügung zu stellen."

„Wirklich ein schönes Haus! Wie ein kleines Schloss!", schwärmte Mutter Eva. „Und das sind Sie bereit, uns zu geben?"

„Ich hätte Sie sonst nicht hierher eingeladen, Mutter Eva", gab der Mann freundlich zurück.

„Welche Bedingungen stellen Sie?" Diese direkte Frage kam von Pastor Arps. „Sie sind Brauereikaufmann."

Der Gastgeber stutzte für einen Moment. Der Hinweis auf seine Geschäfte schien ihn zu ärgern. „Dass ich in meiner Firma Bier braue und es auch verkaufe, tut hier nichts zur Sache, Herr Pastor", wies der Unternehmer den vermuteten Einwand spitz zurück. „Ich weiß selbst, dass der Alkohol eine wesentliche Ursache für das Elend in dieser Welt ist, unter dem eben auch Kinder bereits leiden. Aber wie einer mit Alkohol umgeht und wie viel Bier und andere Spirituosen er sich leisten und vertragen kann, muss doch jeder Mensch selbst wissen, oder etwa nicht?"

„Verzeihen Sie, Herr Kißling", bemühte sich Mutter Eva den etwas herben Ton ihres Gastgebers zu mildern. „Pastor Arps hatte die Bemerkung nicht gegen Sie gerichtet. Aber ich wüsste jetzt gerne doch Ihre Bedingungen. Ich gebe zu bedenken, wir sind ein frommes Unternehmen, wenn man das so sagen darf, und ich weiß nicht, ob Sie unsere christlichen Ziele mittragen und es zulassen, dass in Ihrem Haus die Bibel hoch geachtet und gelesen wird, dass morgens und abends und zu den Mahlzeiten gebetet wird und dass fromme Lieder gesungen werden."

„Ich hätte das auch gar nicht anders erwartet, Mutter Eva", nahm der Mann diese „Arbeitsbeschreibung" auf. „Ich gebe zu, ich teile Ihren Frömmigkeitsstil nicht. Ich bin vielleicht so etwas wie ein verweltlichter Katholik. Dennoch stelle ich keine Bedingungen. Ich schenke – wenn Sie es sich schenken lassen! Dann ist das Haus Ihr Haus. Schauen Sie, ich zeige Ihnen Pläne vom Haus und auch vom zugehörigen Grund und Boden. Immerhin etliche Morgen Land, bestens im Schuss." Damit legte er zu dem Bild ein paar Papierbögen, aus denen der Aufbau des großen Gebäudes und die Struktur der zugehörigen Gärten und Felder auf dem Warteberg leicht zu entnehmen war.

Nachdem die beiden Gäste die Zeichnungen eine Weile betrachtet und zu einzelnen Dingen Rückfragen gestellt hatten, sprach noch einmal Pastor Arps: „Verzeihen Sie die Frage, Herr Kißling. Sie haben gesagt, Sie schenken.

Das ist außerordentlich großherzig von Ihnen. Sie möchten aber nicht im Gegenzug etwa Mitglied in unserm Werks-Vorstand werden?"

Kaufmann Kißling wurde nun doch ein wenig ungehalten. Diese Frage gefiel ihm offenbar überhaupt nicht. Mutter Eva spürte das deutlich, und sie bemühte sich um Entschärfung der Situation. „Sie müssen wissen, Herr Kißling, dass Pastor Arps aus einer bestimmten Erfahrung spricht. Es ist durchaus eine häufige menschliche Erscheinung, dass der, der gibt, mitreden möchte darin, was mit seiner Gabe geschieht. Hab ich recht?"

„Sie haben leider recht, Mutter Eva", gab der Kaufmann zu und wirkte bereits wieder ruhiger. „So sind die Menschen halt. Aber wenn ich Ihnen gesagt habe, ich schenke ohne Bedingungen, dann ist das auch so. Nehmen Sie mir das bitte ab!"

„Gut! Sehr gut! Danke, Herr Kißling! Verzeihen Sie bitte die angedeuteten Bedenken", bestätigte Mutter Eva die Antwort des Mannes mit deutlichem Nachdruck. „Dann lassen Sie uns doch hinausfahren, damit wir uns das Objekt gemeinsam anschauen."

„Ein wunderbares Haus und ein herrliches Stück Erde!" In diesen Satz fasste Mutter Eva ihren Eindruck von dem großen Anwesen auf dem Hügel mit weitem Blick ins Umland zusammen. Dann musste sie doch noch einmal nachfragen: „Bitte verstehen Sie meine nochmalige Frage nicht falsch, Herr Kißling. Sie schenken diesen herrlichen Fleck Erde wirklich ohne irgendeine Bedingung?"

„Nicht ganz", kam es jetzt von dem Mann zurück, und er ließ damit Mutter Eva und Pastor Arps leicht erschrecken.

„Dann nennen Sie uns bitte den Pferdefuß“, forderte Mutter Eva mit beinahe flehender Stimme.

„Nicht ein Pferdefuß, meine Herrschaften“, antwortete Herr Kißling. „Es sind acht Pferdefüße. Sie müssen nämlich die Landwirtschaft mit übernehmen, dreißig Morgen Land, dazu zwei Pferde, einen Stallburschen und alle Gerätschaften.“

Jetzt verschlug es den Miechowitzer Gästen für einen Moment die Sprache. Damit war ihnen ja auch die Sorge um die Versorgung der künftigen Bewohner dieses Hauses genommen! Vorsichtig fragte Mutter Eva weiter: „Auch wenn ich das kaum zu fassen wage, Herr Kißling, zwei Pferde, den Stallburschen und die Landwirtschaft, frage ich: Haben Sie vielleicht doch noch eine Bedingung?“

„Ich sage sie Ihnen gerne, gnädige Frau“, schmunzelte der Kaufmann. „Meine letzte Bedingung ist – dass Sie mein Geschenk annehmen und sich darüber herzlich freuen. Mehr nicht.“

Jetzt wäre Mutter Eva dem guten Mann vor Freude am liebsten um den Hals gefallen. Sie beherrschte sich aber und sagte nun selbst mit einem Lächeln auf dem Gesicht: „Aber wir dürfen neben Ihnen doch unserem Gott herzlich dafür danken, dass er Sie zu dieser Großtat bewegt hat!? Und wir dürfen ihm doch auch später im Friedenshort Loblieder singen!?“

„Keine Einwände, Mutter Eva!“, lachte Herr Kißling und fuhr fort: „Wenn Sie sich in der Weise freuen, freue ich mich herzlich mit. Sie mögen, wenn Sie wollen, schon hier ein Loblied anstimmen. Diakonissen und Pfarrer haben doch das Singen im Blut. Ich kann nur leider nicht gut singen, und Ihre Lieder sind mir wohl auch nicht geläufig. Also?“

„Nun gut“, freute sich Mutter Eva. „Pastor Arps, stimmen wir in großer Freude und Dankbarkeit ein Lied zum Lob Gottes an.“ Dabei konnten sie eine tiefe Ergriffenheit ihres großzügigen Gönners beobachten, dem tatsächlich die Augen feucht wurden.

Die Nachricht von der großzügigen Schenkung der Familie Kißling verbreitete sich in Windeseile unter den Freunden des Friedenshortes in allen Regionen des Deutschen Reiches und darüber hinaus. Bald kamen von überall her Gaben für die Wohnräume auf dem Warteberg, für Küche und Esssaal, für Waschküche und Nähstube. Es kamen auch Gerätschaften für die Arbeiten in den Obst- und Gemüsegärten und sogar Kühe und Schweine für die Ställe. Finanzielle Mittel gingen auch immer wieder für die Herrichtung des großen Hauses ein, das mehrere „Familien“ zugleich aufnehmen konnte und sollte. Gottes Antworten waren in vielfältiger Weise handgreiflich zu erfahren.

Eine Schar Schwestern und freiwilliger Helfer aus Miechowitz und anderen Orten machte sich bald daran, das Haus für seine Bestimmung kind- und familiengerecht wohnlich zu gestalten. Die Kaufmannsfamilie Kißling ließ es sich auch nicht nehmen, weiterhin eine großzügige Hand zu zeigen und manche Hilfe zu leisten. Die „Heckenrosen“, „Mohnblumen“ und „Kornblumen“ sollten doch möglichst bald ihr Haus in Besitz nehmen können.

Bereits im Juli 1910 war die „Heimat für Heimatlose“ auf dem Warteberg dann so weit hergerichtet, dass sie sich mit Leben füllen konnte. Dreißig Kinder zogen zunächst mit ihren „Mütterchen“ und „Tanten“ ein und mit weiteren Leuten, die sich für die Hilfe drinnen und draußen angeboten hatten. – Später sollten bis zu neunzig Kinder in sechs Familien den Warteberg bewohnen.

Ende Juli 1910 wurde diese erste Kinderheimat offiziell eingeweiht. Es war ein großes Fest mit reger Beteiligung der Menschen aus der Umgebung, vieler Freunde des Friedenshorts von nah und fern und mit dem Freund des Werkes, Pastor Ernst Modersohn, als Festredner.

Der Warteberg war der Anfang. Ihm folgten nach und nach Häuser für die „Christrosen" in Beuthen, die „Enziane" in Herischdorf. Es entstand die „Offene Tür" in Breslau als ein Durchgangshaus für Kinder, für die es nicht sofort einen Familienplatz gab. In Friedrichsgrund im Eulengebirge wuchs eine ganze Kolonie, ein regelrechtes Kinderdorf. Die „Veilchen", zumeist Großstadtkinder aus Berlin, bekamen ein Haus in Zehlendorf, die „Lilien" und „Rosen" ihre Heimat im „Gottesgarten" in Grunau am Zopten. Die „Zaunkönige" zogen in Tessin bei Rostock ein. In Wernigerode im schönen Harz entstand die Kinderheimat „Paradies". Im weit entfernten Hinterpommern und im noch weiter entfernten Ostpreußen bekamen die „Forellen", die „Efeuranken" und die „Immortellen" ihre Orte. Weit im Westen des Reiches gab es in Solingen die „Nelken" und die „Glockenblumen" und so weiter und so weiter. Insgesamt entstanden im Verlauf der nächsten Jahre über das ganze Land verteilt in fünfunddreißig Orten mehr als sechzig Kinderheimaten, in denen etwa 3000 Kinder Liebe und Geborgenheit empfingen und durch die Liebe ihrer „Mütterchen" und „Tanten" auch die Liebe Christi.

Diese Liebe empfingen nach 1913 viele Kinder auch durch die Aktivitäten des „Sternenbundes", den Mutter Eva nach dem Motto gründete: „Kinder können Kindern helfen." Durch den „Sternenbund" ließen sich Kinder und auch Erwachsene in die Fürsorge rufen, die bereit waren, eine Patenschaft für ein Kind irgendeiner Heimat zu übernehmen, es zu unterstützen durch Briefe und Päckchen und wenn möglich auch durch persönliche Kontakte. Zum „Sternenbund" gehörten nach wenigen Jahren bereits weit mehr als tausend Personen, und manches aus seiner „Kinderheimat" entlassene Mädchen und mancher Junge fanden durch seinen „Stern" oder sein „Sternchen" Anschluss an die Welt außerhalb seiner bisherigen Geborgenheit.

Inzwischen hatte Mutter Evas Arbeit auch internationale Züge bekommen. Zu ihrer „Gemeinschaft der Friedensschwestern" gehörten längst Frauen aus allen Teilen Deutschlands, aus der Schweiz und aus Österreich, aus den skandinavischen Ländern und aus England. Auch aus dem Baltikum und anderen Ländern Osteuropas gehörten Frauen dazu und selbst solche vom afrikanischen Kontinent, später sogar eine Chinesin. Bald musste die Zahl der Schwestern in Hundertern gezählt werden. Ihr vielfältiger Dienst der Liebe geschah in Krankenhäusern, Kindergärten, Waisenhäusern, auf Gemeindeschwesternstationen und überall dort, wo er sonst erbeten und angefordert wurde. Ein Segen für Land und Leute!

Miechowitzer Schwesterndienst geschah bald aber auch jenseits der Meere. Die Begegnung mit einer Schwiegertochter Hudson Taylors hatte Mutter Eva und den Friedenshort für die Äußere Mission geöffnet. Friedensschwestern arbeiteten seit 1909 und verstärkt seit 1912 in Zusammenarbeit mit anderen Missionswerken als Missionarinnen unter den Miaos im Inneren Chinas, unter den Lappen in Nordnorwegen, dazu in Indien, Mittelamerika und Afrika.

Ein weiteres Arbeitsfeld ergab sich, nachdem Mutter Eva die offizielle Erlaubnis bekommen hatte, Gefängnisse zu besuchen und dort das Evangelium zu verkünden und Seelsorge zu betreiben. Großen Eindruck hinterließ sie mit ihrer ausdrücklichen Bereitschaft, mit einer Strafgefangenen, die als der Schrecken der Anstalt galt, für deren verschärften Arrest in dieselbe Zelle zu ziehen, um dieser Frau beizustehen und auf ihre innere Veränderung hinzuwirken. Der begleitende Zellenaufenthalt wurde Mutter Eva allerdings nicht gestattet. Dennoch gelang es ihr durch ihre anhaltende Liebe und Fürsorge von außen, den Grundstein zu legen für eine Änderung im Wesen dieser Frau.

Später bekam Mutter Eva eine Art Generalvollmacht für die Gefangenenseelsorge in Frauengefängnissen, freilich nur für evangelische Insassen. Da sie zu solchen Diensten nicht selbst genügend Zeit hatte, führte sie Mitschwestern in die Arbeit ein und schickte sie in die Versammlungsräume und Zellen der Haftanstalten, wobei sie bei ihren Besuchen immer Blumen oder andere Gaben für die Strafgefangenen mitzunehmen hatten.

Aus diesen Diensten ergab sich bald die Notwendigkeit, sich auch um aus der Haft entlassene Frauen und Mädchen zu kümmern. Es entstand die „Friedenspforte“ in Miechowitz als erstes Heim für solche Frauen. Ihr folgten bald weitere Häuser in Schlesien und anderswo mit ähnlichem Auftrag.

Aus dieser Arbeit folgte auch die vorbeugende Fürsorge für gefährdete Frauen und Mädchen. Miechowitzer Schwestern arbeiteten so missionarisch und seelsorgerlich in mancher Großstadtmission und in vielen Werken der Mitternachtsmission ganz nach dem Motto ihrer Mutter Eva: „… es ist an allen Orten ein Dienst für mich bereit …"

Daran gab es auch keine Abstriche während der Jahre des Weltkrieges 1914–1918 und nicht während des Aufstandes der Polen 1921 in Oberschlesien und der schwierigen wirtschaftlichen Situation dieser Jahre. Gott selbst sicherte die Versorgung der vielen Menschen des großen Arbeitsfeldes und ihrer Häuser, auch wenn es zuweilen mehr als knapp zuging und die Teller manches Mal wirklich leer blieben. Das zwang zu einer Sparsamkeit bis an die äußersten Grenzen und es zwang zu verstärktem Gebet und Gottvertrauen.

Wegen der Nöte der Kriegs- und Nachkriegszeit kümmerte sich Mutter Eva darum, dass Deutsche und Polen sich nicht vollends auseinanderlebten und nur noch gegeneinander standen. Ihre Arbeit diente der deutsch-polnischen Völkerverständigung aus der Liebe Christi unter Großen und Kleinen, Gesunden und Kranken, Militärs und Zivilisten. Denn Miechowitz wurde zeitweise zum Lazarett, und in Lodz wurde 1917 ein deutsch-polnisches Kinderheim gegründet, das über viele Jahre eine ausgezeichnete Arbeit leistete. Dass Miechowitz und seine Nachbardörfer nach der Volksabstimmung von 1921 bei Deutschland blieben, war Mutter Eva eine Gebetserhörung – in die politischen Diskussionen und Auseinandersetzungen hatte sie sich nicht eingeschaltet –, blieb ihre Arbeit doch von diesem Volksentscheid letztlich unbehelligt, auch wenn die erschwerten Kontakte in die nunmehr unmittelbare polnische Nachbarschaft manche Mühe brachten.

Mutter Eva wurde auch immer wieder zur Bauherrin.

Im Miechowitzer Friedenshort entstand im Laufe der Jahre noch eine Reihe von weiteren Gebäuden, die für die umfangreiche Arbeit notwendig waren. Das letzte große Bauvorhaben, das sie verwirklichte, war das Schwesternhaus „Heilig dem Herrn“, das im Mai 1927 als achtundzwanzigstes Gebäude auf dem Gelände feierlich eingeweiht wurde. Finanziert war auch dieses Haus nach der Leitlinie aus Matthäus 6,33: „Trachtet zuerst nach dem Reich Gottes und nach seiner Gerechtigkeit, so wird euch das alles zufallen“, und nach dem Satz: „Alle Dinge sind möglich dem, der da glaubt.“

Wie Mutter Eva bei all ihrer Arbeit in Miechowitz auch immer noch weit im Land unterwegs sein konnte, um hier und dort Einladungen zu Vortragsdiensten aller möglichen Art zu folgen, zu Bibelwochen, Erbauungsstunden und persönlicher Seelsorge, das gehörte wohl wie alles andere eingeordnet in die Kategorie „Wunder Gottes“. Dass sie dabei auch noch eine äußerst umfangreiche schriftstellerische Arbeit leistete, kann unter demselben Gesichtspunkt betrachtet werden.

Dass eine solche Arbeitsleistung die begnadete Frau immer wieder an die Grenzen ihrer Belastbarkeit brachte, erscheint dabei fast zwangsläufig. Es muss wohl als eine besondere Gnade Gottes angesehen werden, dass für Mutter Eva nach häufig wiederkehrenden und zuweilen erheblichen Strecken durch „finstere Täler“ (Psalm 23) doch immer wieder Wegstrecken folgten, die über Höhen führten, so lange Gott noch Aufgaben für sie hatte.

Myrthen und Rosen

Im Frühjahr 1930 reiste Mutter Eva mit Weggefährtinnen wieder einmal in ihr geliebtes Engadin. Sie brauchte Abstand, Ruhe, Besinnung, Erholung. Ihr altes Herz- und Lungenleiden machte sich erneut bemerkbar, und sie wollte einem Anwachsen der Beschwerden zuvorkommen.

Wie sie diese Wochen in den Schweizer Bergen genoss! Wie ihr die Stille im herrlichen Hochtal von St. Moritz so wohltat! Den Karfreitag hier oben zu feiern und drei Tage später den Tag der Auferstehung Jesu, war ihr in diesem Jahr ein ganz besonderes Fest. Hier ging es ihr ganz neu auf: „Osterchristen – glückselige Christen!" So schrieb sie ihren Schwestern nach Hause, und es klang wie eine Art geistliches Vermächtnis. Ob die Worte auch so verstanden werden mussten?

„... Versöhnte durch den Tod – Glückselige durch das Leben des Christus, in dem des Vaters Liebe sich offenbart hat! Lasst uns so wandeln, ihr geliebten Schwestern! Das Alte ist vergangen, siehe, es ist alles neu geworden: neue Ziele, neue Triebe, neue Beweggründe, neue Sehnsucht, neue Kraft! Der Herr wirke es an jeder Einzelnen und lasse uns verbunden werden zu einer Schar, die Ihm, dem großen Osterkönig, zur Verfügung stehe und kein höheres Ziel hat als die Verherrlichung seines Namens! In Ihm liebt und grüßt euch alle eure Mutter!"

Gesund wurde Mutter Eva dort im Engadin allerdings nicht. Die Beschwerden wollten nicht weichen. Sie wuchsen zu ihrem Leidwesen sogar an. So suchte sie weitere Erholung im österreichischen Gastein und musste von dort doch ins Krankenhaus nach Breslau gebracht werden. Hier begann sie wohl zu spüren, dass Gott dabei war, ihr die Arbeit aus den Händen zu nehmen. Sterben wollte sie in Breslau freilich nicht. Es zog sie mit Macht nach Miechowitz, in ihren geliebten Friedenshort, in ihr Häuschen. Dorthin ließ sie sich dann auch verlegen.

Die Schwerkranke war kaum zurück in ihrer „Heimat in Nebel und Rauch“, da nahm die Krankheit Formen an wie nie zuvor. Ihr Zimmer im Häuschen wurde zur Leidensstube für schwere Wochen mit hohem Fieber und schlimmen Schmerzen. Mutter Eva trug es geduldig, in dem Bewusstsein, dass diese Wochen ihre letzten waren. Während die körperlichen Kräfte mehr und mehr abnahmen, blieb ihr Geist hellwach, und sie nahm weiterhin regen Anteil an allem, was sich in ihrem Werk irgendwo in der weiten Welt zutrug.

Als das eigene Schreiben nicht mehr ging, diktierte sie, was ihr auf der Seele brannte. Schwester Martha Magnus, ihre Mitstreiterin aus den ersten Anfängen, wich ihr kaum noch von der Seite und las ihr vor, was sich ihre geliebte Mutter erbat. Sie wechselte sich dabei ab mit Schwester Friede von Hedemann, die von der Kranken in dieser Zeit noch darauf vorbereitet wurde, später einmal ihren Platz einzunehmen, wenn die Schwesternschaft und das Kuratorium der Stiftung dem zustimmten.

Immer wieder kam auch Pastor Walter Zilz, der seit 1921 mit ihr das Werk leitete, zu ihr herein, um mit ihr zu beten, ihr Kraft und Mut zuzusprechen und ihr die Herrlichkeit des Lebens nach dem Tode vor Augen zu stellen.

Michel, einer ihrer langjährigen Schützlinge im Dorf, durfte freilich nur durch das Fenster einen Blick auf seine „Mutter“ werfen. Dabei liefen dem alten Mann im Mitleiden und vor Schmerz die Tränen nur so über das runzlige Gesicht. Dass Gott es gnädig mit seiner Mutterliczka mache, war wohl sein inniges Gebet, stellvertretend für viele, die wohl auch gerne durch dieses Fenster geschaut hätten.

Ein großer Wunsch wurde der Sterbenden dann noch erfüllt: Sie erlebte die Ankunft ihrer „China-Kinder". Das waren ihre beiden chinesischen Mitschwestern, um die sie so sehr gebetet hatte. Die Gelegenheit, sie auf ihrem Arbeitsfeld zu besuchen, war ihr versagt geblieben. Umso größer die Freude, die beiden Schwestern aus dem Reich der Mitte auf ihrem Sterbelager noch sehen und segnen zu können. „Es ist alles nur Gnade – nur Gnade", flüsterte sie mit bereits gebrochener Stimme. „Ich rechne mit nichts als mit dem allgenügenden Verdienst unseres Herrn ... Ich bin sein Gnadenkind – sein glückliches Gnadenkind!"

Ein letzter Gruß, den die Sterbende noch registrieren konnte, war ein Strauß Myrthen und Rosen, der ihr ans Fußende des Bettes gelegt wurde. Er war von Thekla gekommen, jener Mitstreiterin der ersten Stunde, als sich das adelige Fräulein Eva von Tiele-Winckler zu den Armen und Elenden ihres Dorfes hinwendete, aus dem inzwischen längst eine Stadt geworden war. Wenn Thekla auch nie Friedensschwester geworden war, so war sie doch ihr Leben lang Mutter Eva in tiefer Treue verbunden geblieben.

Am 21. Juni 1930 war der schwere letzte Kampf für Eva von Tiele-Winckler ausgestanden. Die Kirchenglocken teilten es kurz nach neun Uhr abends den Menschen im Friedenshort und in Miechowitz mit: Mutter Eva, unsere Mutter, die Mutter von Hunderten Schwestern, die Mutter von Tausenden Kindern hatte für immer die Augen geschlossen und ihr Lebensziel in der ewigen Heimat Gottes erreicht. Das vornehmste Motto ihres reichen Lebens hatte sich mit diesem Tag erfüllt:

„Der einzige Zweck des Lebens: Gottes Verherrlichung.
Das einzige Ziel: die Umgestaltung in Jesu Bild.
Die größte Freude: das Tun Seines Willens.
Die höchste Seligkeit:
die vollkommene Vereinigung mit Ihm!"

In den Herzen und Häusern des Friedenshortes zog Trauer ein. Aber nicht nur dort, sondern auch in den vielen nahen und fernen Kinderheimaten und in den zahlreichen anderen Häusern und Einrichtungen, in denen Miechowitzer Schwestern ihren Dienst taten. Dank der Telegrafentechnik ging die traurige Nachricht auch weit hinaus in die Welt zu vielen Personen, die ebenso von dem Ereignis betroffen waren.

Der Friedenshort füllte sich in den nächsten Tagen mit ungezählten Menschen, die in „getrösteter Traurigkeit" ihrer Mutter die letzte Ehre geben, ihr noch einmal in ihr feines, in einer tiefen Verklärung lächelndes Angesicht schauen und so von ihr Abschied nehmen wollten. Sie taten es gemeinsam mit vielen Menschen der oberschlesischen Heimat, die über Stunden in langer schier endloser Reihe am offenen weißen Tannensarg vorbeizogen, der in der Kirche aufgestellt war, von einem Meer von Blumen umgeben und von Bergleuten in ihren Prachtuniformen ehrenvoll „bewacht".

Zugleich erreichte den Friedenshort in diesen Tagen eine große Anzahl von Trauerdepeschen und Beileidsbekundungen von anderen Mutterhäusern, von christlichen Vereinigungen und Werken, von Kirchenleitungen und auch von Behörden des Ortes, des Kreises und des Bezirks. In den Augen vieler Repräsentanten des geistlichen und weltlichen öffentlichen Lebens war Mutter Eva – was sie nie hatte sein wollen – eine Persönlichkeit mit Vorbildcharakter und einer Lebensleistung, die ihresgleichen suchte und der in großer Dankbarkeit ein ehrbares Andenken zu gewähren sei.

Mutter Evas Beerdigung am Mittwoch, dem 25. Juni, auf dem Schwestern-Friedhof im Friedenshort wurde zu einem Fest der Ehre Gottes. Die Kinder der örtlichen Heimaten säumten den Weg von der Kirche zur Grabstelle, jedes mit einer langstieligen weißen Lilie in den Händen und manches mit Tränen in den Augen. Gestaltet wurde die Grablegung von der großen anwesenden Schwesternschaft, die ihrer Mutter ihr Abschiedlied sang mit dem Kehrvers: „... Das ist Seligkeit, das ist Seligkeit, wenn ein armes, armes Leben ist ihm ganz geweiht."

Gestaltet wurde sie auch von der Ansprache des neuen Betheler Leiters Pastor Fritz von Bodelschwingh, der das Werk der „innig geliebten Tochter" seines Vaters noch einmal aus dessen Sicht würdigte, und von der Abschiedsrede von Pastor Walter Zilz, der seit fast zwanzig Jahren gemeinsam an der Seite der Verstorbenen das Werk geführt hatte. Er sprach unter anderem von der „leuchtenden Spur", die Mutter Eva „in unserem und vieler Leben gewesen" sei, sie habe „den Herrn Christus vorgelebt, so weit dies ein armer Mensch überhaupt tun kann".

Das klang wie eine Einladung an alle Anwesenden und an alle, die von dieser Feier Nachricht erhalten sollten, ganz im Sinne dessen, was im dreizehnten Kapitel des Hebräerbriefs nachzulesen ist: „Gedenkt an eure Lehrer, die euch das Wort Gottes gesagt haben; ihr Ende schaut an und folgt ihrem Glauben nach. Jesus Christus gestern und heute und derselbe auch in Ewigkeit. Amen!“

Mutter Evas Grab unter dem zentralen Kreuz auf dem Schwesternfriedhof erhielt nun nicht etwa einen großen, würdigen Gedenkstein, wie die Gründerin des gesegneten „Friedenshort“-Werkes ihn verdient hätte. Eine solche Ehrung hätte sie wohl energisch abgelehnt. Lediglich eine schlichte Grabplatte gab künftig davon Zeugnis, wer hier beerdigt lag, sogar ohne dass ihr Name genannt war: die Mutter unter ihren Schwestern, eine treue Magd des Herrn unter ihresgleichen, alles zu Gottes alleiniger Ehre. Deshalb waren auch nur sieben Worte in schlichter Schrift in drei kurzen Textzeilen in die Steinplatte gemeißelt. Das sollte genügen, das Andenken an diese begnadete und gesegnete Frau für die Zukunft wachzuhalten:

„Soli Deo Gloria
Unsere Mutter
Ancilla Domini“

Ancilla Domini – Magd des Herrn

Es hat mich einst gerufen die höchste Majestät,
als vor des Thrones Stufen ich weilte im Gebet.
Und zitternd klang's wie Amen: Herr, Deine Magd ist hie!
Da rief er mich mit Namen: Ancilla Domini!

Seitdem bin ich gebunden, die Magd des Herrn zu sein
und alle Tag und Stunden mich seinem Dienst zu weihn.
Das heilige Vermächtnis, das mir mein Herr verlieh,
bleibt stets mir im Gedächtnis: Ancilla Domini!

Wo immer ich mag wandern durch dieses Leben hin
von einem Tag zum andern, so bleibt dies mein Gewinn:
in Freuden und in Schmerzen, in Arbeit und in Müh'
tönt's froh in meinem Herzen: Ancilla Domini!

Es ist an allen Orten ein Dienst für mich bereit,
mit Taten und mit Worten, wie es mein Herr gebeut.
Und wenn in stiller Stunde ich betend vor ihm knie,
dann heißt's im tiefsten Grunde: Ancilla Domini!

Es ist ja nur so wenig, wie ich ihm dienen kann;
doch Er, mein großer König, Er sieht es gnädig an.
Die Werke, die ich übe, Er selbst bereitet sie,
füllt mich mit seiner Liebe: Ancilla Domini!

Und wird die Nacht auch kommen, da niemand wirken kann,
wird mir der Dienst genommen, den ich so gern getan,
ja, ruhen meine Hände – mein Herr entlässt mich nie!
Ihm dien ich ohne Ende: Ancilla Domini!

Eva von Tiele-Winckler

Quellennachweis

Bibelstellen sind nach der Lutherbibel 1984 zitiert, auch wenn es deren Textfassung zu Lebzeiten von E.v.Tiele-Winckler noch nicht gab. © Deutsche Bibelgesellschaft, Stuttgart 1999.

Die beiden polnischen Bibelzitate aus: Towarzystwo Biblijne w Polsce, Warszawa 1994.

Quellen für die zitierten Originaltexte von Eva von Tiele-Winckler:

S. 15: E.v.T.-W., Die Bergmannstochter, Gotha 1929, S. 163f
S. 52, 123-126: Erna Steineck, Brich dem Hungrigen dein Brot, Wuppertal 1986, S. 22 und 31ff
S. 65f, 72-76: nach handschriftlichen Zetteln aus dem Tagebuch von Valeska v.T.-W., 1867-1878
S. 83f, 97f, 112f., 114, 165f, 212f, 232: SOLI DEO GLORIA, Selbstverlag Friedenshort, Miechowitz / St. Johannis-Druckerei, Dinglingen o.J., S. 27, 28, 43, 32, 48, 56, 57
S. 85; 86: Tagebuch von Valeska v. T.-W., S. 84 nach: Gerhard Meyer, Eva von Tiele-Winckler, Ulm 1967, S. 13f
S. 87, 88, 120, 145: Paul Toaspern, Eva von Tiele-Winckler: Mutter Eva, Neuhausen 1995, S. 15f, 16, 20
S. 130f, 132f: Handschriftliches, unveröffentlichtes „Erinnerungsbuch“ von Eva v. T.-W.
S. 160f: Text von Meister Eckhart nach: Alfred Roth, Hier ist des Glaubens Ritterschaft, Gotha 1931, S. 32f
S. 164: Joachim Stopik, Beuthen – Miechowitz/Mechtal. Die Geschichte eines Ortes, Dülmen, S. 99

S. 196f: Walter Thieme, Mutter Eva, Dinglingen, 3. Aufl. 1981, S. 77f [Bad Wildbad 2007]
S. 204: Walter Zilz, Mutter Eva, Konstanz 1957, S. 26

Vom selben Autor

Aber die Liebe siegt

Clara und Franz
Peter und Gustchen

416 Seiten
ISBN 978-3-7655-1735-8

Zwei bewegende Geschichten voller Tragik und Hoffnung in einem Band :

Die hübsche Clara und der bescheidene Franz haben sich schon in der Schulzeit gut verstanden. Als Franz aus dem Krieg heimkehrt, verlieben sie sich ineinander. Gegen den Willen der Eltern heiraten sie und leben bei ihnen auf den Hof. Unter der strengen Herrschaft der Eltern muss das junge Paar harte Zeiten überstehen, aber die Liebe siegt!

*

Peter, der Maler, findet seine große Liebe: Auguste, zärtlich „Gustchen" genannt. Doch schwierige Zeiten liegen vor ihnen: der Erste Weltkrieg und die Weltwirtschaftskrise, die Herrschaft der Nazis und der Zweite Weltkrieg. Aber die praktisch veranlagte Auguste sorgt in bewundernswerter Weise für die Familie ...

Frieda –
Liebe, Bangen
und Hoffen

Die Geschichte
einer ungewöhnlichen Frau

192 Seiten, gebunden
ISBN 978-3-7655-1756-3

Der Schweikhof im Emmental. Dort leben fünf Kinder und ein überforderter Vater, der Hof, Kinder, Haushalt und die Trauer um seine verstorbene Frau bewältigen muss. Als er die junge Frieda kennenlernt, spürt er zum ersten Mal wieder Hoffnung. Frieda aber kämpft mit Zweifeln. Doch dann wächst in ihr eine große Liebe. Sie bekommt einen weiten Blick für die Situation von Kindern, der sie schließlich bis ins ferne Indien führt. Ihre erste Reise in dieses faszinierende Land verläuft dramatisch, denn ihre Maschine wird unterwegs von Sikhs entführt. Später begegnet sie überraschend einem ihrer Entführer in der Schweiz wieder.

Frieda Habegger, heute 78-jährig, ist als Autorin von Büchern in Berndeutsch und als engagierte Christin in der Schweizer Öffentlichkeit bekannt. Dies ist die Geschichte ihres farbigen Lebens.

BRUNNEN VERLAG GIESSEN
www.brunnen-verlag.de

Dora, die Tochter des Bischofs

Das spannende Leben der Dora Rappard

208 Seiten, Taschenbuch
ISBN 978-3-7655-4017-2

Mit vier Jahren kommt sie als Tochter des anglikanischen Bischofs Samuel Gobat nach Jerusalem. Bereits als Mädchen spricht Dora vier Sprachen. Ihr ganz im Zeichen des Glaubens stehendes Leben führt Dora von Palästina über Deutschland, England und Ägypten schließlich an der Seite ihres Mannes, Carl Heinrich Rappard, in die Schweiz. Bekannt werden beide vor allem als Leiter des Chrischona-Werkes bei Basel.

BRUNNEN VERLAG GIESSEN
www.brunnen-verlag.de